风雅

——古人的情怀

玄枵 著

诸子的风采、屈子的风骚、晋人的风度、唐人的风流、宋人的风雅，中国的文学史上，曾有这样一些可爱、可叹、可敬的灵魂，值得我们为之驻足……

黑龙江教育出版社

图书在版编目（CIP）数据

风雅：古人的情怀/玄枵著. -- 哈尔滨：黑龙江教育出版社，2023.1
ISBN 978-7-5709-3522-2

Ⅰ.①风… Ⅱ.①玄… Ⅲ.①古典诗歌－诗歌欣赏－中国－青少年读物 Ⅳ.① I207.2-49

中国版本图书馆 CIP 数据核字 (2022) 第 240153 号

风雅——古人的情怀
FENGYA——GUREN DE QINGHUAI
玄　枵　著

责任编辑：周汉飞　田　洁
责任校对：李永红
内文编排：佟　玉

出版发行：黑龙江教育出版社
地址邮编：哈尔滨市道里区群力第六大道 1313 号 (150070)
印　　刷：北京建宏印刷有限公司
开　　本：880 毫米 x1230 毫米　　　1/32
字　　数：224 千字
印　　张：9
版　　次：2023 年 1 月第 1 版
印　　次：2023 年 1 月第 1 次印刷
标准书号：ISBN 978-7-5709-3522-2
定　　价：68.00 元

版权所有　侵权必究
如有印装质量问题，请与印刷厂联系。联系电话：13910784991
如发现盗版图书，请向我社举报。举报电话：0451-82533087

从文学中，我们究竟可以获得什么？

王国维先生在《文学小言》中说的一段话令我至今印象深刻："三代以下之诗人，无过于屈子、渊明、子美、子瞻者。此四子者，苟无文学之天才，其人格亦自足千古。"每想此言，顿觉心中甚慰。在中国古代文学的长河中，除却王国维先生提及的四位诗人之外，其实还有太多的人物值得我们为之驻足。

读古诗文，不仅仅可以为先哲们千锤百炼的语言、斐然可观的文采以及匠心独运的章法所触动，也可以为其崇高的思想和美好的情操所感染。所以，文学的意义远远高于其作为一门知识学科本身的价值。除了是一门学科，文学还应当是一门关乎生活哲理、美育以及德育的学问。读中国古代文学，除了能够丰盈知识，更能塑造性格、影响态度、建构价值、翻新生活。

身为一名文学教育者，笔者认为当前的语文教学方法和内容亟须改进和完善，不愿看到所有本应游弋于古典语言文化之美的学子们，被逐字逐句的翻译和字字落实的考试阻隔在文学的门槛之外。时代在发展，科技在进步，而当下的语文教育很大程度上还仍然停留在字、词、句的浅显理解上。满目散乱的知识点，大段被"肢解"的文章，以默写、背诵为主的古诗词鉴赏，是语文教育的现状。

是什么造成了如此难堪的境况？因为在文学学习的过程中，知识被放在了第一位。如果读古代文学，只是认了若干字，背了百十篇古诗文，应付一些试卷上的阅读理解，考出了几次高分，那么，文学只是填充头脑的知识，并非点燃思想的火把。

文学可以激荡心灵，可以教人领悟生活的真谛和生命的本质，可以撞击思想，可以愉悦审美。孔子昔年教书，文学是必修学科之一。在文学课上，孔子提倡学生学《诗经》，并谓之曰："诗可以兴。"一个因诗而兴的人，对大千世界会抱有一种深情。当这个人从诗歌中走出来，站在我们面前，我们便可以为他所感染，知道他有理想、有温度、有精神，是一个有情有义的真正的人。这是文学的教育价值之一。

南北朝梁武帝评谢朓诗，曾谓："三日不读谢朓诗，便觉口臭。"翻开谢朓诗读一读，的确会感到清新秀发，如沐湖风，听《山涧》。北宋黄庭坚又有名句："士大夫三日不读书，则义理不交于胸中，对镜觉面目可憎，向人亦语言无味。"读诗书，竟有涤荡心胸，美化面目，提升口才的作用。更有甚者，如南宋诗人杨万里，养成了把诗书当饭吃的奇特爱好。他痴读诗书，尤爱王安石的诗，曾写诗曰："船中活计只诗编，读了唐诗读半山。不是老夫朝不食，半山绝句当朝餐。（杨万里·《读诗》）"王安石的诗歌，在杨万里的眼中竟足以替代早餐，真是令人称许。把诗当饭吃的人不止杨万里一人，更有唐代诗人张籍，因平素酷喜杜甫诗，拿来杜诗几卷，焚烧成灰，蘸蜜食之，食罢，自语曰："令吾肝肠从此改易。（冯贽·《云仙杂记》）"从这些诗中趣话窥来，文学之于人的意义，远高于饮食。

诗书，也是一味疗心病的大药。《树萱录》曾记载："杜子美自负其诗，郑虔妻病疟，过之云，当诵予诗，疟鬼自避。初云'日月低秦树，乾坤绕汉宫'；不愈，则诵'子章髑髅血模糊，手提掷还崔大夫'；又不愈，则诵'虬须似太宗，色映塞外春'。若又不愈，则卢扁无如之何。"杜甫认为自己的诗可以治疗疟疾,令友人妻诵读促进自愈,并置言,读罢他的诗还不愈的话,扁鹊也无能为力了。愈否?《唐诗纪事》曰:"诵之,果愈。"清代青城子《志异续编》卷四中也同样记载:"白岩朱公患气痛,每当疾发时,取杜诗朗诵数首即止,习以为常,服药无是神效。"这两则趣话谈论杜甫诗之药效,堪比妙药还要灵通了。表面看来,杜诗疗疾乃痴人说梦,实在是荒诞不经之谈,岂不知"诗歌疗法"早于公元前四千年前于埃及就已广传盛行,吞圣歌以疗病,果能见奇效。以医理解之,未为不可。疟疾者,乃八邪而致也,患者多畏惧,如时下人多以癌症为鬼病也。心神不宁,则病常不愈,故久拖难治。杜甫又有一癖,写诗常"语不惊人死不休",故其诗能摄人心魄,能移情转志,治疟之说也自有其理。至于杜诗能治痛风,也缘于其解郁之功。痛则不通,痛风者,实乃郁痹之症。杜诗词达意畅,娓娓读来,亦有解郁去痹之效也。这虽有夸张和神化了诗书的作用之嫌,但也在一定程度上说明了优秀的诗词文化的确能开悟人的思想境界,起到振奋人心、疗愈心理的效果。

　　此外,诗家多医家,这是由中医之渊源决定的。文人不尚医,乃假文人也。从古至今,能诗亦擅医者,不胜枚举。陆游则此中之一,其人诗中多养生之悟,故而终年八十五岁,非寻常才子可比。近年来,随着大众对健康的重视,陆游的这首《食粥诗》亦流传于市井巷陌:"世人个个学长年,不悟长年在眼前。我得宛丘平易法,只将食粥致神仙。"读诗之余,求得长年之道,亦是一石二鸟之事了。陆游认为,闲来读诗是治愁疗病的最佳选择。一日,他经行于山村间,路遇一位老人,得知其头风日久不愈,病体缠绵,故告知他:"不用黄术芎芷药,吾诗读罢自醒然。(陆游·《山村经行因施药》)"这并非陆游之自夸。从头风之病机来看,乃不通不荣而起,终至气机逆乱、络脉淤阻,故而头痛欲裂。读陆游诗,自有一种豁达之气徜徉其中，头风又怎能不愈？

　　世间之药，诗书乃为上品。凡人常有七情难解，终是不读诗书之故。好诗一首，心中牢骚愤懑则顿然消释。西汉刘向一语道破了天机："书犹药也，善读之，可以医愚。"要用好诗书这味"大药"，不仅要读之，还要善读之，否则也无甚效果。

　　时下亦尚苏子句"腹有诗书气自华"，又说"三分容貌，七分姿态"。此处之"姿态"，必是一种天然的气质与神韵，从诗书修为中来。日以诗书为事，尘俗之气则去也。春秋时期，闵子骞拜孔子为师，其初来时脸色干枯、蜡黄，数日后，则渐至红润。子贡亦大惊，故问之曰："子始有菜色，今有刍豢之色，何也？"（您刚来时面有菜色，而今面色红润，这是为何？）闵子骞答曰："吾出蒹葭之中，入夫子之门，夫子内切瑳以孝，外为之陈王法，心窃乐之；出见羽盖龙旗裘旃相随，心又乐之；二者相攻于中，而不能任，是以有菜色也。今被夫子之文寖深，又赖二三子切瑳而进之，内明于去就之义，出见羽盖龙旗旃裘相随，视之如坛土矣，是以有刍豢之色。（韩婴·《韩诗外传》）"（我出身微贱贫寒，自从入了夫子之门，幸得夫子在内教我孝道，在外教我治道，我对此很喜欢。但是，当我出门看到达官贵族乘的豪车，打着有交龙纹的艳丽旗子，后面跟着身穿华美皮毛服装的随从，我又很羡慕。这两方面让我纠结不已，因此面有菜色。如今，我受夫子的教诲越来越深，诸位同窗又时时同我切磋研讨，使我心性明朗，不再流连于功名富贵。此时，我出门再看到豪车美服，视为粪土，内心安宁平和了，就因此容光焕发了。）闵子骞一前一后的变化，正应了曾国藩先生后来所言："书味深者，面自粹润。"未读书时，心中流连于功名富贵，为之奔波，寝食难安，面色枯槁。读书之后，才知世间所有的纠结，都是心性混沌的反映。以医理解释，心神久为俗事而游于身外，身心相离相斗，则气血渐耗，身疲神乏，不能滋荣于面，容貌如何不衰老颓败？而读诗书可明心见性，让人波澜不惊，心神安宁，精血不耗，故面色佳矣。世间女子，罕有知者，否则如何有芸芸之辈，一掷千金，为容貌而奔劳？

诗歌，最初的目的，就是让人"思无邪"，以内生正气。读诗的好处亦不止于治病、解郁、美容、充饥、延年，它还养人的浩然之气。

韩愈在《送孟东野序》中曾写：

"草木之无声，风挠之鸣。水之无声，风荡之鸣。其跃也，或激之；其趋也，或梗之；其沸也，或炙之。金石之无声，或击之鸣。人之于言也亦然，有不得已者而后言。其歌也有思，其哭也有怀，凡出乎口而为声者，其皆有弗平者乎！"

人像自然界的草木金石一样，本是"平"的，可有了生活的跌宕起伏，便有了情感的喜怒哀乐。自古以来，骚人们倒霉时都要信笔一挥，贬了官，落了难，坐了牢，失了恋，写出诗篇词作。我们当下所吟诵的这一首首诗词，姑且可以被称作是"倒霉的产物"。屈原赋《离骚》，发离忧之意；司马迁写《史记》，发哀惨之声；曹雪芹写《红楼梦》，发落难之音。而若不发，情志则如鸟兽困于笼中，不能抒也，心中愤懑，意未服也。情若不发，心便不平，心不平，则身心难安，故写诗作文。正如孟子曾说："养吾浩然之气。"写诗作文就像是练气功，诗之抑扬顿挫可以调和气之清浊、刚柔、曲直，故而能养"浩然之气"。读者读之，内心也定然会为之而鸣、而跃、而趋、而沸，从"不平"渐归于"平"。

从"不平"到"平"的这一过程，正如唐代诗人常建所说的"曲径通幽处"。从文学的曲径中缓缓走过，如穿过一道春风流荡的走廊，在其间吞云吐雾，神游万里。诗人顾城曾说：诗是一种自然现象，如波浪上闪耀的光点。那么，最初使那一重重波浪涌起并发出光芒的，则是诗人自己。如果诗人是一个导体，诗歌就是自然之灵通过这个导体时所放出的光芒。这一道一道的光芒,或富足心灵,或鼓舞精神,或点燃生活的希望。而握着火把的那个人,就是经过历史的千淘万沥,在文学的日历表上至今让我们念念不忘的是字里行间和举手投足散发出的风雅和情怀,是内自发光的古人。

目录

一、老子：道教始祖 …………………………… 001
二、孔子：儒家始祖 …………………………… 017
三、仲尼弟子：名师出高徒 …………………… 033
四、庄子：蔽于天而不知人？ ………………… 059
五、孟子：大丈夫是怎样炼成的？ …………… 075
六、屈原：一位不朽的爱国主义者 …………… 079
七、曹操：乱世之枭雄 ………………………… 086
八、曹植：中国文人的精神别苑 ……………… 092
九、陶渊明：不为五斗米而折腰 ……………… 097
十、孟浩然：高山安可仰，徒此揖清芬 ……… 107
十一、李白：天生我材必有用 ………………… 112
十二、杜甫：民间疾苦，笔底波澜 …………… 122
十三、王维：世间扰扰，我自空空 …………… 135
十四、韦应物：若清风之出岫 ………………… 140
十五、孟郊：一粒清凉苦烈的药 ……………… 143
十六、贾岛：完美主义者的自卑 ……………… 148
十七、白居易：在红尘中做个散仙 …………… 152
十八、柳宗元：穷愁方著书，愤怒出诗人 …… 164

十九、刘禹锡：在悲观中创造乐观 …………… 168

二十、李商隐：情话的最高境界 …………… 177

二十一、杜牧：到红尘做梦，去森林写诗 …………… 183

二十二、李贺：在闹境中自舐孤独 …………… 188

二十三、李煜：风流才子，误作人主 …………… 194

二十四、欧阳修：我这辈子就是玩 …………… 199

二十五、晏殊：生命如一颗珠玉 …………… 204

二十六、范仲淹：先生之风，山高水长 …………… 211

二十七、柳永：一位纵情真性的才子 …………… 215

二十八、苏东坡：一位天才诗人的多舛命运 …………… 219

二十九、张耒：最得东坡三昧者 …………… 231

三十、黄庭坚：写诗如做人 …………… 235

三十一、秦观：千古伤心人，写透人间愁 …………… 242

三十二、李清照：古来才女，孰出其右？ …………… 245

三十三、陆游：亘古男儿一放翁 …………… 255

三十四、杨万里：像摄影一样写诗 …………… 264

三十五、辛弃疾：文武双全，词中之龙 …………… 268

一、老子：道教始祖

（一）无为：一种理想的境界

说老子，就不得不提"无为"二字。"无为"是老子的核心思想。很多人看到"无为"这个词，就全盘否定老子，说："人生在世，怎能一事无成而虚度呢？如果一个人什么也不作为，和禽兽又有什么差别呢？"这是误解了老子。老子提倡的"无为"并不是不作为，而是顺应自然而为。所谓"无为"，就是让事情自然而然地发生，不刻意附加人工造作，不过度干扰，不妄为。

老子说："道常无为而无不为。"在治国上，"为无为，则无不治。(《道德经·第三章》)"在生活上，"为无为，事无事，味无味。(《道德经·第六十三章》)"一个人是不是圣人，也是以"无为"为标准的。圣人能够"处无为之事，行不言之教"（《道德经·第二章》）。

为什么一个国家"为无为"了，就可以"无不治"？老子打了一个比方，说："治大国，若烹小鲜。"治理一个大的国家就如同烹制小鱼一样。这并不是说治理国家很简单，而是二者的原理相通。这就是说，治理国家要真正做到举重若轻、化繁为简、化难为易，不是不为，而是要"有所为，有所不为"。如果放任"无为"走向极端，则必然导致无政府主义甚至国家混乱。任何社会总有一些人为了私利，做出有损他人、有损社会的事情。如果对这种人还是"无为"，那就是对其他人的不公了，对他们只能采取强制手段，通过教育让他们变好，最终让社会达到弊绝风清。

这个"如烹小鲜"的过程，苏东坡有实践过。东坡因"乌台诗案"，被贬去黄州。在那里，他自创了一道东坡肉。东坡的《猪肉颂》里写："净洗铛，少著水，柴头罨烟焰不起。待他自熟莫催他，火候足时他自美。"这个过程，竟然几乎没有人的参与，只需要一口锅，一瓢水，一把火，等到火候足时，就可以尽情地享受美味的炖肉了。"无为"，其实就是东坡所说的："待他自熟莫催他，火候足时他自美。"

"上善若水，水利万物而不争。"老子认为像水一样润物无声，不但是修身之道，也是治理国家的一种理想方式。

老子在《道德经》的第八十章为我们描绘了他的"甘其食，美其服，安其居，乐其俗"，老子的这个无为而治的终极目标，就是老百姓诗意地栖居，过上陶渊明《桃花源记》里面所设想的那种生活。孔子的学生曾皙也曾经描述过这个理想：

"暮春者，春服既成，冠者五六人，童子六七人，浴乎沂，风乎舞雩，咏而归。"

（《论语·侍坐》）

在一个风和日丽的暮春时节，穿着一袭布衫，约着五六个成年人、六七个儿童，步履轻盈地走在去往沂水沐浴的路上，任身体尽情地浸润在清粼粼的河水中，浴罢，到舞雩台上吹吹风，待到落日西斜的时候，才慢悠悠地唱着歌回家。

曾皙所描绘的这幅生活画面就是老子无为而治的终极状态。对于普通老百姓来说，如果能在日常生活中时刻做到"为无为，味无味，事无事"，那生活中必然会少了很多不必要的烦忧。那么，做到什么样的状态就叫"无为"了呢？"无为"当然不是消极而不作为，不思进取，安于现状，也不是心若死灰，形同槁木，更不是一种为了达到有为之目的的阴谋诈术。

生活中就应如此。比如，在孩子教育问题上，既不能不管，也不能全管。按老子的思想就是保持好一个度，要做到不失位、不越位，随时做好补位。帮助孩子健康成长，确保他们建立正确的人生观、世界观、价值观。唯有如此，才是老子"无为"思想在教育问题上的正确运用，既管了，又不让他觉得自己被管。

可见"无为"其实是个精细活，需要很高的智慧。

（二）弱德：守住一颗虚心

老子贵阴柔之道。整本《道德经》，反反复复地在强调"弱德"，即柔弱之美："天下柔弱，莫过于水，而攻坚强者，莫之能胜，其无以易之。""弱之胜强、柔之胜刚，天下莫不知，莫能行。（《道德经·第七十八章》）""天下之至柔，驰骋天下之至坚。（《道德经·第四十三章》）""人之生也柔弱……是以兵强则不胜，木强则折。强大处下，柔弱处上。（《道德经·第七十六章》）"这是老子反向观世界的哲学。

"弱德"的"弱"，不是软弱怕事、屈辱怯懦，而是一种自我约束、自我收敛，是对道德品质的一种坚守。以德报怨、不恃强凌弱都是"弱德"之表现，向世人展示的都是"弱德之美"。流芳至今的"六尺巷故事"成广为传颂的佳话，彰显的就是"弱德之美"。人们在其中没有看到丞相和普通老百姓社会地位的上下之分，而是看到中华民族和睦谦让美德的源远流长。在日新月异的今天，包容忍让、谦恭待人、诚实守信、奉规守约这些处处都有"弱德"影子的行为，依然被社会推崇。

而弱的对立面，是强。老子打比方讲：人的一生，就好比草木的一生，活着的时候身体是柔软的，死了以后就会变得僵硬，"人之生也柔弱，其死也坚强。草木之声也柔脆，其死也枯槁"(《道德经·第七十六章》)。所以，弱则生，强则死。不仅人如此，人事活动也是如此。为政，"强梁者不得其死"，为战，"兵强则灭"。即军队强大了好战就容易招致失败。

以常理想来,老子"贵柔",是必然要"贱强"的。但是,《道德经》中又有不少"求强"的句子。《道德经》多次提到并且肯定了"强"这个字。比如第三章的"弱其志,强其骨"。第三十三章的"胜人者有力,自胜者强。知足者富,强行者有志"。在这两章中,老子不像孔子那样鼓励人"言其志""不降其志""乐其志",而是背道而驰,希望人可以"弱其志"。志,就是心之所适。心动了要自觉追求点什么,这是由内而外产生的欲望。在老子看来,无论是追求富贵、名利、权势,还是追求仁义礼孝这些珍贵美好的东西,都会心动,从而扰动原本满足、安宁的内心,所以,老子才会提出:"虚其心,弱其志。"反向的建议则是:"实其腹,强其骨。(《道德经·第三章》)"

《道德经》言简意深,只有通过不断地自证,才能领悟简言中的深意。需要"削弱的志",当然是急躁竞争之心。老子所言之志,与俗常所理解的志是不同的。俗常理解的志,是偏恃的、极端的物质层面的外在的"志",所以,一旦立了志,人就要通过各种术、法,劳心费力地圆了这个志,而后才能满足。其实,这个求的过程就已经去志甚远了。好的做法,应该是以"不求而求",以"无为而为",这样的话,心神不会受到役使,更不会受到拘累,才能始终守住一颗虚心。老子认为,不必刻意追求什么坚强,因为"守柔曰强",守住了生命的本真柔弱之态,本身就是一种坚强。但是,守住这颗柔弱虚无之心,何其艰难?

守心无尽,这是一个需要人坚持的过程。正如他所言"守静笃",在守静这条路上笃定而行,矢志不渝。守柔也是一样,要自屏其气,不中道而废,才可以自始至终地虚心静气。这个过程正如滴水穿石的过程,看似微小柔弱,实际上需要持久和坚韧。老子所说的"强行",就是持久而坚韧地守心无尽。

《西游记》里写唐僧师徒在车迟国遇到三个妖精:虎精、鹿精和羊精，要和他们一决胜负，比试了祈雨、坐禅、隔板猜枚、砍头等各种法术，但最终还没分出个高低来。虎精提出了要和唐僧比高台坐禅，美其名曰：云梯显圣。双方约定在云头上比赛打坐，几个时辰内不可动摇。孙悟空此时就没了法子，说是自己可以踢天弄井、搅海翻江、担山赶月、换斗移星，诸般巧事都可干得，偏偏就坐不了禅。孙悟空是"心猿"，所以，他最大的缺陷就是容易心动，不能守住那颗心。可见，守心有多难。要守住一颗虚心，就得屏住一口静气。老子说"抟气"才能"致柔"，所以，他对"强"的定义就是"心使气曰强"（《道德经·第五十五章》）。

这口气，要源源不断，看似微如毫毛，实则刚强无边。有了这口气，就能静修自我，静观万物，就能处世道纷纭中而不为之所动。如果一个人始终能屏住这一口气，就能心如磐石不可摧，身如巨山不可移，就是立足于天地之间真正的无敌仁者。

当然，不是任何人都能屏住这口气，成为一个强人的。因为，在外，有五色斑斓的诱惑，在内，有喜怒哀乐的干扰。人置身于一个充满"劫难"的修行场中，需要经历无数来自"本我"世界的挑战，不为之困扰、不因之冲动，最终才会战胜自己，成为一个强大的人。所以，"自胜者强"（《道德经·第三十三章》）。

（三）我自然

中国人在讲话时，喜欢提到"自然"这个词。在表达自己对某件事情的态度时，中国人喜欢讲"这是自然的"；面对一件自己无法左右的事情，就会讲"那就顺其自然吧"；评价一个人，也用"自然"与"不自然"来判断。"自然"两个字，从寻常老百姓口中说出来，我们可能觉得没什么深刻含义，实际上，"自然"太耐人寻味了。溯源古老的道家哲学，"自然"玄之又玄，是众妙之门。

《道德经·第十七章》谓"我自然",短短三个字,意味无穷。中国古人每次看见火着起来以后,心里就如落了一块石,便点头说:"燃也!然也!"意即点燃了,是啊!到现在仍然如此。一件事情做成了,合心意了,我们也会说:然也,然也。细想,生活中的一切事物的发生消亡,不就像火燃烧了,又熄灭了吗?当我们的古人安安静静地坐在篝火边,看着那火堆里冒出来的焰苗儿,就联想到这就是生活本来的样子:发生而又熄灭,由此才有了"燃也,然也"。

"自然"两个字,说简单,它和生火做饭一样简单。所有人都具备"自然而然"的能力,这是从天地那里得来的禀赋。但是,并不是所有人,在生命中的每一个时刻,都可以做到"自然而然",所以,"自然"两个字有时候又很难。

《道德经·第二十三章》又说:"希言自然。"希,就是听而不闻的声音。希言自然,就跟孔子所讲的"天何言哉"是一个道理。万事万物有自己的道性,有自己的发生秩序。它们生成变化,那是自然赋予它们本来的能力,那么作为人,我们就可以像老子所建议的那样"万物并作,吾观其复",从万物的生成,反观到人事伦理,也就是"道法自然"。

很多人一听老子的"自然",就跳起来反驳说:这是冷漠主义,是鼓动无政府主义。果真是这样吗?老子首先是一位思想家,他站在高远的层面看问题,提出了"无为""自然"这些关键词,希望当时的王侯们可以"行不言之令",按照"自然而然"的方法治国,而不是不治。是顺应自然发展之道去治,而不是撒手不管。

老子说的"自然",是一种"我自然"的态度,依循一种"人法地,地法天,天法道,道法自然"的原则。在《道德经·第六十四章》,老子提出:"圣人无为,故无败;无执,故无失。"

《道德经·第六十四章》说:"其安易持。其未兆易谋。"形势还比较安定,民心尚未大乱的时候,政府是很容易调动力量来稳定它的。

因为"未兆易谋"，就像中医所提倡的"治未病"。好的医生都是在病毒刚有所征兆的时候就将它扼杀在萌芽之中，而不是等患者都发展成重症、危症了，才去救治。否则，后果只能是死生参半，命悬一线。即便救过来了，也只能算侥幸。比如，面对突如其来的疫情，负责任以人为本的政府、国家，应该在疫情还比较容易把握的时候，调动力量、组织资源去平息它。

病毒是自然的一分子，自然界中的任何物事都是生于有而归于无的，有无相生，强弱相随，这也是病毒发展的规律。那么，"自然"的处理法，就是"为之于未有，治之于未乱"(《道德经·第六十四章》)。这就是"自然"二字给我的启示。抛万物自然于脑后，明知不可为而为之，是一种极其愚蠢而不自量力的做法。

有一句话，叫"读史使人明智"。其实未必，读史而不反思，而不自鉴，只能像杜牧在《阿房宫赋》中所言的"哀之而不鉴之，亦使后人而复哀后人也"，于历史的海洋中混沌漫游而已。老子是一个史官，所以《道德经》的每句话读起来都很明朗。因为老子以史学家思维站在历史的脊背上反观人事。《道德经》，既可以指导人生，也可以参谋军事、政治、医疗。

老子的"道""无为""自然"看似很玄奥，实际上就是以史为鉴，看到万事万物发展演变的本质。他强调万事万物循环反复的一面："故有无相生，难易相成，长短相形，高下相倾，音声相和，前后相随，恒也。"(《道德经·第二章》)他认为万事万物的发生运行有自然规律可循。只要我们可以取法自然，按自然规律行事，就可以挟天道以为己用。

自然希言，但很难言。它不是纯粹地向往自然界的鸟兽草木鱼虫，也不是放任不管，而是一种建立在对事物发展规律成熟认知、准确判断之上的一种行为方式、生活之道。

一、老子：道教始祖

（四）宠辱不惊，方能养好心神

每个人都有欲望，即便是刚刚出生的婴儿，也有欲望。人的欲望是与生俱来的。饿了要吃，渴了要喝，冷了要穿，累了要休息，这是再正常不过的了。

美国心理学家马斯洛在"马斯洛需求层次理论"中将人的欲望和需求从低层次到高层次一共分为五个阶梯，分别是生理需求、安全需求、社交需求、尊重需求和自我实现需求。这意味着，当人低一级的欲望得到满足了以后，就会本能地希望更高一级的欲望得到满足。吃饱喝足了，就想着买个房子，住在更安全的地方。买了房子，就想着找个伴侣，拥有自己的家庭，满足自己对爱和归属的欲望。人多了以后，希望能够获得别人的尊重和认可，希望实现自己的个人价值和理想。总之，人的生活是受到欲望的支撑，有了无限的欲望，便有了无限的生活的动力。

但是，满足了欲望，不一定意味着人是快乐幸福的。所以，人需要时不时地控制自己的欲望，使得它总是低于某一个点。控制欲望，并不是扼杀欲望。北宋理学家朱熹的"穷天理，灭人欲"必然是行不通的。人首先有基本的动物属性，然后才有人性。

《道德经·第十二章》中说："五色令人目盲，五音令人耳聋，五味令人口爽，驰骋畋猎令人心发狂，难得之货令人行妨。"这是圣人养生的箴言。圣人会怎样做呢？老子说："圣人为腹不为目，去彼取此。""为腹"，就是用物质充实保养自我，而"为目"，就是受到物质的奴役和控制。君子也可以做到这一点，管子说："君子使物，不为物使。（《管子·下篇·心术下》）"荀子也说："君子役物，小人役于物。（《荀子·修身》）"这里的"物"，可以是任何来自人身心的欲望。中国古人就把这种种的欲望根据来源归类为"六欲"，分别是：眼、耳、鼻、舌、身、意。可见，除了来自眼、耳、鼻、舌、身的欲望，还有产生于"意"的欲望。而"意"来自心。

《西游记》中的孙悟空自始至终都在与他心中的魔作斗争。在心魔的驱使下，他首先面对的是"六欲"。于是，吴承恩就在《西游记》中设定了六个蟊贼，名字分别叫：眼看喜、耳听怒、鼻嗅爱、舌尝思、意见欲、身本忧。当这六个蟊贼入侵时，心中便生出多种情，喜、怒、爱、思、欲、忧。孙悟空为了保持本心的空性，选择了毫不留情地将六欲打死。很显然，"齐天大圣"孙悟空的这个举动"很不得法"。

一棍子打死所有的欲望，人就会很痛苦。战胜了所有，最终却未曾守住自己的那颗心。所以，孙悟空是一个"有心病"的人。心病终须心药医，而《道德经·十三章》中，老子早就备好了"解药"。他说：

"宠辱若惊，贵大患若身。何谓宠辱若惊？宠为上，辱为下，得之若惊，失之若惊，是谓宠辱若惊。何谓贵大患若身？吾所以有大患者，为吾有身，及吾无身，吾有何患？"

其中，"宠辱若惊"的反义是"宠辱不惊"。《小窗幽记》化用这句话的语义描述了一种心境："宠辱不惊，看庭前花开花落；去留无意，望天上云卷云舒。"这则诗联《菜根谭》中也有说过，而其语义则出自《道德经》。宠辱不惊，便是范仲淹所说的"不以物喜，不以己悲"。就是一个人的心绪不受到外物和自己身心的影响，做到岿然而不动于声色。

人的心就如同一座茅草屋，时时刻刻警惕着外来的贼，贼来了，与其像孙悟空那样乱棍打死，倒不如不听、不见，安心守之，以不变应万变，那么这些欲望之贼自然也一点法子都没有，只能灰溜溜地跑了。

老子说的"宠辱若惊"，就是不养心神的人常有的一种状态，患得患失。以教育为例，学生的一次考试成绩稍微比上一次偏低了几分，便产生了闷闷不乐、自责不已的心理，就是"宠辱若惊"；家长很看重期中和期末考试这样的年度大型考试，总是在这些考试到来之前绷紧身心，这也是"宠辱若惊"；而当学生通过临时抱佛脚的方式考了高分，家长就以各种物质形式奖励之，考得不理想，就以冷暴力打击之，更是"宠辱若惊"。

《道德经》说："宠辱若惊，贵大患若身。"当一个人时常这样患得患失，受到宠辱的左右时，他的身体必然好不了。得宠了，会惊；受辱了，就恐。长期处于这种一惊一恐的状态下，首先会干扰人的心肾健康状况。

一个人若想身体好，那就先放弃对欲望的执着。没有了执念，就不会受到欲望的左右和控制，就不会像荀子和管子所说的那样，成为物质的奴隶。为了我们的身心健康，老子可谓是苦口婆心，百般劝诫。他给我们讲万物发展演变的道理，说："天下皆知美之为美，斯恶矣。皆知善之为善，斯不善矣。（《道德经·第二章》）"美丑、善恶如影随形，宠辱也是相依相伴的，无论得宠还是受辱，都没有什么好形于色、动于心的。

他甚至发出了这样的呐喊："名与身孰亲？身与货孰多？得与亡孰病？甚爱必大费，多藏必厚亡。故知足不辱，知止不殆，可以长久。（《道德经·第四十四章》）"世人都喜欢出名，都渴望财富，可是这些东西与生命相比，哪个才是珍贵的呢？过分爱名爱利就必定要付出惨痛的代价；过于积敛财富，就必定会遭致更为惨重的损失。所以说，懂得满足，就不会受到屈辱；懂得适可而止，就不会遇见危险，这样才可以保持住长久的平安。

老子既是一位思想家，他所有的观点都是用来阐述他的治国理念。老子也是一位哲学家，他构建了一种宇宙观，一种看世界的方式。老子更是一位高明的养生家，他提倡了一种合道的生活方式。对绝大部分的普通人来说，老子则是一位朴素的人生导师。而老子，也首先是一位人性关怀者。他的思想观、哲学观和养生观，都不过是他对人性关怀的副产物而已。如此说来，老子是多么可爱的一个人啊！

（五）向婴儿学习

读《道德经》，如果稍微留心一番，就会发现，老子在《道德经》中反复地提及婴儿。

抟气致柔，能婴儿乎？能像婴儿那样收敛神气，而达到柔弱的境界吗（《道德经·第十章》）？

常德不离，复归于婴儿。做到婴儿那样的境界，永久地保持道德且不背弃（《道德经·第二十八章》）。

我独泊兮，其未兆，沌沌兮，如婴儿之未孩。只有我淡泊无为，情动于中而不发，混混沌沌的样子，就像那还未学会发笑的婴儿一样（《道德经·第二十章》）。

含德之厚，比于赤子。德性深厚的人，就好像刚刚出生的婴儿（《道德经·第五十五章》）。

婴儿为什么会获得老子如此的赞许呢？当我们观察一下刚刚出生的婴儿，就会发现他们有很多与众不同之处。

婴儿的拳头总是握得紧紧的，《道德经》中称作"握固"（《道德经·第五十五章》）。当父母的都应曾观察过，婴儿刚生下来一段时间，手的力气是很大的。把手指或者任何东西放到他手心，就会立即攥紧拳头，抓得很牢固。现代科学称之为"抓握反应"或者"握持反射"，而中医则认为这是婴儿肝气很充足，如同春天的一棵春笋，几乎能把石头和砖块撬开，生发能力很强。

婴儿喜怒无常，一会啼哭一会嬉笑，且啼哭的时候没有眼泪，嗓子再怎么喊也不会沙哑，老子说这是"终日号而不嗄，和之至也"（《道德经·第五十五章》）。然而，成年人稍微哭一会儿，就会一把鼻涕一把眼泪，哭得久了，头疼、腹泻、呕吐各种症状都来了。而婴儿整天大哭不止，嗓音却丝毫不弱。这是因为成人哭，是真动了情，心里是悲哀的。而婴儿的哭，则是对外界的一种诉求。他们的诉求得到了回应，就会破涕而笑，把刚才的哭忘到爪哇国去了。

此外，婴儿的脸浑圆饱满，一副烂漫天真的模样。没有一个婴儿像成人那样是棱角分明的瓜子脸。婴儿很讨人喜欢，因为他们的眼神中从来看不到焦虑、悲伤、厌恶、憎恨、后悔、嫉妒、冷漠。婴儿没有害人之心，也没有什么心理负担和压力。

婴儿虽然很柔弱，但是他们的精力无比旺盛，只要不睡觉，醒着都是一副生机勃勃的模样，不像大人总是想找个靠背沙发坐着或躺着。甚至坐着还不够，要把腿跷到桌子上，才觉得舒服。相比而言，婴儿则片刻不得安静，只要他醒着的时候都停不下来。

《道德经·第五十五章》说："毒虫不螫，猛兽不据，攫鸟不搏。"意即：婴儿不受邪。看似弱小的婴儿，却不为物所伤害。毒虫不会攻击婴儿，怪兽猛禽也不会加害婴儿。这是因为婴儿没有害物之心，物自然也不会去侵害他。

婴儿之性是理想的人格。婴儿没有知识，也没有欲望，一切的声音和行为都是本能的。但是，看他们的眼神，好像又什么都知道。圣人不就是这样吗？圣人满腹才学，但是不看重知识，以求达到一种寡欲少求的境界。

我们的身边，应该也不乏这种人。他学富五车，知识远远超乎于常人，但他的精神境界可能还是像小孩子一样天真烂漫。根据老子的辩证观，知的极端不就是不知吗？知识累积到了一定程度，就会谦逊，就会闭嘴，就会觉得自己是无知的。

除了看淡知识，他们还会看淡身外之物，不为物质、名利等其他因素所束缚。这样的人，最终会达到与天地精神共相往来的境界，能够最大限度地保留自己的"天真"，为本心而活。

中国的文化史上，最不乏这般人。有不计其数的人，都拥有婴儿之性、赤子之心，比如孔孟、屈原、竹林七贤、陶渊明、李白、杜甫、苏轼、曹雪芹，等等。这些人的身上，有一个共同的特点，就是纯粹，并且执着于纯粹。

比如孔子，他"无终食之间违仁，造次必于是，颠沛必于是"，是一个永不言弃的追梦人。再如孟子，为了取义，不惜舍掉自己的生命，一腔热血，了无渣滓。这两人与我们之间，虽已遥隔几千年，但他们的精神还望之蔚然。

屈原自不必说，简直是"肝胆皆冰雪，表里俱澄澈"，眼里容不得一星半点腌臜的人，干净得像雪一样。西晋的竹林七贤，也遗世独立，他们的风骨，如在云端。还有"采菊东篱下"的陶渊明，"仰天大笑出门去"的李白，以及生境潦倒仍不忘兼济天下的杜甫，都是像赤子、婴儿一样纯真的人。

孟子也曾说："大人者，不失其赤子之心者。"刚刚呱呱坠地的赤子也是孟子口中的大人。道家哲学也好，儒家哲学也好，都是不遗余力地呼吁我们找回人性的本真。

（六）失败与成功，本无两样

相比于先秦时期的其他诸子百家，老子是一个彻头彻尾的"失败"者。他的眼神是淡漠的，他的身体是颓然的，他的姿态是退守的，他的人生是"失意"的。所以，我们总不愿意走他的老路。

老子留给我们的，永远是一个背影，一串长长的踪迹。这个去意已决的老人，走的时候有没有一丝丝惋惜呢？

众人顺流而下，滔滔如归入大海的百川，而他如一汪深渊，静守在那里不动。那个时代的诸子，各有各的美，有的崇高，有的理性，有的纯粹，有的锋利，而老子如一团绵绵的土，握在手心，质朴无华。

老子就是这样一个人，他的魅力也恰在于此。不能因为他的朴素，我们就说他是无用的，抑或否定他的无为而治。

我虽不全懂得老子，但也自诩为他的半个知己，数年前，为他写了一首诗，曰《颠倒行》。

> 吾心甚易知，吾言甚易行。天下莫能知，世人莫能行。
> 人人皆风光，唯独我昏忙。众人各所得，我与众不同。
> 生而随道生，死亦随道死。人生已看破，身在山谷中。
> 山能藏其污，谷能纳其垢。世人皆笑我，无知也无为。

两千年之前，在熙熙攘攘的先秦诸子中，孔子求仁，孟子取义，荀子恪礼，当先秦时期的儒家诸子们都循循善诱、跃跃欲试、蠢蠢欲动的时候，老子选择了退出。他不在那个"你方唱罢我登场"的舞台上彷徨，而是选择了"致虚极，守静笃"。这样的哲学，我们不妨称它作"扭曲是非"和"颠倒黑白"的哲学。

这种哲学并非老子的原创。在《周易》中，在《尚书》中，在尧、舜、禹的典贡之作中，甚至在考古学所未触及的时代，这种世界观早已萌芽，但是，老子把它发挥到了极致。整部《道德经》，辩证的视角与口吻无处不在。

曰："故有无相生，难易相成，长短相形，高下相倾，音声相和，前后相随，恒也。（《道德经·第二章》）"

曰："合抱之木，生于毫末；九层之台，起于累土；千里之行，始于足下。（《道德经·第六十四章》）"

曰："道生一，一生二，二生三，三生万物。万物负阴而抱阳，冲气以为和。（《道德经·第四十二章》）"

再曰："大器晚成，大音希声，大象无形，道隐无名。（《道德经·第四十一章》）"

又曰："大直若屈，大巧若拙，大辩若讷。（《道德经·第四十五章》）"

还曰:"大成若缺,其用不弊。大盈若冲,其用不穷。(《道德经·第四十五章》)"

所以,老子可以算得上是中国先秦哲学舞台上的第一位朴素的辩证主义者,一位中国文化的相对论者。作为一位哲学家,他知道叩其两端的必要性,故他的格言中总是充斥着诸如:有无、阴阳、上下、强弱、愚智、终始、本末这样的互呈反义的词。

老子的思想很得《周易》精髓。《周易·系辞》曰:"穷则变,变则通,通则久。"表面上看似相反对立的事物其实也是相辅相成的,就如五行有相生,必然有相克、相侮。

纵观中国先秦时期的文辞诗作,可以看到那些哲人诗客们的思想也竟然与老子是不谋而合的。

孔子的"吾有知乎哉?无知也"是一位大圣贤对自我的清醒认知;

屈原的"日月忽其不淹兮,春与秋其代序"是骚人对天地变化、万物演变、四时节律的敏锐感知;

"相呴以湿,相濡以沫,不若相忘于江湖"是(畸人)庄周先生洞察到的热中之冷,冷中之热……

我们今天读《道德经》,是跟随着老子,沿着一条非同寻常的路走向人生的终极站:一个"邻国相望,鸡犬之声相闻,民至老死不相往来"的"寡民小国",一个诗意的栖居地。这个栖居地,未必大而美,富而强,只要其中的百姓过上"甘其食,美其服,乐其俗,安其居"的生活就足矣。

庐山脚下那位普普通通的农民陶渊明,每天主要的事情就是耕种,但因为生活所迫,不得不去做官,但困于仕途时,又果断辞去了官。辞官后,他写了一首歌,叫《归去来兮辞》。歌云:"云无心以出岫,鸟倦飞而知还。景翳翳以将入,抚孤松而盘桓。"好一个"天人合一"!一片云、一只鸟、一个人、一棵孤松,构成了一个美好的自由之境。

老子所要追求抵达的，不正是一种放浪于形骸之外的诗意栖居生活之终极目的吗？这生活的美，孔子的学生曾皙懂，孔子自然也解得，庄子懂，竹林七贤懂，王羲之懂，陶渊明懂，所以，老子又不是全然寂寞的。

老子在骑青牛出关的那时候，不知道有没有预料到他在数千年以后，会成为一个"红人"。他所说过的话，写过的字，类似于现在的"微博体"，或"说说"，阅读量在文化原创领域是数一数二的。他应该早料到这个结局，故他言："夫唯不争，故天下莫能与之争。"

不过，他并不在乎自己是否被看重。热爱自由的人皆不在乎这一点。庄子算是老子的隔时空之知己。楚威王派人带着千金、重位来访求他，庄子独钓于濮水，傲然曰："往矣，宁曳尾于涂者。"

热爱自由的人，不在乎一切，外界色色都是虚无的，连自己的身体也一样，他也从不在意旁人的看法。初唐的白话诗人王梵志，他反穿袜子，人见了哂笑，他却道"梵志翻着袜，人道皆是错。乍可刺你眼，不可隐我脚"。

老子就是这般人。"众人熙熙，如享太牢，如春登台。我独泊兮，其未兆。沌沌兮如婴儿之未孩，（傈傈）兮若无所归……"

世间的离别大抵都是悲伤的，老子却悲欣交集。世间一切的把戏他都洞若观火，世间各色的人物他都了若指掌，何必没自在地逗留在这熙熙攘攘的人间呢？

如果有人挽留老子，他定然也是不回头的。我们看他充满了怜悯，而他看我们则满眼慈悲。老子并不惋惜，真正可怜的是我们。我们看老子是彻底的失败者，岂不知在老子那里，成功与失败没什么两样。

二、孔子：儒家始祖

（一）完整的学习，是"学而时习之"

《论语》，开卷的第一句便是："子曰：学而时习之，不亦说乎？有朋自远方来，不亦乐乎？人不知而不愠，不亦君子乎？"这是三个反问句。为什么这句话被放在整部《论语》的第一句，很值得深思。

这三句话不能分开来读，因为它演绎的是一个人学习的递进过程。孔子认为学习是一件令人喜悦的事儿。"学"是学，"习"是习，两者是截然不同的行为。"学"意味着知识的摄入，而"习"则是反复在现实中实践知识，应用知识。

一只小鹰刚出生的时候，反复观察老鹰飞翔的行为，而自己却不敢把翅膀展开，这是学。而当老鹰把小鹰从山上推下去，小鹰这才展开翅膀，将以前观察得到的飞翔知识运用到实践当中，向山下飞去，这才是习。在初次练习飞翔时，小鹰应该会失败不少次，可能会面临各种危险，甚至会受伤，要经过不断的练习，反复的实践，才能最终像老鹰一样，掌握飞翔这门技能。从此以后，小鹰想去哪里就去哪里，可以和父母一起在晴空丽日中飞翔，它们翱翔在蔚蓝色的天空中，心情一定是快乐极了。这不就是"学而时习之，不亦说乎"吗？所以，"学"相当于摄入知识，"习"相当于化用知识。

仅仅一句话，就概括了儒家思想的精髓：积极入世。孔子所生活的时代，是一个刀光剑影的时代，一个无道的时代。孔子读《周易》，必然对《周易》中的"天地闭，贤人隐"深谙于心，他自己也曾说过"天下有道则见，无道则隐"（《论语·泰伯》）。虽然这么说，但是在那个昏暗无道的时代，孔子并没有选择隐居，而是坚持己志，砥砺前行。这正是孔子值得我们敬佩的地方。时代如暗夜，孔子则在漫漫长路上下求索着自己心中的那一点光明。这是孔子最大的人格魅力。

当年，孔子和弟子们周游列国的时候，遇到了重重困境，普通人随时可能在这样的境况中半途而废，但孔子坚持了下来，辗转走了十多年。有一次，一行人迷路了，子路去打探，谁知光天化日之下，却受到了两个耕作者（即长沮、桀溺）的嘲笑："滔滔者天下皆是也，而谁以易之？且而与其从辟人之士也，岂若从辟世之士哉？（《论语·微子》）"他们奉劝子路不要跟随孔子这个避人之士，不如跟随他们这样的避世之士。是啊，天下混乱无道，做个避世之士，做个隐士多好。但是，孔子不是那样的人，无论是邦有道，还是邦无道，他都要如一支箭，射出去了便再也追不回来。

他看不起隐士，觉得他们满腹才学，却不具备伦理责任。天下在流血，百姓在嘶号，但隐士们高枕无忧，闭目养神，不仅没有一丝痛苦，反倒很愉悦。

学而不时习之，对于一个士来说很痛苦。饱读诗书，却一无所用，是对读书人的一种精神的折磨。一个人能够学而致用，在所在的时代发挥自己的才能，那不是一件身心愉悦的事吗？但孔子终究太天真、太理想，他的第一愿望还是落空了。当年，他早就料想到了这个后果：大道如果不能推行于天下，自己就乘着竹筏去东海上飘荡，也许仲由会跟着我一起走吧。如果没办法学而时习之，那就去其次而求之：有朋自远方来，不亦乐乎？

甲骨文中的"友"，两手相依，好似两个人在共同做一件事。故而，"友"就是志同道合之人。孔子希望他的朋友，能够具备直、谅、多闻这几个特点。孔子是一位耿直的"老男孩"，他选朋友，第一个标准也是直。直肠子，不绕弯弯，没有巧言令色、虚与委蛇。所以，当年孔子说：如果我的道没有习成，那希望我可以带着子路去泛舟海上，做渔父那样的人。即"道不行，乘桴浮于海。从我者，其由与"（《论语·公冶长》）。子路不是他最赏识的人，不是他最器重的人，却是他最信得过的人。他直率、坦诚，为朋友两肋插刀，除了学习不太好，几乎是一位标准的君子。

有句话叫"人生得一知己足矣，斯世当以同怀视之"，孔子很幸运，他有三千弟子，在三千弟子当中，有不少都是他的精神知己。他们跟着老师骑马仗剑走天涯，连一个"苦"字也不说，这在当时，应该算是一桩罕事了。因而，孔子又是不寂寞的。他怀才不遇，但是自创私学，与一群特立独行的人结伴而行，培养出了和他一样的仁人君子。孔子只是一个仕途失意者，而不是一个人生道路上的失败者。在他的门下，一群指点江山、激扬文字的年轻人怀抱理想，对时代的前途满腹憧憬，这怎么能不让孔子乐呢？

同时，他也有自乐的能力。无论身处何时何地，所临何事何境，都能安然于心。《论语·述而》篇讲："子之燕居，申申如也，夭夭如也。"（孔子平常在家里的生活，姿态舒展，情绪愉悦）如此自乐的状态，仿佛离我们那么远，又那么近。远的是，他一个人遗世独立、踽踽独行，"望之俨然"。而近的是，他的一言一语都平白如话，一举一动都如在目前，"即之也温"（《论语·子张》）。

即便他当年没有创办私学，仕途失意的孔子定然也不会跌入痛苦的深渊。

《史记·孔子世家》记载，孔子经过宋国，在一棵大树底下和弟子们习礼，遇到了司马桓魋，差点丢了老命。他过郑国到陈国，在郑国都城与弟子失散，独自在东门等候弟子来寻找，被人嘲笑，称自己颓丧的样子如同"丧家之犬"。他在陈国，因为不受到待见而被围困在半路上，前不靠村，后不着店，随身所带粮食吃完了，还没有人来解救他，于是绝粮七日，连续七天都没吃饭。要不是子贡求救于楚国，孔子恐怕早就命归黄泉了。

在周游列国的近十五年时间，孔子四处奔波，差点被杀，差点饿死，可是，回来后的孔子却依旧谈笑风生。晚年的他过着"饭疏食，饮水，曲肱而枕之"的生活，但是他仍然觉得"乐在其中"。这个时候的孔子，早就怡然自得、乐天知命了。你问孔子他有没有遗憾，也许是没有的，因为"不义而富且贵，于我如浮云"（《论语·述而》）。杀身成仁，舍生取义，于仁义二字，定是了然无憾的。

整部《论语》的第一则，与其说是写给莘莘学子的劝学之言，不如说是写给每一位普通人的。我们明白道理，不一定会践行道理。我们怀抱知识，不一定会使用知识。《论语》将它放在第一位是为了告诉我们，真正的学问，从文字知识中来，往做人功夫上去。学习的最终目的，是成为一个往来自如而不凝滞于物的人，这样的人，才堪称君子。

一个人很容易在受到赏识时会心一笑，在酒逢知己时会心一笑，但不是每一个人都能在身处困窘之境、穷途末路时仍能够怡然自得。

在孔子眼中，"人不知而不愠"是做人的最高修行。试问，身边有多少人能做到口不臧否人物，有多少人能够做到喜怒而不形于色，又有多少人能够在失意时不怨天尤人呢？一句"人不知而不愠"，将古来多少翰墨风流的文人排除在外。

不是读了书，就能够有修养的。所以，孔子劝学，总是告诉弟子，要先做到"入则孝，出则悌，谨而信，泛爱众而亲仁"。如果具备了以上这些品质，"行有余力，则以学文。（《论语·学而》）"学文的事情，在孔子看来并不是那么重要。比学文更重要的是，通过学文不断习得，成为一个本本分分、堂堂正正的人。

这也是"学而时习之，不亦说乎？有朋自远方来，不亦乐乎？人不知而不愠，不亦君子乎？"这句话作为《论语》总纲领的意义所在。我们把整部《论语》读透了，才明白这是一本可以帮助我们完成人性飞跃的书，能够帮助我们真正成为一个人的经典。

（二）孔子的信仰

在《论语·先进》篇中，孔门学生子路向孔子发出这样的疑问：人应该如何侍奉鬼神？

对于这个问题，孔子的回答很有智慧。他既没有说出自己是否相信鬼神，又没有否认鬼神的存在。

子曰："未能事人，焉能事鬼？"意思是：没能处理好人事，又怎能处理好鬼事呢？

子路又问："人死后会怎么样？"子曰："未知生，焉知死？"即：连生命都不能完全知道，又如何知道死亡是怎么回事？

在这则问答中，孔子似乎无意谈鬼神生死之事。这一点，《论语·述而》早已点明："子不语怪、力、乱、神。"这就像《庄子·齐物论》中的观点："六合之外，圣人存而不论。"鬼神之事，当然存在于人所认知的六合（天地中的上下东南西北）之外，所以，圣人虽存之，却不论之。也就不难理解孔子对鬼神之事的回答了。

但是，在《论语·述而》中，又有这样的一个情节：有一次孔子生了重病，毕竟此时孔子已是高龄，弟子们都很着急，特别是性情急躁的子路，爱师心切，于是请求为他向鬼神祷告。

孔子问道："有诸？"意思是说：有这样的先例吗？或者是你相信这样的事吗？

子路说："有之；《诔》曰：祷尔于上下神祇。（有一篇《诔文》里记载：向天上的神和地下的灵为你祈祷。）"想不到孔子竟然说道："丘之祷久矣。（我已经在内心祈祷很久了。）"

可见，孔子虽然没有明说自己是否信奉鬼神，却还是在内心相信鬼神的存在。

上古的人不是宗教徒，却普遍向鬼神祷告。祷告时，要有一定的仪式，叫巫礼。主持巫礼的人，叫巫师。巫师的口中，念念有词，说着咒语。

在神农氏时期，人们已经从茹毛饮血进入早期农业。面对各种自然灾害，先民们便在每年的腊月举行祭祀百神之礼。而在祝祷时所唱的，便是《蜡辞》：

土反其宅！
水归其壑！
昆虫毋作！
草木归其泽！

孔子的祷告，和先民们的祷告有所不同。他说：尽人力，不得背天逆理；重仁道，胜过礼数周到。不然，"获罪于天，无所祷也。（《论语·八佾》）"意思是：倘若已经获罪于天，再去祷告，已经属于临时抱佛脚了。从这句话中，我们可以看出：孔子信天。直到现在，被儒家思想影响了几千年的中国百姓还在说：人在做，天在看，举头三尺有神明。可见，天是孔子生命中信奉的最高概念。

孔子最得意的徒弟颜渊死了。子曰："噫！天丧予！天丧予！（《论语·先进》）"他用最悲痛的声音说：上天啊，你是要了我的老命啊！

孔子游诸列国，到了卫国，见到卫国夫人南子，一个美而淫的女子。子路怀疑老师与南子有染，便不悦。孔子指天为誓说："予所否者，天厌之！天厌之！（《论语·雍也》）"我要是做错了什么事，那就让上天厌恶我吧！

这两件事，充分说明了孔子信天。在孔子眼中，上天是伟大的。"四时行焉，百物生焉，天何言哉？（《论语·阳货》）"他说天虽然不说话，但它的伟大让人心存敬畏。孔子说，他五十岁才知道天命为何物，然后畏之。从此，孔子得为君子。

（三）立志乃人生重要的事

孔子是中国教育史上第一个倡导学生立志的老师。他曾经讲："三军可夺帅也，匹夫不可夺志也。（《论语·子罕》）"一个军队的统帅是可以换人的，但是一个人的志向却不可以改变。人没有志向，也没法立足于天地间。在孔子心中，志向是作为一个人的标配。

志向是什么？其实，志向就是生命中的目标。一个漫无目的活着的人，有什么存在的意义呢？《论语·为政》曰："吾十有五而志于学，三十而立，四十而不惑，五十而知天命，六十而耳顺，七十而从心所欲，不逾矩。"孔子十五岁开始立志，作为一位教育家，孔子也常常和他的弟子们一起畅谈志向。

《论语·公冶长》里，孔子和颜回、子路谈志向。

子曰："盍各言尔志？"
子路曰："愿车马，衣轻裘，与朋友共，敝之而无憾。"
颜渊曰："愿无伐善，无施劳。"
子路曰："愿闻子之志。"
子曰："老者安之，朋友信之，少者怀之。"

师生三人谈志，从不同处着眼。

子路追求的是一种纵情任性的人生，过肥马轻裘的生活，与朋友们共享荣华富贵，颇有"让我们红尘作伴，活得潇潇洒洒"的姿态。子路的志，让我想起了诗仙李白的"五花马，千金裘，呼儿将出换美酒，与尔同销万古愁"（《将进酒》）。他还说"敝之而无憾"，又有些杜甫的境界。杜甫当日困顿于"茅屋为秋风所破"，仍怀有"穷则兼济天下"的志向,道"安得广厦千万间,大庇天下寒士俱欢颜。风雨不动安如山。呜呼！何时眼前突兀见此屋,吾庐独破受冻死亦足！(《茅屋为秋风所破歌》)"子路的志向"与朋友共,敝之而无憾",不正是这样一种胸襟吗？可见,子路的志向不仅仅很豪气、阔气,还很有英雄气。

颜渊的追求则是奉仁道,他甚至能"三月不违仁"。故当孔子问他时,他的回答是："我不夸耀自己的长处,不表白自己的功劳。"颜渊的这个志,子路怕是听不懂的,或许连孔子这位老师应当也会感到诧异。他要做一个时时自守于仁、内省于心的人。

孔子自己的志向呢？他着眼的是天下。"老者安之,朋友信之,少者怀之。"他希望老年人过上安宁稳妥的生活,朋友之间能相互信任,年轻人永远怀抱理想。孔子希望自己能在这个志向的实现的过程中不断挥洒热血,奉献一臂之力。果然是圣人境界。

还有一次,孔子与子路、曾皙、冉有、公西华等弟子又谈论志向。子路是一个勇敢直率的人,他的志向是：做一个治国有勇、与人为善的人。冉有是一个谨慎谦虚的人,他的志向是：百姓富足、国家强盛。公西华是一个恭敬有礼的人,他的志向是：做一个小国家的司仪官。曾皙是一个放任随性的人,他的志向是：过安宁恬淡的生活。这一次,孔子对曾皙的志向极为叹赏。曾皙之志,虽看似无所寄寓,实际上,正是孔子所谓"老者安之,朋友信之,少者怀之"的写照,也是大同社会的生活状态。孔子自始至终的志向,就是希望他能够在毕生之年看到这样一个"大同社会"。他所讲的"老者安之,朋友信之,少者怀之",就是《礼记·礼运篇》中大同思想的实现。

《礼记·礼运篇》对大同社会的描述是："大道之行也,天下为公,选贤与能,讲信修睦,故人不独亲其亲,不独子其子,使老有所终,壮有所用,幼有所长,鳏寡孤独废疾者,皆有所养,男有分,女有归。货恶其弃于地也,不必藏于己；力恶其不出于身也,不必为己。是故谋闭而不兴，盗窃乱贼而不作，故外户而不闭。"

　　这就是孔子心目中的理想社会。孔子有没有实现他的志向呢？其实，在鲁国任职期间，孔子就将鲁国治理得井井有条，在他的治理下，鲁国老百姓路不拾遗、夜不闭户。可惜，鲁国国君后来迷恋女色歌舞，长期不理朝政，孔子不得已离开了鲁国，开始周游列国，在多个诸侯国之间辗转徘徊，最终都没有实现自己的政治宏愿。十多年后，回到故土，闭门著书，过起了"饭疏食、饮水、曲肱而枕之"的生活。

　　从表象看，孔子失败了，他没有让所有老百姓过上他描述的那种生活。但他的志向，又对后来者产生了深远的影响。民主革命的伟大先行者孙中山先生就将世界大同作为自己个人奋斗的最高理想，他多次手书"天下为公"，提出了三民主义学说。什么叫三民主义呢，即民族主义、民权主义、民生主义。他提出三民主义的目的，就是想建立一个大同世界。据有人统计，孙中山先生的遗墨中，与此相关的题词就有一百四十多件，占孙中山所有题词的三分之一左右。在其晚年，他还曾两次抄录《礼运·大同篇》。在《建国方略·心性建设》中，孙中山明确提出"人类进化之目的为何？"即孔子所谓"大道之行也，天下为公"。到了今天，在中国共产党带领下，"天下为公"正在一步步变成现实。

（四）何莫学夫《诗》？

　　相传《诗经》是孔子删减编撰的，就是说孔子是《诗经》三百零五首的主编。第二，孔子作为一位老师，把《诗经》作为教材，教授《诗经》。他循循善诱地告诉弟子们读《诗经》的好处："小子，何莫学夫《诗》？《诗》可以兴，可以观，可以群，可以怨；迩之事父，远之事君；多识于鸟兽草木之名。（《论语·阳货》）"

　　他不仅要求弟子们学诗，而且还一而再再而三地对自己的儿子"推销"《诗经》。他的独生子孔鲤从庭院趋步而过，孔子问道："学《诗》乎？"孔鲤答没有，他就愤愤地批评道："不学《诗》，无以言。(《论语·季氏》)"

有一次，孔子问伯鱼："女为《周南》《召南》矣乎？人而不为《周南》《召南》，其犹正墙面而立也与！(《论语·阳货》)"就是说：你读《诗经》里面的《周南》《召南》了吗？人如果不研读《诗经》里面的《周南》《召南》，就好像面对墙壁站着一样，寸步难行。

除了教授自己的学生读《诗经》，敦促自己的孩子读《诗经》，孔子自己对《诗经》更是烂熟于心。《史记》记载"诗三百孔子皆弦歌之"。孔子早年向乐官师襄学过古琴，他把《诗经》里面的诗一一用"弦歌"的方式传达了出来，用古琴演绎《诗经》。

那么，在孔子的努力推介之下，他的弟子们喜欢上《诗经》了没有呢？答案当然是肯定的。孔门"四科"文学科的第一名子游，第二名子夏，都和孔子深度讨论过《诗经》。

子游将《诗经》学得出神入化。在他看来，《诗经》不仅仅是一本诗集。他受到孔子"温柔敦厚，诗教也"的影响，在鲁国武县做县令的时候就用诗教化百姓。有一次，孔子来到了鲁国的武县，听到城里面到处都有人弹琴唱歌的声音，所弹的曲子所唱的歌都是来自《诗经》。见到如此场面，孔子莞尔而笑。孔子很少哭，也很少笑，情绪起伏不太强烈，他有一次大哭是因为最爱的弟子颜回死了，而这一次发自肺腑的笑是因为看到了自己的文学课弟子以诗来感化人民。于是，他微笑着打趣子游，实际是为了试探他："割鸡焉用牛刀？"意为：治理这个地方还用得着小题大做，以礼乐来教育吗？

子游恭敬地回答：老师曾教导我，做官的学习了就会有仁爱之心，老百姓学习了就容易治理，教育总是有用的啊！学生的回答深得老师之心。孔子对随同他一起来的学生说，子游的话是正确的，我刚才那话不过是与他开个玩笑罢了。

子之武城，闻弦歌之声。夫子莞尔而笑，曰："割鸡焉用牛刀？"子游对曰："昔者偃也闻诸夫子曰：'君子学道则爱人，小人学道则易使也。'"子曰："二三子！偃之言是也。前言戏之耳。"

《论语·阳货》

文学科的第二名子夏也不逊色。孔子觉得，弟子们每一个人都应该学一学《诗经》，但并不是每一个人都有资格、有能力与他一起讨论《诗经》的。可子夏是孔子认为可以与他言诗的学生。

子夏是孔子的弟子，他曾经读了《诗经·卫风·硕人》之篇，对庄姜之美产生了疑惑。《硕人》篇这样描摹庄姜之美："手如柔荑，肤如凝脂，领如蝤蛴，齿如瓠犀，螓首蛾眉，巧笑倩兮，美目盼兮。"这位美人无可挑剔，她身材丰满而修长，手指洁白而纤细，皮肤细腻而光滑，脖子柔软而白嫩，牙齿整齐而洁白，头方而发黑，眉修而目俊，美得不可方物。

子夏问："'巧笑倩兮，美目盼兮，素以为绚兮。'何谓也？"（庄姜美得如白色绢布上所绘的一幅绚烂的画。）子曰："绘事后素。"（先有朴素的白色绢布，后方有美丽的绘画。）孔子认为，庄姜之所以美得顾盼生姿，是因为她的朴素不争。一个齐国的公主，被指嫁给了一个并不爱她的卫庄公，但她并不怨，顾全大局，国母风范。她的内里有自我，庄姜做到了道家哲学的淡，所以才不是蝴蝶标本式的美、蜡人式的美，而是素以为绚兮。孔子打了一个比方，这就像画工需要在白底的绢布上作画，才能画出好作品来。庄姜的美，印证了庄子的一句话：朴素，而天下莫能与之争美。

子夏由孔子的回答，产生了更深刻的联想和思考，他又问："礼后乎？"他想，既然美产生于素，是不是也意味着礼乐的产生是在仁义之后呢？孔子听罢，对这位学生赞赏不已，说："商（子夏），你真是能启发我的人，现在可以同你讨论《诗经》了。"

孔子之所以不遗余力地与学生们论《诗经》，是因为在他眼中，《诗经》是一本很好的书，它可以帮助人兴发情感，观瞻世界，交人会友，抒发不平，可以指导人如何恰当地与一家之父和一国之君相处，也可以让人知道不少鸟兽草木的名字（"小子，何莫学夫《诗》？《诗》可以兴，可以观，可以群，可以怨；迩之事父，远之事君；多识于鸟兽草木之名。"）如果不学它，就不懂得外交辞令（"不学诗，何以言？"）另外，它可以教人做一个温柔敦厚的君子（"温柔敦厚，诗教也。"）这本书，用一句话来概括它：它的思想内容太纯正了啊！（"诗三百，一言以蔽之，思无邪。"）

从孔子的这些评价，可以发现，《诗经》的价值，早就超过了一本文学诗集的价值。作为一位老师，他要通过《诗经》培养一些真正的人。他经常带着自己的弟子们到庭院中，到高山上，到大树下，到杏坛旁，弹琴唱诗。他说："兴于《诗》，立于《礼》，成于《乐》。"（《论语·泰伯》）礼和乐的教育很重要，前者让我们成为一个有别于禽兽的人，后者让我们与自然通融，与万物和谐。而《诗经》则是通往礼乐的敲门砖，因为《诗经》与礼有关，与乐也有关。读了《诗经》，才可能打开心门，接受礼乐教育的熏陶，成为一个君子。

孔子所谓的"兴于诗"，就是感发于《诗经》。诗经可以感发一个人的内心，兴起一个人的情感。人的情感是随着外界的变化而变化的。春夏秋冬的移易、日月星辰的运行、花草树木的荣衰、山川河流的变化，都会刺激人的神经，让人心动，心动了，才会"形于言，发于声"。孔子用音乐与舞蹈的形式表现《诗经》，听者闻之，观者见之，他们的感情自然会变得愉悦、和谐，而后与天地之道相协调。这是情与理之间的一种呼应，自由与规则之间的一种平衡。当情感和理性、自由和规则达到了一种相对的和谐，那人和自然天地万物就能达到一种统一，最终的目的，就是为了造就这样的一种礼的状态，孔子说的"从心所欲不逾矩"的状态。所以，孔子的追随者荀子就说："始乎诵《经》，终乎读《礼》。"作为读书人，应该从诵读《诗经》开始。

（五）孔子是一位深谙养生之道之人

我很喜欢《论语·述而》中的这句话："饭疏食饮水，曲肱而枕之，乐亦在其中矣。不义而富且贵，于我如浮云。"吃着粗茶淡饭，倦了，就枕着手臂小睡一会儿。以仁义保养自我的身心，绝不违心而贪求金钱与地位。从这句话来看，孔子具有极高的医学素养，乃真知医者。

《黄帝内经》一开篇便说："昔在皇帝，生而神灵，弱而能言，幼而徇齐，长而敦敏，成而登天。"每一个人生下来，都是内含神明的，意味着养生之道在养神。

孔子的"饭疏食饮水，曲肱而枕之，乐在其中矣。不义而富且贵，于我如浮云"，就道出了养生的真谛。孔子显然早就认识到了人生于天地之间，历经春之和煦，夏之荣华，秋之萧索，冬之惨郁，应当法于阴阳，和于术数，得天地之气而行之，方能长久的道理。

因此，他也多次强调养性之道。人有七情六欲，圣人之于常人的高明之处，就在于善于控制自我的内心。

他曾经引用《诗经·邶风·雄雉》中的一句话来教导自己的弟子子路，说："衣敝缊袍，与衣狐貉立而不耻者，其由也与？不忮不求，何用不臧？"孔子的弟子子路，活得很通达，他即便穿着乱麻絮做的袍子站在一群穿着狐貉皮衣的人中间，都不会感到不自在。孔子说：只要能做到不嫉妒，不贪求，那就没有什么不好的了，也就离道更近了。

可见，孔子不仅将"不忮不求"作为自我的养生之道，更希望这句话影响更多的人，戒除尘世的嫉妒之心和贪恋之欲。欲望是一切烦恼的根源，如果能很好地控制自己的欲望，那么就能囚禁自我心中的那个"魔鬼"，达到心安坦然的境界，那么养生之于你我，又有何难呢？

孔子追求心灵的安定，就像他所说"君子坦荡荡，小人长戚戚"，做一个"不忮不求"且"不忧不惧"的君子。但是，他并不是一个饱食终日、无所事事的人。

孔子说"食无求饱，居无求安"，并且告诫自己的弟子说，饱食终日而无所用心，想养生那就难于登青天了。医药学家孙思邈后来也指出"养性之道，常要小劳"，这很符合中国医学养生的"动静相成、劳逸结合"的理念，一方有所偏颇，都会与养生之道相去甚远。

"流水不腐，户枢不蠹"，只要时刻处于一种身体和精神的和谐中，就能保持动态的平衡。现在社会的富贵病，即是生活过度奢靡，人对饮食贪得无厌的典型后果。美其名曰："吃货"。岂不知过食五味，内脏自伤之理？

孔子养生之道，在于"乐而不淫，哀而不伤"，任何情绪不能失衡，过度，否则不仅是对身体的残害，更有失君子风范。因此，孔子提倡以礼节制自我的情绪，"发乎情，止乎礼"，以礼来规范自我的行为和思想，非礼勿视、非礼勿听、非礼勿言、非礼勿动。如果能够克己复礼，那么就可以成为一个真正的"人"了。

人，生于天地之间，即为"仁"，也就是天地的本原，如果顺天而行，则可以成己成物，否则殆人殆己。

因此，孔子在说"《诗》可以兴"时，又总结道："一言以蔽之，思无邪。"思想有所生，而有所止，不偏不倚，是为中庸之道，亦为养生之道。

除了养性，孔子对于食疗也有一番精辟独到的见解。吃什么？不吃什么？怎样吃？孔子一一解答了这些问题。

他首先列出了十种"不食"的情况：

鱼馁而肉败，不食。

色恶，不食。

臭恶，不食。

失饪，不食。

不时，不食。

割不正，不食。

不得其酱，不食。

沽酒市脯，不食。

不撤姜食，不多食。

祭于公，不宿肉。祭肉不出三日。出三日，不食之矣。

在这些"忌食"的列单中，孔子对食物的色泽、质地、气味、式样、烹法、调法、季节、来源、卫生、礼仪、环境甚至艺术，都很讲究，并不是因为他是一个好吃的人。饮食的人，就是和食物的交流者。食物对于我们的意义，也不仅仅是果腹之用。

难以设想，孔子曾游说列国之间，犹如丧家之犬，惶惶奔走之际，连自身饥饿问题都无法顾及，对于食物的尊重程度何以如此？甚至不亚于他对"仁"的追求。

在孔子看来，吃不是果腹的问题，它是人生的一件大事，是天地仁爱的一种表现，因此，他将吃视为"仁"的一个部分，这才是孔子，从细枝末节可见其君子行止。

对于睡眠养生，孔子更是有一番独到的见解。

为我们所熟知的"朽木不可雕也"，是孔子在宰予白天睡觉的时候所说，也许在很多人看来这是不可思议的。而这恰恰与古人所提倡的"日出而作，日落而息"的养生思想相一致。

不仅要夜卧早起，更要"睡有睡相"，孔子所提出的"寝不尸"，强调不能仰面朝天睡觉，显然他是微屈四肢、侧卧而眠的。现代医学也认为这样的睡姿对心肺压迫力是最小的，可以更轻松地入眠。更有"寝不言"，夜卧之时，是人体神气收敛、神经抑制的时候，高谈阔论显然更容易使人处于高度兴奋状态，无法收敛心神。

　　神养、食养、睡养，孔子将养生理念践行于生活的各个角落，这无疑与《内经》所言的"上医治未病"的观点是如出一辙的。由此可见，孔子不仅知医，更是一位深谙养生之道之人。

三、仲尼弟子：名师出高徒

（一）颜回：真正的好学生

孔门弟子很多，在概数三千位当中，颜回居首。在众多弟子中，并不乏优秀者。而最让孔子满意的，惟有颜回一人。

颜回十三岁开始，便从学于孔子。那时，孔子在鲁国聚徒讲学已达十三年之久。其声望远播于各诸侯国，其弟子子路、孟懿子、南宫敬叔等在鲁国已小有名气。在课堂上，孔子讲多久，颜回就专心致志地听多久，并时时地默然点头。遇到不明白的地方，从来也不当面质疑。在与其他孔子门人相处时，颜回更是沉默寡言，才智较少外露。孔子一度觉得他有些愚，后来才发现，颜回不是没有疑惑，而是把所有疑惑保留，回到家自己反复琢磨，也能够把在课堂上所学的知识付诸实践。

别的弟子也许是为了"学而优则仕"，而颜回不是。子路说自己想治理千乘之国，功成名就之后"愿车马，衣轻裘，与朋友共，敝之而无憾"，志向很宏大，胸襟很宽广。冉有和公西华诸人表示，也愿入朝为官，谋个或高或低的职位。而颜渊则说："愿无伐善，无施劳。（《论语·公冶长》）"我愿意不夸耀自己的长处，不表白自己的功劳。

孔子对颜回的评价很高。孔子曾经当众说过："有是哉，颜氏之子！使尔多财，吾为尔宰。（《史记·孔子世家》）"意即：好样的，姓颜的小子！倘若哪天你发财了，我就去给你当老管家。他还对自己门下的高材生子贡说："弗如也；吾与女弗如也。（《论语·公冶长》）"

就是说：你不如他啊！我和你都不如他（颜回）啊！

这样的评价，前无往例，后无来者。作为老师，孔子从教一生，只遇到了一位这样的学生。在学习上，他可以"举一反十"，这样的颖悟力，连孔子都自愧弗如。

在生活上，老师有言他必行之。他曾经问老师："什么是仁？"子曰："克己复礼为仁。"颜渊曰："请问其目。"子曰："非礼勿视，非礼勿听，非礼勿言，非礼勿动。（《论语·颜渊》）"他便以此作为自己的人生座右铭。别的学生一日、一月就忘记了"仁"为何物，而他可以做到"三月不违仁"。

试问这样的学生，哪个老师不喜欢？可惜的是，颜回年二十九岁就"发尽白"，年纪轻轻就死了（关于颜回的卒年，有认为是三十二岁，有认为是四十一岁）。颜回死的时候，孔子仰天而恸哭："噫！天丧予！天丧予！（《论语·先进》）"他的学生们则对这位花甲老人说："您悲痛过分了！"而孔子并不认为过恸，并说："我不为这样的人悲恸而为谁呢？"

《论语·学而》中有一句话，摹写了颜回的学习状态："君子食无求饱、居无求安，敏于事而慎于言，就有道而正焉，可谓好学也已。"

在这一则中，孔子提出了"好学"的三个标准：第一，在饮食上不求饱足，在居住条件上不求舒适；第二，做事勤劳敏捷，说话小心谨慎；第三，时常亲近贤人来匡正自己的言行。如果做到了这三条，那可谓是"好学者"了。

这个标准何等严格，仅第一条就把很多人排除在外了，不追求饱食和安居。在孔子的所有弟子中，恐怕只有颜回可以满足这个标准吧！

《论语·雍也》里面记载："贤哉，回也！一箪食，一瓢饮，在陋巷，人不堪其忧，回也不改其乐。贤哉，回也！"颜回居住在陋巷中，每日的饮食，不过一箪食和一瓢饮而已。邻人们见此，为他感到忧心，而颜回则"不改其乐"。

颜回的乐，有如不顾名利而持竿垂钓于濮水的庄子、"采菊东篱下，悠然见南山"的陶渊明。无论是颜回，还是庄子、陶渊明都面对着生活的困顿或者仕途的失意，但是他们都以"晏如也"的姿态在尘世茫茫中出游从容，往来自如，可谓深谙快乐的法则。颜回也和后来的庄子、陶渊明一样，过着一种极简主义的生活。

颜回其实是一个不累于物的得道者，他不是吃不起，喝不起。究其家世，他出生于鲁国贵族世家——颜氏家族。到颜回出生时，鲁国虽然宫室衰败，颜回的家境日渐衰落，但是颜氏一族仍保有祖传的贵族身份及颜路的鲁卿大夫头衔，颜回也算是个落魄的贵族。《庄子·让王》中的这段描述也许能还原颜回的处境：孔子谓颜回曰："回，来！家贫居卑，胡不仕乎？"颜回对曰："不愿仕。回有郭外之田五十亩，足以给饘粥；郭内之田四十亩，足以为丝麻；鼓琴足以自娱，所学夫子之道者足以自乐也。回不愿仕。"

颜回拥有郭外之田五十亩，郭内之田四十亩，这样的田产足以维持一个贵族家庭的开销。另外，以其父辈曾作为鲁国卿士的例外之余得，虽谈不上家财万贯，也可算是衣食无忧。但颜回对生活的内容极尽简省，似乎执意要追求一种极简主义的生活。

这让我想到了美国作家梭罗。梭罗隐居瓦尔登湖，也过着极简主义的生活。他说："我要过斯巴达式的生活，去除一切不是生活的东西，刈出一个宽阔的地带，再细细修整，把生活逼入困境，简化到极点。"他一再强调"简单，简单，再简单"，认为"一日不必三餐，如有必要，一餐足以充腹；备上一百道菜大可不必，五道就足够；其余的东西也以此类推，相应减少"，而最终的目的，并不是厉行节约，而是过一种严以律己的生活，树立更高的人生目标。

一个人如成瘾一般地困于物质当中而不能自拔，不断饱尝美食，不断购买华服美饰，不断追逐风景，不断涉猎无关紧要的信息和新闻，这难道不像一个奴隶吗？我们的生活，不应该为无谓的琐碎消磨掉。

后来庄子也说"物物而不物于物",荀子也说"君子役物,小人役于物"。所以,真正领悟生命的人,应该过得简单,即"食无求饱,居无求安"。

能做到这个标准的人,才能安于贫,乐于道。很多人可能觉得这样做太过了,但我不这么认为。我们身边的大部分人,大半生都背负着债务,早出晚归就为了能养家糊口,他们在脑力、体力、精力、心力最好的青年时期选择了为物质消耗自己的生命,即便最终到了暮年时期想要深入学习而"志于道",已经心有余而力不足了。那么,与其耗费青春,不如在自己风华正茂的时候,至少是自己精力最好、干劲最足的时候做一些更有意义、更有价值的事情。

再者,按照《孟子·滕文公上》的观点:"人之有道也,饱食、暖衣、逸居而无教,则近于禽兽。"如果学习的最终目的只是想着吃喝饱足,生活安稳一点,那人也太卑微了吧?人在年轻的时候就应该提升自己的内在修养,充实自己的心灵,完善自己的精神境界,志在高远,而不是志在衣食饱暖。未必要求圣求贤,但至少志于道。我们花费大量的精力去志于道了,才能在人生的任何时刻看得透彻,活得自在。反过来讲,一个志于道的人,也没什么闲工夫去想自己能不能安饱的问题。因为这个世界上没有真正握在手心的物质,我们生活在未知当中,却要通过占有获得短暂的安慰,这并不值得。

孔子所言好学的第二条标准是:敏于事,慎于言。做事要奋勉,说话要谨慎。敏于事不是说做事要快。一味地求快,往往会出现很多错误,那叫鲁莽。这里的"敏于事",意思是做事不要拖泥带水。一旦决定身体力行做这件事了,就不要打岔,不要拖延,在最短的时间内用最高的效率把它完成。颜回就是一个"敏于事"的人,孔子说他好学到"不迁怒,不贰过"的程度。在进修德行上,颜回能很敏锐地察觉自己的不当情绪,并将之扼杀在萌芽中,不让这种情绪波及身边的人,即有很好的情绪管理能力。在学习知识和做人做事上,颜回不会犯两次同样的错误,可见颜回很懂得"吃一堑长一智",一错之后妥善归因，不会让自己在同样的事情上第二次栽跟头。敏觉如斯，清明如斯，恐怕孔门弟子中无人能出其右，难怪王阳明的弟子王龙溪说颜回是"才动即觉，才觉即化"。

除了"敏于事"，颜回也做到了"慎于言"。"慎于言"是指君子讲话要三思而后言，别轻易下结论，不然可能容易出错，可能给别人留下不谨慎、浮躁的印象。"慎于言"还意味着，在求学的时候，别说太多废话、闲话，非要发表自己观点的时候再去讲，不然不就是沉不住气吗？沉不住气，意味着心猿意马，心定不下来。《大学》里面讲"定而后能静，静而后能安"，心定下来是学习最基本的条件。

颜回就是一个"慎于言"的人。孔子曾经给自己的学生司马牛讲过："仁者其言也讱。"他认为巧言令色的人，也就是花言巧语的人很少有仁人君子。"讱"就是讲话好像很笨拙，很缓慢，这个其实就是慎言。颜回刚刚开始和孔子学习时，孔子观察他在课堂上的反应，发现他有一个特点：不违如愚。就是干愣着听讲，好像是个书呆子一样。但是后来，他才发现，颜回回到家以后，能够时时刻刻地回味知识，运用知识。所以，这个"不违如愚"看似是贬损颜回，实则是在夸赞颜回的"谨言慎行"。

颜氏父子好学乐道，父亲颜路和儿子颜回都在孔门私学。如果说无意于富贵而简居于陋巷是在情理之中，而颜回"三月不违仁"绝非一般人所能做到的。三月，只是一个虚指，也许时间更长，实际上，颜回在很长一段时间只是闷着头一声不吭地不间断行仁。仁者爱人，行仁需要时时刻刻的付出。一般人，即便是修养比较高的孔子门人，也是日月之间偶尔有行仁罢了。《论语·子罕》记载："吾见其进也，未见其止也。"颜回在孔门从学以来，一刻不停止地在学习的过程中向终点奔跑，而终点并非得到，而是得道。

颜回如此好学，终极目的是做一个得道者，有德者。《论语·泰伯》说："士不可以不弘毅，任重而道远。"求知或者求道的这条路很长很长,你不可能在短时间内看到路的尽头,所以,一个求知者或者求道者只要"志于道"了,就意味着要肩负着艰巨的、重大的责任,要走到这条路的终点而看到光亮,就意味着他要苦心志、劳筋骨、饿体肤、空乏身,行拂乱所为,故而,一个求知者或求道者必然要具备一种内在的精神:"弘毅"。"弘毅",就是浩浩然无边无际的毅力。有了这种毅力,才能破除万难,在困境中不倒,在贫贱中不忧,不为名利所动摇,最终才能"就有道而正焉"。

他自知,做到了"食无求饱,居无求安,敏于事而慎于言",还是远远不够。因为山外有山,人外有人,还要时不时地去向贤者学习。贤者在道的领悟上更深,那么,就可以择其善者而从之,"就有道而正焉"。

颜回十三岁,就跟着父亲在孔子门下求学。孔子在这位小小的少年眼中,"高山仰止,景行行止。"他在孔子这里虚心求索,孔子也能诲之不倦,故他喟然叹曰:"仰之弥高,钻之弥坚,瞻之在前,忽焉在后。夫子循循然善诱人,博我以文,约我以礼,欲罢不能,既竭吾才,如有所立卓尔。虽欲从之,末由也已。"(《论语·子罕》)要竭尽自己才力地从学于孔子。对于颜回来说,"好学",不仅仅是勤学。学而发愤的同时,能在学习中自给自足,忘记了外在物质的各色诱惑,沉浸在学习的乐趣中不知忧愁为何物。学到了这样的一个境界,财富也好,名位也好,早已不足为谈了。

(二)子贡:一位富豪的修养

富豪总是令人瞩目的,尤其是在当下这个时代。江湖上总有他们的传说。譬如某某富豪拥有多少财富,多少房产了,某某富豪又发表了什么惊人的言论了。新闻业的发达将富豪的衣食住行、吃喝拉撒乃至于丑事恶事都暴露在阳光之下。于是,富豪成了我们眼中的"大明星"，他们的一举一动，一言一语，都足以轰动一时，够人们品咂半天。富人们又似乎拥有强大的社会影响力，他们的财富功不可没。

在娱乐至死的现代社会，富豪们足不出户都可以被媒体关注。倘若有一位富豪怀抱家国情怀，经世济民，为民奔波，行侠仗义，谦恭有礼，我们是不是会将他推到新闻头版？

这位富豪，就是两千多年前的中国儒商鼻祖，孔子的弟子：端木赐。

端木赐，字"子贡"，是孔子门下"四科十哲"之一，位列言语科的第二名。排在言语科的第二名，可以想见，子贡必定是能说会道的一个人物。子贡除了是孔门三千弟子中数一数二的辩手，还在人品形貌上堪称佼佼者。他风流倜傥、英姿飒爽，才华横溢，为人正派，又十分多金。

《庄子·让王》记载子贡的外貌："子贡乘大马，中绀而表素，轩车不容巷，往见原宪。"子贡乘着遍缀华贵装饰的高大马车去探访原宪，他暗红色的衬衣，外面罩着素白色的袿子，英俊儒雅，风度翩翩。原宪家的狭窄小巷都容纳不下他气派豪华的车子，原宪戴上破旧开裂的帽子趿拉着鞋，拄着藜杖来给子贡开门，更是与子贡的富豪气派形成了鲜明的对比。

子贡这个富豪，做的是什么生意呢？据孔子说，子贡是通过"货殖"而发家的。子贡是从一个一无所有的穷小子，凭着自己一步一步在商场的摸爬滚打，逐渐地积累起了自己的身家财富。

在《论语》中直接反映子贡经商的资料只有一则，是孔子在对比评价颜回与子贡两人的道德学问时提到的，"回也其庶乎，屡空。赐不受命，而货殖焉，亿则屡中。（《论语·先进》）"

从这句话可以得知，子贡是靠着"货殖"白手起家的。货殖，就是囤积投机，猜测行情，然后卖出去。子贡脑子很活，他不全听从孔子那一套传统说教，安安分分只做学问，他一有时间就去市场上溜达，竟然每每能猜中行情的走势，贱买贵卖，从此一步一步地发了家，成为一代富商。

如果只是仅此而已,子贡也最多不过一个帅气多才的青年富豪罢了。可是,子贡偏偏要追求更完美的人生。庸俗的生意人,在获得了一定的财富之后,必定早将个人修养抛到九霄云外去了。君不闻老子云:五色令人目盲?财迷心窍的数不胜数,可是子贡不是庸俗的生意人,而是对自己有着更高要求的君子。这些要求,让他身上具备了不同于商界俗流的人格闪光点。

其一,子贡经商只是兴趣使然

子贡是孔子门下言语科的第二名,以巧言善辩著称,首先他是一位能说会道的人。因为能说会道,他不知不觉地入了商道,初尝甜头之后便一发不可收拾。有一次,与子贡齐名的范蠡和他讨论经商之道,可子贡自言,经商不过是癖好使然。其实,我们了解子贡的话,就知道他是当时大名鼎鼎的国际外交家,是驻鲁国和卫国的宰相,晚年还做了老师。因为谋生手段很多,子贡也并不缺钱,他经商,就如自己所说:借之而游名山大川,在互通有无中赚一点小钱,也是人生的一大乐事。这样的经商观,实在是闻所未闻。

其二,子贡视金钱若粪土

但凡有了钱便忘本、弃友,是司空见惯的社会现象。很多人腰包鼓了起来,竟然变得比穷的时候还要吝啬。这使我们每每提及商人,都会想起"奸""诈"等字眼。连白居易的《琵琶行》都说"商人重利轻别离",也许这是历史上商人受歧视的最大缘由吧。子贡知道"奇货可居""物以稀为贵"的道理屯了一些稀有的货物低买高卖,成了有钱人。有钱之后,他却没有因为"难得之货"而"行妨",而是继续着他的仁义之举。

当时的鲁国有一条法律,鲁国人在其他国家沦为奴隶,有人能把他们赎出来的,可以到国库中报销赎金。子贡在其他国家赎了一个鲁国人,回国后却拒绝收国家酬金。这就相当于一个人做了一件偌大的好事，却不留名。为国家做好事，即便国家承诺了要赠与酬金，也分文不取。子贡的这种行为，真是有豪侠之气。他在千金重利面前连眼睛都不曾眨一眨，可见有多么地视金钱若粪土。但是，这一行为遭到了孔子的批评。孔子说"子贡赎之，辞而不取金"的行为错了。是的，子贡最大的错误就是超越了大多数人都能达到的道德标准，自己的个人修养超拔到了大多数人难以企及的高度。"子贡赎之，辞而不取金"并不是子贡想乱了规则，而是子贡视金钱若粪土，对身外之物不屑一顾罢了。从道德上来讲，子贡身为一名商人却分文不取赎金的行为的确堪称道德典范。

其三，子贡用士的标准做商人

子贡经商获得一定的成就和财富之后，希望自己做一个有用于时代和社会的士。于是他接二连三地问了孔子很多关于怎样成为一个合格的士的问题。他问孔子怎样才能成为"士"，孔子将"士"的最高要求告知子贡："行己有耻，使于四方，不辱君命，可谓士矣。"

那么，子贡有没有做到"行己有耻，使于四方，不辱君命"呢？答案是肯定的。春秋时期，田常欲在齐国作乱，但忌于齐国内部其他势力，他就想通过对外扩张攻打鲁国来壮大自己。当孔子听到此消息时，就想拯救鲁国于水火之中，便向弟子们求助。当子路、子张、子石争先恐后自告奋勇要去承担这一外交任务时，孔子都否决了，认为三人都不具备这一才能，最后将重任交到子贡的身上。外交出使，要灵活应变，稍有不慎，就有生命危险，孔子派子贡前往，这也看出孔子对他的信任，对他能力的肯定。

子贡先来到了齐国，帮助田常分析齐国的时局，告诉他现在攻打鲁国的利害。又赶到吴国，用力鼓吹吴王夫差去北伐齐国，正中吴王欲图称霸中原的下怀。而后来到越国，帮助越王出谋划策。再返回吴国，鼓舞吴王发动全国兵力讨伐齐国。至此，当时诸侯国的势力均衡状态被子贡天才的外交策略彻底打破。但是，子贡还要将形势引领到更深的层次。子贡于是又赶往晋国,告诉晋国国君其所面临的危机。

子贡宛若一名围棋大师,整个局势经他的巧妙布局,演化成了一盘绝世的好棋。春秋时重要的吴越争霸、田氏代齐等大事件竟在子贡的策划下发生了重大转机。可以说子贡在很大程度上加速甚至部分改变了春秋时期的历史进程。

吴国与齐国的战争,以齐国大败告终。随后吴王果然野心膨胀,与晋国争霸,大败于晋国,越王勾践趁机突袭吴国,与吴王夫差进行了总决战。结局如何?夫差战败被杀,越国灭亡吴国。

《史记》对此的评价是:"故子贡一出,存鲁,乱齐,破吴,强晋而霸越。子贡一使,使势相破,十年之中,五国各有变。"

子贡确实是春秋后期政治舞台上善于解决外交难题的高手,太史公毫不吝惜笔墨,在《史记》中用了大量的篇幅将子贡出使各国,游说各国君王的外交活动记录得十分详尽,对于子贡的褒扬之情溢于言表。他通晓各诸侯国的国情,了解各诸侯国之间的利害关系,能担任各国外交使节,在战事频繁、外交斗争尖锐的诸侯国之间奔走,处理各种纷繁复杂的矛盾斗争,进行调停与斡旋。"他善于揣摩各国统治者的利益嗜求与称霸欲望,灵活地运用外交手段,晓之以理,动之以利,游刃于诸侯间,运筹帷幄,驰放自如。"

从他主动请缨挽救鲁国而游说各诸侯国,到五国之势因他而骤然大变,可以看出他的确是一名出色的外交家,确实达到了一个"士"的最高境界,能够"使于四方,不辱君命"。

也许你会觉得,子贡不过是一名高明的政客而已。但是,当时作为纵横家的张仪、苏秦,虽也能使诸侯国之间相安无事十余年,但和子贡相比,显然是更偏重名利。子贡的行为,是以解决天下纷乱为目的的。他曾放话说:"宁丧千金不失士心。"这样的一个士,和现在媒体长篇报道的商界"英雄""精英"们相比,不知要高出多少个段位!

其四，子贡是最像君子的商人

子贡用他的实际行动告诉我们，原来商人还可以这样当。商人当到了这个份上，应该没什么可说的了吧。可是，我们的子贡偏要追求更高的人生境界。他为不断地提高自己的修养，问孔子："贫而无谄，富而无骄，何如？"他认为能做到贫穷时不谄媚，富有时不骄傲就可以了，孔子肯定了他的认识，但是对他还有更高的要求："可也。未若贫而乐，富而好礼者也。"

曾有人认为，孔子未必比子贡强，因为子贡在学问、政绩、理财经商等方面的卓越表现有目共睹，有耳共闻，所以他的名声地位也一跃直上，甚至超过了他的老师孔子。当时鲁国的大夫孙武就公开在朝廷说："子贡贤于仲尼。"鲁国的另一大臣子服景伯把孙武的话转告了子贡，子贡却谦逊地说："我端木赐（子贡）的那点学问本领好比矮墙里面的房屋，谁都能看得见，但孔子的学问本领则好比数仞高墙里面的宗庙景观，不得其门而入不得见，何况能寻得其门的又很少，正因如此，诸位才有这样不正确的看法。"（《论语·子张》："譬之宫墙，赐之墙也及肩，窥见室家之好。夫子之墙数仞，不得其门而入，不见宗庙之美，百官之富。得其门者或寡矣！夫子之云，不亦宜乎！"）

如果说富而不忘初衷，让我们看到了一个"富而不骄"的子贡，那么，在自己年富力强之时依然陪伴卧病在床的孔子左右，并且在孔子死后为之守孝六年的做法则让我们看到一个"富而有礼"的子贡。孔子死后，他早年的那些大弟子们死的死，散的散，而子贡成了少数能够最终为孔子送行的人，他在孔子的墓旁一住就是六年之久。虽不是亲生，然胜似亲生。

当日，子贡说：等我有了钱，要做一个谦虚的人。孔子答：不如做一个有礼的君子。子贡做到了，他既做到了"富而不骄"，亦做到了"富而有礼"。孔子虽将他比作国之重器瑚琏，但没想到，子贡这块瑚琏却避开了器的束缚，真正地做到了"君子不器"。

子贡是一个不器的人。他从不以条条框框约束自己,能够通达自如,灵活应变。正是因为如此,他没有像颜渊那样"君子固穷","一箪食,一瓢饮,在陋巷",像颜渊那样"只见其进,不见其止"。他比颜渊更像一个不器的君子。所以,孔子对他的评价是一个"达"。子贡的达,不仅在于他有很强的应对能力,更在于他的通达事理,明白晓达。子贡看似是不听话的学生,实际上,他不仅学问做得还行,而且能够将所学应用到实践中去,体现在经商上,就是"亿则屡中",成为一代富商。

其五,子贡的终极追求是治国平天下

　　成为一代富豪,并不是他人生的终点,而是一个契机。他要通过这个契机去弘道。

　　司马迁作为有远见卓识的史学家,很懂得子贡。在《史记》中,他甚至认为孔子的名声之所以能布满天下,儒学之所以能成为当时的显学,在很大程度上是因为子贡推动的缘故。他在《史记·货殖列传》中这样写道:"七十子之徒,赐(子贡)最为饶益,原宪不厌糟糠,匿于穷巷,子贡结驷连骑,束帛之币以聘享诸侯,所至,国君无不分庭与之抗礼。夫使孔子名布扬于天下者,子贡先后之也。此所谓得埶而益彰者乎?"

　　试想,如果不是子贡当年"常相鲁、卫",出使列国,各国待之为上宾,地位显赫一时,如果不是子贡以天生一口伶牙俐齿而游说各国,而后不忘宣扬孔子的仁道主张,孔子怎能在乱世之中名扬天下,儒家又怎能成为当时的显学?

　　子贡之所以成为孔子的高足,是因为他没有像寻常商人那样,有了钱就为富不仁。西晋的石崇,在发迹以后与晋武帝司马炎的舅舅王恺公开斗富,比谁的生活更奢侈。石崇为了显示自己更富有,竟然用蜡烛火烧饭,把高达二尺多的名贵珊瑚树当场击碎,视若破瓦,出行的时候,甚至路上设置五十多里长的锦缎帷幕,只是为了遮蔽风尘。

如此鄙俗，最终被眼红者盯上了宠妻名妓绿珠，连小命也搭上了。现在的某些富豪，何尝不是如此？

子贡是一位真正的达者，他要做的，是内外兼修，不仅是在内修身养性，而且要在外治国平天下。这样的人，当得起"儒商"之谓。如果在孔子所有弟子中选出最优秀的一位，子贡当之无愧。

（三）子路：有赤子心的大义之人

在孔门三千弟子中，子路和颜回真是大相径庭的两个人。颜渊其言也讱，时常沉默不语，而子路其言也躁，总爱出个风头；颜渊好学，为此殚精竭思，倾注全部心血，不到而立之年就头发皆白，他早逝后，孔子就再也没有见到过比他还要好学的弟子，而子路厌学，孔子说他好仁、好知、好信、好直、好勇、好刚而独不好学；颜渊对孔子唯命是从，绝无二心，而子路处处与孔子作对，时常当仁不让于师。颜渊是安贫乐道的，而子路是天真烂漫的。我总以为，我们这个时代，子路这样的人应该是大家学习的榜样。

在孔子的眼中，子路虽鲁莽，然而最靠得住。评价子路时，他说："道不成，乘桴浮于海，从我者，其由（子路）与！（《论语·公冶长》）"可见，子路虽不好学而常常有用。

子路一出场，就性子极野。头戴雄鸡羽毛的帽子，佩戴着有公猪皮装饰的宝剑，见孔子儒雅，便屡次挑衅，是野气十足的"霸凌"。对于这样的人，当年臂能举国门之关、足能蹑狡兔、力能搏牛的"长人"孔子并不怕，以礼乐而缚之。子路当年，只是一个无才无谋的"愣头青"，如一块待打磨的璞玉。所谓"文质彬彬，然后君子"，子路也仰慕孔子这样的人，如同放荡不羁的孙行者对玄奘之风貌感佩不已，遂身着儒服，自行束脩，决心要成为一个身通六艺的学人。

孔子见南子，子路怕他被美色所惑而有不正当的作为，故面色不悦，孔子遂赌咒："予所否者，天厌之，天厌之！（《论语·雍也》）"无论何时何地，都能"当仁不让于师"，这是子路的可爱处。

孔子说："不畏强御，不悔矜寡，其言循性，其都以富，材任治戎是仲由之行也。（《孔子家语》）"不卑不亢，不戚戚于贫贱，亦无分别之心，这是子路的可爱处。

孔子与诸弟子谈志，子路率尔对曰："千乘之国，摄乎大国之间，加之以师旅，因之以饥馑，由也为之，比及三年，可使有勇，且知方也。（《论语·先进》）"果然实现了吗？然也。子路在卫国当蒲大夫时，以"仁义"而治，遂使"民尽力""民不偷""民不扰"，仅凭这一点，子路之政事才干毫不逊色于他人。而子路言志，不矫不作，率性真诚，这是子路的优点。

任何时代，有学问的人多起来对社会无疑是个好事，而有学问又有思想的人多起来，那肯定更是国家幸事，而冠以"知识分子"和"学者"名号却心中累累然又龌龊不堪的"充气文化人"，在子路这里，是可耻的。用知识与文化装点起来的世界，最需要子路这样既有学问又有思想的人。

子路之所以是子路，在于他读罢诗书、见惯世象后依旧不失天真之心。孔子在所有弟子中唯一公开场合要逐出师门的冉求，诸弟子见之而不言，处之而不近，然子路能与他和而共事，并存不悖，这需多大胸怀？冉求的言语常常让子路无立足之地，陷子路于尴尬之境，而子路坦然以待，这又需何等胸怀？

子路很有思想。他常常思考一些让孔子都感到难解的问题，譬如他问"如何对待鬼神""人死之后当如何"以及"如何成为一个人"之类的话题。

一个人有智不算厉害，有仁不算厉害，亦智亦仁的人才算厉害之人，他心灵锃亮，眼里无尘，在邪恶到来时选择"造次必于是"，做个真君子，故而不一定会得"天终"，往往在乏善可陈的世界里"不得善终"。子路就是这样，他在卫国的内乱中挺身而出，舍身取义，身体被剁成肉酱。"子闻之而绝肉食"。孔子当年闻韶乐而三月不知肉味，而子路走后，孔子不再吃肉了。这位一辈子对肉深有讲究的老人家，用绝肉食表达对他最信赖的弟子的怀念。

子路是勇者、是悟者、是真者，他虽洞见于生活的抵牾，仍然能执着于其中。谁都说孔子处处为难子路，而我以为孔子的内心便住着一个子路，因为他老人家身处一个兵刃相见的时代，因此才"厌武"，因为他老人家预见勇者在乱世没有好下场，所以才"抑勇"。颜渊去，孔子大恸，曰："后生无学。"因为颜渊是孔子之"他我"，是理想的"自我"。而子路去，孔子绝肉食，曰："天下无勇。"因为子路是孔子之"真我"，是本真的自我。

读《论语》，常常会结识很多"活泼泼"的人。在这所有人当中，子路看似瑕疵种种，然"人不疵不可与之交"。他在生活的渊泽里千淘万漉，却能够胸无渣滓；他看似头脑简单，然早已明心见性；他惯看师兄弟们一个个如鸟兽散，始终对"惶惶如丧家之犬"的夫子不离不弃；他，一个无教化的乡野蛮小子，不独有一身的刚猛，比那些斯文人更知道何谓"大义"。

最重要的是，他有一颗赤子心，朴如老树，洁如冰雪，这样的人是一个"真正"的人，一个"真"人。圣贤可视他为左膀右臂，普通人能与他称兄道弟，恰恰是这样的人，才是我们这个时代最需要的。

（四）曾皙：胸次悠然的生活觉悟者

在孔子的弟子中，有这么一个人，他不像颜回那样因为过于好学而徒增自然生命的负担，也不像子路那样因为过于勇莽而在卫国内乱中不得好死，而是有一点云淡风轻，有一点狂放自任，有一点随性从容，像一缕风、一朵云一样地生活，是孔子所有弟子中最诗意的一个存在。

《论语》第十一篇《先进篇》,是曾皙唯一一次出场。孔子和弟子们闲庭共坐,畅谈己志。

　　子路说:我想治理一个拥有一千个车队的国家,即便它在内忧外患中已经气数渐尽,我也有把握用三年的时间重振它的雄风。冉有说:我想治理一个不太大的国家,在三年之内让它国富民强。公西华说:我想主持宗庙祭祀事宜以及诸侯会盟,做国家的傧相。

　　大家的志向都是"学而优则仕",唯有曾皙,有点与众不同。

　　曾皙的原话是这样的:

"暮春者,春服既成,冠者五六人,童子六七人,浴乎沂,风乎舞雩,咏而归。"

　　孔子说在这四个人当中,他最赞赏曾皙的志。曾皙的志,就是在暮春的时候,即农历三月份,穿着刚刚缝制好的新衣裳,约上五六个成年人、六七个儿童,到沂河里面去洗个澡,洗完了之后,再一起相约着到舞雩台上吹吹风,一天就这么优哉游哉地过完了,然后唱着歌回家。

　　有人把这句话演化成了一首歌谣,也很有趣。

二月末,三月三,穿上新缝的大布衫。
大的大,小的小,一同到南河洗个澡。
洗澡罢,乘晚凉,回来唱个《山坡羊》。
　　　　　　　　　　(张中行·《负暄续话》)

　　曾皙的这句话,与其他三位相比,有点"形而上",有点"玄远"的味道。这句"玄言",也在中国文学、文化乃至哲学史上引发了热评,竟然成为一大著名公案。曾皙的这寥寥数语,让中国古代哲学史上出现了一个经典的术语：曾点气象。

曾点气象一直以来是宋明理学家们讨论十分激烈的一个论题，尤其是朱熹，他的讨论最为热烈。

"其言志，胸次悠然，直与天地万物上下同流，各得其所之妙，隐然自见于言外。"

几乎将曾晳捧到了后来庄子的高度。且不论气象不气象，我们能否说得通孔子为什么赞同曾晳的志，都有待商榷。

《礼记·檀弓》里面也记录过曾晳的一种姿态。鲁国的执政贵族季武子去世了，曾晳来吊唁，别人都在葬礼上表现得肃穆恭谨，而曾晳却"倚门而歌"。倚门而歌，就是身子斜靠在门边，自在地、旁若无人地唱着歌。这可是非同一般的狂放行为，按孔子的话来讲，就是非"礼"之举。再来看《论语·先进》里面的曾晳，也是这样的非"礼"之举。

曾晳在回答问题之前，他的姿态是特别的。当孔子问："点，尔何如？"的时候，曾晳此时在做什么呢？他无意倾听这场师生谈话，而是一个人在鼓瑟，摆弄着乐器，沉浸在个人的精神世界里面。老师提出了问题，他也没有立即给出回应，而是不疾不徐地把整首曲子弹完了，才停下来，再把瑟放在旁边，才回答了问题。

这个姿态就相当于在语文课上，老师就一个问题提问学生，学生却心不在焉，在课桌上悠闲地摆弄着自己的事儿，或者是在画画，或者是在吹笛子，或者是在读小说，放到现在，那可是不得了的事情。但是，孔子的课堂很包容，他包容曾晳这样一个异样的学生，尽管他根据自己的节奏掌握自己的课堂状态，孔子也是不介意的，而且，等他回答完了，还得到了老师的认可。

既然曾晳是如此狂放自任，那孔子为什么要赞赏曾晳呢？

我觉得，曾皙的志向，其实和孔子的志向不谋而合。孔子有一次和颜回、子路谈志向，他说自己的志向是："老者安之，朋友信之，少者怀之。"孔子一生深信他一生所坚持做的事，就是恢复周礼，重建周乐。他把周公作为自己的人生偶像，把恢复周礼作为上天赋予他的使命，作为自己一生的志向。

为了实现这个志向，他经过了多年的努力想要选择明君，帮助君王建立像周公时期的礼法社会，但是时不我予，社会风俗颓败、教化陵夷，孔子的志向始终没有实现。那么，他只能回到自己的国家，晚年过起了闭门著书的生活。他的生活状态是什么样子的呢？

饭疏食饮水，曲肱而枕之，乐亦在其中矣。
发愤忘食，乐以忘忧，不知老之将至云尔。

（《论语·述而》）

从这两篇内容，我们可以看到，孔子晚年所过的生活，不就如曾皙的志向所描述的那样吗？在礼乐之治下的和谐社会中，人人都应该有爱美爱自然的生活态度。孔子之所以赞赏曾皙，是因为他看到了生活的终极目的，就是过得真实活泼、愉悦潇洒、恬淡自在、无拘无束。与其说这是曾皙一个人的志向，不如说这是大家共同的志向。

这样的志向，在曾皙之前以及所在的时代，其实就有人书写过。老子在《道德经·第八十章》也描述了极为相似的一幕生活状态：

"甘其食、美其服、安其居、乐其俗。邻国相望，鸡犬之声相闻。民至老死不相往来。"

老子以道治国的终极目的，就是希望每个人都生活在富足、祥和、宁静、喜乐、满足的世界中，交流或者不交流，来往或者不来往，对他们的生活均没有丝毫影响,每一个人都活在当下那一刻,享受那一刻,听着窗外的鸡叫声、狗吠声,头顶白云飘飘,身边清风阵阵,唯恐有任何不速之客打破这一美好时刻。

后来,庄子和朋友惠子在濠梁散步,看见那桥梁下的河水里游过一尾鱼,感慨道:"鲦鱼出游从容,是鱼乐也。(《庄子·秋水》)""鱼乐"到底是怎样一种乐?庄子又道:"泉涸,鱼相与处于陆,相呴以湿,相濡以沫,不如相忘于江湖。(《庄子·大宗师》)"

即便身处困境,也有自得其乐的能力。不困顿于困顿,不物于物,来往自如,飘然所往,飘然所至,这非寻常的快乐可比。

在曾晳后来的时代,也有很多人书写这样的生活状态。

陶渊明的《桃花源记》中,一个渔人沿河划着船,不知不觉迷路了。到了一片桃花林,他很好奇,便想:这林子的尽头是什么呢?于是,划到了一个山洞,从洞口进去,才见到了一片世外桃源。在这里,"土地平旷,屋舍俨然,有良田美池桑竹之属。阡陌交通,鸡犬相闻。其中往来种作,男女衣着,悉如外人。黄发垂髫,并怡然自乐。"他想:这才是我向往的生活啊!

都说陶渊明的这句"采菊东篱下,悠然见南山。山气日夕佳,飞鸟相与还",道出了生活的真意,有一种无以言喻的美,是我们中国人理想的诗意栖居。而这桃花源的首创者应该是曾晳。

老子、庄子也好,孔子、陶渊明也罢,都是另一个曾晳的前身和后世,都怀揣着"曾点气象",胸次悠然,是直与天地万物上下同流的生活觉悟者。

庄子眼界很阔,希望像鲲鱼一样,化作大鹏,翱翔在天空和大海之间,逍遥而上,飞到九万里之外。那个时候,他便像野马,像尘埃,与普天之下的一切相互共存,"物我两忘,天人合一"。

而曾晳所言,看似是周遭物事,而寻常琐碎间却可以隐然自见天人万物各得其所之妙,就像陶渊明的"问今是何世,乃不知有汉,无论魏晋"，过着一种与世隔绝的生活，独处于一片自由之境。

孔子这位老师，以诗乐教人，可是他不固守窠臼，常常为弟子们营造一种天然玩乐之境，让他们在美育和乐育中学得"不亦说乎"。他曾经在树下带着弟子们手舞足蹈，演习古礼，曾经把弟子们带到山顶上去指点江山，畅谈大志，曾经带弟子们到舞雩漫游，到川流旁喟叹，这些自家独创的教学法也的确感染了很多学生，曾皙便是最得其精要者。

与其说他受到了老师的嘉赏，不如说他道出了老师的心意。孔子独"与点也"，那是因为孔子懂得曾皙玩乐之说中暗藏的大气象。这是一种天然态度，一种风流气象，虽只是盥面洗手，吟风披凉，却有一种别人学不来的道境，让人不禁望而兴叹。

我想，孔子听到曾皙这一番言语，定然是想到了自己当日所言的"道不成，乘桴浮于海"，也暗契了他平日"饭疏食饮水，曲肱而枕之，而乐在其中矣"的生活常貌，才不觉心中慨叹，欣然一笑。不消一语，早已和曾皙心契神合了。

（五）宰我：要对知识存疑

宰我是孔子门下一名很有个性的学生。孔子门下的四科，分别是德行科、政事科、言语科和文学科，这四科加起来，一共出了十位哲才，在孔门三千弟子中，可以说是千挑万选之辈。宰我便是"四科十哲"之一，位列"言语科"之首，可谓是一名顶级优秀的学生。

但宰我的风评不太好，因为他有些臭毛病，比如他在白天睡大觉，就激怒了平日里温文尔雅的老教师。在《论语·公冶长》中，孔子是这么骂他的："朽木不可雕也，粪土之墙不可圬也，于予与何诛！"（你这块枯朽之木，哪里还有可以雕刻的价值！你这面糊满了粪土的泥墙，哪里还有粉刷的必要！对你这样一个人，我已经无语了！）孔子的这一骂,让宰我背负了一个坏学生的千古骂名。这是宰我最大的污点。

但,这也只是宰我的一个污点而已。谁人无过?连孔子也会犯错误,何况是他的学生呢!况且,宰我也只不过是错在随性罢了。我们倒是很有必要看一看宰我的优长之处,尤其是在今天这样一种教育模式和教育环境之下。

教师写教案讲课,学生听课;教师布置作业,学生完成作业;教师检查作业,家长打卡;学校以年级为单位对学生做阶段性考核评估,学生参加考试;学校定期安排活动,学生参加,并写相关作业……

在绝大部分情况下,我们的教学就是这样展开的。在这样的教育模式下,我们获得了很多很多知识,知识的总和加起来肯定不可估量了,但是,又带来了一个弊端:学生的创造思维几近被扼杀了。

学校是一个什么样的地方?理想中的学校,应该像战国时期齐国的那个稷下学宫。这是一个百家争鸣、人才荟萃的园地。任何人,只要有观点、有思想、有可以指导实践的强大理论体系,就可以在此有立足之地。诸子百家里的孟子、荀子、邹子、孙子都曾在这里发表自己的学术观点。可以身无分文出入于此,绝对不会受到歧视,可以没有任何头衔和资历,也绝不会受到冷落。只要才高学笃,就可以被尊称为"先生",享受优厚的物质与政治待遇。这可以说是一所理想的大学。

如果你说,这只是大学而已,并不是中小学教育的模范。那我们不妨了解了解教育的一个流程。我们国家目前所开展的教学,在流程上应该是比较公平公正的,它要保障每一个人受教育的权利,却忽略了一点,教育不是人才的程式化培养,人才也不是教育生产线上的合格产品。一套流程下来,学生在知识量上可以说绝对地做到了《中庸》所说的"博学之",但不是说到了大学以后才开始"审问之,慎思之,明辨之,笃行之"。上述流程是一个同时进行的过程,说白了,从"博学之"到"笃行之",不就是《论语·学而》第一则所讲的"学而时习之"

么？如果整个中小学，在长达十二年的时间里，只注重广博的知识，而不同等地注重其他能力，那培养出来的学生，到了十八岁上大学时有可能是装了一脑袋没有赋予价值的知识罢了。在这个时候，即便是大学很注重后四项能力，那很可能为时太晚了。

一个人从出生开始，就一直处于学习的状态。从婴儿、幼儿，到儿童、少年、青少年，人以不断完善发展的大脑探索着自己与这个世界的实际联系，并且积极地构建着能够促成这种联系的知识体系。教育工作者需要做的，就是做好一个专业的引导者、促成者，时时在学生需要的时候点拨，而不是全权负责，给学生的大脑中填充各色的丰富知识。

都知道，培养思维是培养智力的核心。一个人的思维能力决定着这个人看问题的深度和广度，决定了他解决问题的能力的大小。而在所有的思维中，最重要的思维是创造性思维。创造性思维的形成，正是在"审问之"这个环节形成的。但在我们今天的教育环境中，要说"学生问问题吗？"当然问了，但是，学生在当前的培养模式下，在以分数考核为主要标准的考评体系下，在一以贯之的施教形式下，"审问之"可谓难上加难。试问你的孩子"在学习过程中遇到不懂的问题会问老师吗？"他的回答必然是偶尔或者极少，甚至从来不问，因为没有机会，因为分数考核的考评体制下，他只关心对错。如此片面、极端，不奢求像稷下学宫那个时代的百家争鸣了，连正确的认识世界的思维方式都不一定能形成。

所以，在这样一种教育体制和模式下，看一看、学一学宰我是很有必要的。

1. 宰我问孝

宰我问："三年之丧，期已久矣！君子三年不为礼，礼必坏；三年不为乐，乐必崩。旧谷既没，新谷既升，钻燧改火，期可已矣。"

子曰："食夫稻，衣夫锦，于女安乎？"

曰:"安。"

"女安,则为之!夫君子之居丧,食旨不甘,闻乐不乐,居处不安,故不为也。今女安,则为之!"

宰我出。

子曰:"予之不仁也!子生三年,然后免于父母之怀。夫三年之丧,天下之通丧也。予也有三年之爱于其父母乎?"

(《论语·阳货》)

宰我的老师孔子是一个有复古情怀的传统主义者,他极力要穷尽一生之力恢复周礼。对于"为父母的过世守丧三年"的传统礼法,他是无条件地认同且践行。但宰我却在课堂上大胆地提出自己的个人观点:"三年的时间实在是太长了!"毫不夸张地说,礼对于孔子来说比生命还重要,因为他心目中的"仁治"的天下,就是以"礼治"为前提的。

所以,宰我在提出异议之前,肯定是反复思量过的。他知道老夫子的性情,所以以天为证,以自然轮回为人事依据。他给出了充分的理由,并理性地提议:"一个有才能的人,被三年之丧给耽误了,那他能修成礼吗?能治成乐吗?依我之见,春耕夏耘,秋获冬藏,四时更替,钻木改火,不过是一年的时间罢了,这一年的时间对于守丧也够了。"

孔子虽内心不允,但作为一个向来主张因材施教的师者,孔子并未将自己的个人情怀强加于学生,而是课后在其他学生面前发表了自己的个人观点。他知道每一名学生都具有独立人格,只是在课堂上平静地问他:"你心不心安?"并告诉他:"如果你心安,你就按照自己的想法去做吧。"也是给足了宰我面子。

2. 宰我问仁

也许正是因为孔子"以和而应不同"的理性作风,宰我才有机会一而再再而三地提出自己的意见。这一次，宰我愈发得寸进尺，直接地挑战孔子的底线：仁。

有不少学生曾向孔子问仁。樊迟问仁，孔子告诉他："爱人。"颜回问仁，孔子启发他："克己复礼。"宰我大概是听惯了孔子对于仁的一贯说辞，他决定提出自己的不同观点。

宰我问曰："仁者，虽告之曰'井有仁焉'。其从之也？"
《论语·雍也》

宰我问：一个有仁德之心的人，如果告诉他，井里面有仁德，他跳不跳呢？其实，宰我的这一发问是有深刻寓意的。如果求仁与求生发生了冲突，那仁者会如何选择呢？可以说，这个问题问得很绝妙。宰我知道，孔子用毕生之力追求仁，他决意要将这位师者逼仄到墙角，挑战他的底线。

这像一场辩论到达了双方交锋最激烈的时刻。宰我咄咄逼人，孔子如果回答："当然是杀身以成仁。"言语科第一名的宰我也许会这么回怼：那没有生命又何以求仁呢？但如果回答："权衡利弊以求生。"宰我也许又会置言："不求仁，仁者的生命有何意义？"这是一个不能两全的悖论。作为人，生命是首要，作为不同于禽兽的个体，人要追求生命之外的人性美。孔子当然不能回答生命和仁究竟孰轻孰重，因此只能巧妙地告诉宰我：

"何为其然也？君子可逝也，不可陷也；可欺也，不可罔也。"
《论语·雍也》

意思是：你怎么会这样想？君子可以让他远远避祸，不能陷害。可以欺骗君子，但不可以愚弄。

诸如此类的发问太多了。所以，读《论语》中宰我和孔子之间的问答，就像读《孟子》和《庄子》一样过瘾，可以看到一场又一场富有思辨性的对话。孔子的好处，在于他作为一位师者能时时接纳宰我的发问，容许他提出异议，而遗憾的是，孔子和宰我完全是两类人，擦不出什么耀眼的火花。

如果孔子是孟子，也许《论语》会更有看点。孟子的学生淳于髡问孟子："老师，男女授受不亲是礼的规定吧？"孟子说："没错，是礼。"淳于髡又继续发问："那嫂子溺水了，小叔子用手把她拉上来，有没有问题？"也许孔子的回答会是："非礼勿听，非礼勿视，非礼勿言，非礼勿动。"

孔子只告诉学生一个大致的规范是什么，至于怎么做，那全凭自己意会。孟子不然。他是一个实践主义者。他一五一十地告诉学生："如果嫂子溺水了都不救，那就不是人。至于男女授受不亲是礼法的规定，在嫂子溺水这件事上，可以暂放到一边。"然后又借机启发学生："整个天下都像溺水了，我就不能用手救援，而要用道去救天下于水火之中。难道你让我亲手一点一点地去救吗？"这就让学生柳暗花明了：解决问题的原则是一样的，但我们要根据任务对象的不同，找到一种适合的解决问题的方式。

宰我这样的人，在孔门中是很少的。孔子的克己复礼，催生了很多像颜回一样的"不违如愚"的学生。所以，宰我的存在，倒令人眼前一亮。就像在今天的教育环境下，如果一个学生敢当众大胆地质疑老师，有理有据地与老师辩驳，那应该也是一道校园的风景。

宰我最可学的精神，就是他对知识存疑，不尽然听信于权威，这样的精神，让他时常能批判性地看待一切看似合理的存在，创造性地提出个人层面的见解。无论这种见解是对还是错，至少他在求知的过程中用了脑，也用了心，用质疑、分析、推理、演绎、归纳、比较、论证等方式对死气沉沉的知识进行了"活处理"，并给出了自己经过这一系列思考之后的判断和解释。

他并不是那种不经大脑就发问的学生，他的问孝和问仁，至少都经过反复地琢磨，才在课堂上抛出，虽然让老师措手不及，但他倒不是要挑战老师的权威，他的真正目的是追求真理。这样的能力，不正是我们当今教育体制下所缺失的吗？

四、庄子：蔽于天而不知人？

（一）庄子：诗意的哲学家

在先秦诸子百家当中，庄子独一无二。孔子、孟子、荀子、墨子、韩非子这些人，大都心怀大志，孔子想要恢复周礼，孟子想要以仁政治国，荀子想要以法治国，墨子和韩非子也想要以自己的方式、自己的哲学观去治人、治国、平天下。但是庄子不然。如果在先秦诸子百家中选出一位让中国文人当作精神知己的人，那这个人非庄子莫属。

为什么呢？其他的诸子都是哲学家、思想家、政治家，难免有些距离感，但是庄子是一个诗性的人。其他诸子大抵言语之间太过郑重其事，一板一眼，而庄子则像一股清流。他的文字独特而清新，有趣而生动。

打一个比方，其他的诸子仿如照本宣科，左手试卷、右手答案的老师，而庄子则是一位口吐金莲、妙语连珠的老师，他的每一节课都妙趣横生，让我们沉浸其中，不能自拔。

这是由庄子的性格决定的。庄子是个"野人"，他不想做什么官，邀什么功，他终其一生都在乡野里混迹。他一生就做过一个小官——漆园吏。我们说庄子的这个官职时，总会给当中加一点形容词，比如漆园小吏、漆园傲吏。意味着庄子是卑微的，但也是孤傲的。

瞧，这样一说，庄子的性格就出来了。他是一个穷且益坚、安贫乐道的人，而且通身都是傲骨。这还远远不能描述出庄子的全部。庄子还是一个说话一针见血的人。

庄子的乡党曹商，本来在才华和能力上都不如他，但是因为拍马屁拍得好，就从秦王那里得到了一百辆马车的赏赐，于是，他衣锦还乡，在庄子面前炫耀。这个时候的庄子早已家徒四壁，生活的窘迫把他逼得槁项黄馘。如果底气不足，普通人在这个时候应该是巴不得找个地缝钻进去，可是呢，庄子没有。相反，他大摇大摆地走出来，给曹商说了这样一番话：

"秦王有病召医。破痈溃痤者得车一乘，舐痔者得车五乘，所治愈下，得车愈多。子岂治其痔邪？何得车之多也？子行矣！"

（《庄子·杂篇·列御寇》）

我听说秦王得了一种病，叫痔疮。他很痛苦，就下令召集全国各地的医生，并且设立了一个奖赏制度。如果谁能够用手术刀切除这个痔疮，让它痊愈，就赏赐他一辆马车；如果谁能够用舌头去舔干净痔疮上面的脓液，就赏赐他五辆马车；曹先生如今竟然得到了秦王赏赐的一百辆马车，请问您到底做了什么？

这个故事，就是仍然流行于当今的一个讽刺拍马屁者的称谓：舔狗。庄子真是一个讽刺的高手，他一句粗俗语都不说，竟然把这个曹商说得灰溜溜地跑了。这就是庄子寓言的特色。

此外，庄子还很倔强，他过着食不果腹、衣不蔽体的生活，别人看他可怜，就请他出山。庄子所在的国家是宋国，而他却是楚国的贵族后裔，楚国的楚威王是一位明君，求贤若渴，看到庄子在挨饿，就派了两位大臣给他带来了千金之重礼和卿相之高位，面对金钱和地位的诱惑，庄子岿然不动，他坐在濮水旁边，正保持着他的挨饿本色，连眼珠子都不眨，持竿不顾。顺便还给这可怜他的二位大夫讲了这样一番话：

"吾闻楚有神龟，死已三千岁矣，王巾笥而藏之庙堂之上。此龟者，宁其死为留骨而贵乎？宁其生而曳尾于涂中乎？"

（《庄子·秋水》）

我听说楚国有一只神龟，已经死了三千年了，楚国国君用锦缎把它的尸体包裹起来，珍藏在宗庙中。这只神龟，到底宁愿享有死后锦缎裹尸的这种尊贵呢，还是情愿活在烂泥里摇着自己的尾巴？

两位大夫说："宁生而曳尾于涂中。"庄子这才说："往矣！吾将曳尾于涂中！"那你们请移步吧，我也愿意在这烂泥里摇尾巴。

穷得倔强是其一，穷得不失情趣才是庄子的可贵处。如果前两个故事让我们对庄子另眼相看，甚至敬而远之，而庄子寓言中的庄周梦蝶、濠梁之辩才让我们看到了一个活灵活现的庄子。他的确如鲁迅所说："其文则汪洋辟阖，仪态万方，晚周诸子之作，莫能先也。"

"昔者庄周梦为胡蝶，栩栩然胡蝶也，自喻适志与，不知周也。俄然觉，则蘧蘧然周也。不知周之梦为胡蝶与，胡蝶之梦为周与？周与胡蝶，则必有分矣。此之谓物化。"

（《庄子·齐物论》）

庄周梦见自己变成了一只蝴蝶，认为实现了自己的"志"，也就是梦想。蝴蝶是栩栩然的，而庄周是蘧蘧然的，都是自在悠闲的样子。于是，庄子就觉得自己与蝴蝶本为一体，都向往自由、闲适的生活，肉体上迥然不同，然而精神上完全一致。

这是庄子的一个显梦。我们再看《庄子·秋水》中的另一则寓言，他的隐梦。

庄子与惠子游于濠梁之上。庄子曰："鯈鱼出游从容，是鱼乐也。"

惠子曰："子非鱼，安知鱼之乐？"庄子曰："子非我，安知我不知鱼之乐？"惠子曰："我非子，固不知子矣，子固非鱼也，子之不知鱼之乐，全矣。"庄子曰："请循其本。子曰'汝安知鱼乐'云者，既已知吾知之而问我，我知之濠上也。"

庄子偏偏要与现实主义为敌，坚持认为那条鱼是快乐的，因为它真的出游从容。从这则寓言，我们充分看到了庄子身上所洋溢的诗性。一个理性的人是冷漠的，而庄子就是这样一位感性的、热烈的人，至少在内里是这样的。

学者胡文英曾经这样评价庄子："庄子眼极冷，而心肠极热。眼冷，故是非不管；心肠热，故感慨万端。"

从曳尾于涂的寓言，我们看到了一个冷眼旁观的庄子，而从濠梁之辩的故事，我们才明白，庄子视天地万物为知己，与它们的精神共相往来。这决定了庄子诗性的风流。

冯友兰先生在《论风流》中写道："风流的人，有玄心、洞见、妙赏、深情。"这四样风流特质，庄子样样具备。风流的人，正如《世说新语》中所说："会心处不必在远，翳然林木，便自有濠濮间想也，觉鸟兽禽鱼，自来亲人。"庄子把蝴蝶看作是自我的化身，将鯈鱼引为自己的精神知己，视乌龟为物外之依傍，这样的庄子，我们怎么能不爱？

但是，庄子又是孤独的，因为庄子的见地很稀缺，又不合时宜。因为他站在哲学的峰顶，为寻常人所不能触及处。庄子谈死，古往今来皆以死亡为忌讳。庄子说忘我，可古今又有几人能做到宠辱皆忘？

（二）面对死亡要坦然

庄子是战国时期的人，与梁惠王和齐宣王同时代的人。战国，从这个名字就可以看出那个时候的战争特别频繁。据统计，在战国短短两百多年中,大大小小的战争次数竟高达二百三十多次。在这样的社会环境中,当时人的寿命仅仅有三十岁左右。而庄子,却活了八十三岁。

庄子这么长寿,他的长寿之道是什么?众所周知,庄子生活在如此动乱黑暗的一个社会环境中,他的生活、他的思想肯定会受到影响吧?的确。在其他诸子百家看来,这个时代是荒谬的。孔子所在的春秋时期已经是"君不君,臣不臣,父不父,子不子"了,再到战国,更是"民有饥色,野有饿莩"(《孟子·梁惠王上》),"饥者不得食,寒者不得衣,劳者不得息"(《墨子·非乐上》)。

既然生逢乱世,庄子只能闭门不出,缄言不发,做一个隐士。越是战乱频繁、政治黑暗的时代,隐士就越多。大名鼎鼎的中国历史上最黑暗、最动乱的时代——魏晋时期,就是一个盛产隐士的时代。

庄子做了一段时间的漆园小吏后,辞职了,以编草鞋为生,日子过得潦倒不堪。《庄子·山木》篇载,庄子去见梁惠王,身上披着麻布,打着大大小小的补丁,鞋子也是破烂不堪的草鞋。梁惠王看到庄子这副模样,还嘲笑他说:"何先生之惫耶?"即:先生,你怎么这么狼狈啊?可是,庄子是怎么回答的呢?他清了清嗓子说:"贫也,非惫也。士有道德不能行,惫也;衣弊履穿,贫也,非惫也。"庄子还解释说:"此所谓非遭时也。"通俗点说,这就是天命啊。

孔子就是一个很珍惜天命的人,他说"五十而知天命"。所以他老人家贵生,很会养生,活了七十三岁,在当时也算是个寿星。但孔子绝口不谈死亡,他贵生而罕言天道。庄子和孔子可不一样。庄子乐天知命,很乐意谈死亡。

庄子的妻子去世了,朋友惠子去吊丧。可是,等他到了庄子家中,眼前的一幕让他大跌眼镜:庄子箕踞而坐(极其放肆无礼的一种坐姿),手拿木棍一边有节奏地敲着瓦盆,一边唱着歌。现实主义者惠子当然是不理解且愤懑的,可庄子解释道:

"是其始死也，我独何能无概！然察其始而本无生，非徒无生也而本无形，非徒无形也而本无气。杂乎芒芴之间，变而有气，气变而有形，形变而有生，今又变而之死，是相与为春秋冬夏四时行也。人且偃然寝于巨室，而我嗷嗷然随而哭之，自以为不通乎命，故止也。"

(《庄子·至乐》)

惠兄，感谢您老远地跑来吊唁。其实，当妻子刚刚去世的时候，我何尝不难过得流泪！只是细细想来，妻子最初是没有生命的；不仅没有生命，而且也没有形体；不仅没有形体，而且也没有气息。在若有若无恍恍惚惚之间，那最原始的东西经过变化而产生气息，又经过变化而产生形体，又经过变化而产生生命。如今又变化为死，即没有生命。这种变化，就像春夏秋冬四季那样运行不止。现在她静静地安息在天地之间，而我却还要哭哭啼啼，这不是太不通达了吗？所以我止住了哭泣。

惠子对死亡的态度如普通人。普通人面对死亡，是悲伤而痛苦的。不仅如此，还忌讳谈论有关死亡的话题。在中国，从天子到庶民，从老年到儿童，从教授到文盲，没有一个人不认为死是一件忌讳之事。如果有人在饭桌上失口说到"死"字，听到的人往往认为它扫兴，连声"呸呸呸"将这个扫兴的词驱之脑后。死在生的面前何等卑微，甚至没人愿意为它留一席之地。

千百年来，人们都认为死是悲哀的、恐怖的、无奈的，并且想方设法地逃避它，前仆后继地寻找不死仙丹，即使他们知道希望是渺茫的。中国人把殡仪馆和墓园修建在荒郊野外，只有在一些节日的时候，才去祭拜已故的亲人。而庄子不仅不忌讳死亡，而且坦然直面死亡。

《庄子·至乐》中还有这样一篇寓言《庄周梦髑髅》（即庄子梦见骷髅头）。

"庄子之楚，见空髑髅，髐然有形。撽以马捶，因而问之，曰：'夫子贪生失理而为此乎？将子有亡国之事、斧钺之诛而为此乎？将子有不善之行，愧遗父母妻子之丑而为此乎？将子有冻馁之患而为此乎？将子之春秋故及此乎？'于是语卒，援髑髅，枕而卧。夜半，髑髅见梦曰：'子之谈者似辩士，视子所言，皆生人之累也，死则无此矣。子欲闻死之说乎？'庄子曰：'然。'髑髅曰：'死，无君于上，无臣于下，亦无四时之事，纵然以天地为春秋，虽南面王乐，不能过也。'庄子不信，曰：'吾使司命复生子形，为子骨肉肌肤，反子父母、妻子、闾里、知识，子欲之乎？'髑髅深颦蹙额曰：'吾安能弃南面王乐而复为人间之劳乎！'"

庄子到楚国去，途中见到一个骷髅头，庄子用马鞭从侧旁敲了敲。于是问道："先生是贪求生命、失却真理，因而成了这样呢？抑或你遇上了亡国的大事，遭受到刀斧的砍杀，因而成了这样呢？抑或有了不好的行为，担心给父母、妻儿子女留下耻辱，羞愧而死成了这样呢？抑或你遭受寒冷与饥饿的灾祸而成了这样呢？抑或你享尽天年而死去成了这样呢？"庄子说罢，拿过骷髅头，用作枕头而眠。

到了半夜，骷髅头给庄子托梦说："你先前谈话的情况真像一个善于辩论的人。看你所说的那些话，全属于活人的拘累，人死了就没有上述的忧患了。你愿意听听人死后的有关情况和道理吗？"庄子说："好。"骷髅头说："人一旦死了，在上没有国君的统治，在下没有官吏的管辖；也没有四季的操劳，从容安逸地把天地的长久看作是时令的流逝，即使南面为王的快乐，也不可能超过。"庄子不相信，说："我让主管生命的神来恢复你的形体，为你重新长出骨肉肌肤，返回到你的父母、妻子儿女、左右邻里和朋友故交中去，你希望这样做吗？"骷髅头皱眉蹙额，深感忧虑地说："我怎么能抛弃南面称王的快乐而再次经历人世的劳苦呢？"

其实,骷髅头就是庄子的代言人。他的观点是:死亡是解脱,是快乐。在庄子这里,生与死,不过就是气的变化。在《庄子·知北游》中,他表达了自己明确的生死观:"人之生,气之聚也;聚则为生,散则为死。若死生为徒,吾又何患!故万物一也。"北宋"五子"中的张载就受到了庄子死亡观的深刻影响,他也认为:"人生在世,气聚则生,气散则死。"得出气有"阴阳、聚散、动静"。所以,人之生死,不过是气的正常变化而已,无所谓孰轻孰重。

当日子路问孔子:"敢问死?"夫子曰:"未知生,焉知死?"在儒家这里,死生有命,富贵在天,人能够做的,就是在有界限的生涯中把握每一个必然的时刻,甚至,在迫不得已的时候,宁愿杀身成仁。

既然如此,生与死就是同等的自然现象,如孔子当日带着弟子南宫敬叔拜访老子于临别之际感慨"逝者如斯夫,不舍昼夜"时老子的对答一样:"人生天地之间,乃与天地一体也。天地,自然之物也;人生,亦自然之物;人有幼、少、壮、老之变化,犹如天地有春、夏、秋、冬之交替,有何悲乎?生于自然,死于自然,任其自然,则本性不乱。"

在庄子这里,死亡与生命的切换,如同一岁四时的更替。清代曹雪芹深谙《庄子》精髓,他谓:"假作真时真亦假,无为有处有还无。"偌大的贾府,从繁华到衰败,就如同从生到死,从有到无。不过,这并不值得悲哀,只不过一场"好便是了,了便是好"的人生戏剧。他塑造的人物贾宝玉最爱读《南华经》(即《庄子》),对生死看得很透。从林黛玉葬花后,贾宝玉便开始思索死亡。在他恸倒于山坡的那一刻,对"生是瞬间的,而死是永恒的"这一悲剧真相早已有所领悟,想林黛玉和大观园中的其他姐妹们终有一天会如这被埋葬的花朵一般无可寻觅,那个时候,就连自身也不知何去何从,斯处、斯园、斯花、斯柳,更不知当属谁姓了。曹雪芹借贾宝玉之口,痛斥了儒家"三不朽"(立德、立功、立言)的生死观,他说,古代的那些为了名节而死的所谓"大丈夫","只顾图汗马之功,猛拚一死,实则糊涂至极",都是沽名钓誉的须眉浊物，趁势也表明了自己对死亡的观点：

"我此时若果有造化，趁着你们都在眼前，我就死了，再能够你们哭我的眼泪，流成大河，把我的尸首漂起来，送到那鸦雀不到的幽僻去处，随风化了，自此再不托生为人，这就是我死的得时了。"

曹雪芹的观点是：第一，死亡不过是一场风化、气化。第二，人很卑微，死去一入幽僻处，谁人记得？所以他笔下的贾宝玉从不忌讳谈死，一会儿说自己一时死了，一会儿说自己立刻死了、明年死了，就遂心了。不得不说，贾宝玉对死亡的遐想，简直太浪漫诗意了。他是一个赤子般的人物，因而死亡于他来讲和生一样平等。德国的海德格尔在《存在与时间》中提到了"向死而生"的概念，但曹雪芹早于他两个世纪前就已将笔下的贾宝玉打造成一个精神上觉醒的人，一个随时都憧憬着"向死的自由"的人了。而在曹雪芹之前的一千五百年，庄子早已坦然直面死亡了。

《庄子·齐物论》认为"死生如一"，人活在这世上不过是一场梦一样。《庄子·齐物论》中最经典的故事，莫过于《庄周梦蝶》。

庄子梦见自己成了一只蝴蝶，展翅高飞，洋洋得意，逍遥自适。然而，飞着飞着，他猛然间醒了，发现自己不是蝴蝶了，还是原来的庄周。回想刚才梦中的情景那么真实，他不由感慨万千。真的不知道究竟是自己在梦中变成蝴蝶，还是蝴蝶做梦变成了自己。最后他说："周与蝴蝶，则必有分矣。此之谓物化。"庄周与蝴蝶的有分在于，庄周是人，而蝴蝶是昆虫，全然两样。而庄周与蝴蝶又是无分的，因为最终都会因为物化而为一体，这就是庄子大名鼎鼎的"齐物论"：天地与我并生，万物与我同一。既然如此，生与死，又有什么好区分的呢？

庄子有很大可能是受到了《周易》或者阴阳家的影响，生与死就像阴与阳，看似对立实则统一，互为一体。一个人不能只爱生而恶死，或者求生而畏死。

怎样看待生死？庄子讲了一个故事《庖丁解牛》：

"庖丁为文惠君解牛，手之所触，肩之所倚，足之所履，膝之所踦，砉然响然，奏刀騞然，莫不中音，合于《桑林》之舞，乃中《经首》之会。文惠君曰：'嘻！善哉！技盍至此乎？'庖丁释刀对曰：'臣之所好者道也，进乎技矣。始臣之解牛之时，所见无非全牛者；三年之后，未尝见全牛也；方今之时，臣以神遇而不以目视，官知止而神欲行。……'文惠君曰：'善哉！吾闻庖丁之言，得养生焉。'"

（《庄子·养生主》）

有位名叫丁的厨师给梁惠王宰牛。他的手接触的地方，肩膀靠着的地方，脚踩着的地方，膝盖顶住的地方，都哗哗地响，刀子刺进牛体，发出霍霍的声音。没有哪一种声音不合乎音律。这种声音，几乎可以与《桑林》舞乐、《经首》乐曲这样的高雅艺术相媲美。梁惠王看罢说："嘿，好哇！你的技术怎么高明到这种地步呢？"厨师丁放下屠刀，答道："我追求的，是解牛之道，远胜于解牛之术。我最初宰牛的时候，眼里所见，不过是一头完整的牛；过了三年，我就不须看着一头完整的牛去解剖了，而是心有成牛；而到了现在，我甚至连看都不需要看一眼，心神一会，牛就解成了。"梁惠王听了庖丁解牛之道，才恍然大悟，明白了什么是养生。

此外，在《庖丁解牛》这一寓言中，厨师被分为三类：上厨、中厨和下厨。下厨解牛时以蛮力硬砍，一个月便要换一把刀；中厨解牛用割的方法，一年便要换一把刀；上厨像庖丁这样，解牛全凭心领神会，完全不用眼睛去看，刀子在牛的筋骨间游移，每一刀下去，都显得那么驾轻就熟、游刃有余、怡然自得。庄子认为，对于一个厨师来说，解牛的最高境界是目无全牛。庖丁就能做到这一点，他解牛有十九年了，解了几千头的牛，他非但没有换过一把刀，而且手中所持的刀越用越锋利，所以，庖丁才能在梁惠王面前展示他游刃有余的解牛术。梁惠王从中非但没有嗅见一丝血腥味，而且如听音乐一般享受，甚至悟到了养生之道。

在《养生主》中，庄子有段话是这样说的："缘督以为经，可以保身，可以全生，可以养亲，可以尽年。"这句话的意思是，"如果一个人能够遵循天地大道而生活，可以保护身体，可以保全生命，可以奉养亲人，就可以尽享天年"。什么是大道？大道就是万物从无到有、从有到无的变化规律，就是老子所言"万物并作，吾观其复"，就是孔子所言："天何言哉？四时行焉，百物生焉。天何言哉？"

道如天命不可言，但当一个人做到了"真人"，就可以"提挈天地，把握阴阳"而生于道；做到了"至人"，就可以"和于阴阳，调于四时"而合于道；做到了"圣人"，就可以"处天地之和，从八风之理"而从于道；做到了"贤人"，就可以"法则天地，象似日月"而法于道。庄子的"缘督以为经"，正如《黄帝内经·上古天真论》中所言："法于阴阳，和于术数"。自古以来，热爱庄子的人大抵都深会这一点。

魏晋时期的"竹林七贤"之一阮籍，就是庄子的追随者。阮籍的母亲去世了，此时他正与人下棋，忽闻噩耗，但岿然不动，直到下完了整盘棋才回家。更甚的是，他在母亲的葬礼上表现得很放肆，旁若无人地吃肉喝酒，学庄子丧妻时"鼓盆而歌"的姿态：散发坐床，箕踞不哭。

"竹林七贤"中的刘伶也很像庄子。他对于死亡的态度更是超脱。他可能是"竹林七贤"中酒量最大的，喝醉了常常脱了自己的衣服，在自家屋子里撒酒疯。有人来了，他就说："我以天地为房屋，以房屋为衣裤，你们这些人怎么钻到我的裤子里来了？"他出门时常常坐一辆鹿车，带一壶酒，让仆从拿着铁锹跟在车后面，说："死便埋我。"死便埋我，是怎样一种气度？置生死于度外矣。

四、庄子：蔽于天而不知人？

瞿秋白曾说了过这样的一句话："人之公余稍憩,为小快乐;夜间安眠,为大快乐;与世长辞,是真快乐也。"他这种置生死于度外的英雄气概与上述人对待死亡是有质的区别的。

庄子以"齐物论"看待世界万物,等物我,齐生死,他事实上也是这么做的。《庄子·列御寇》记载,庄子自己死的时候,就很超然。他快要死了,他的弟子想要厚葬他。他对弟子们说:

"吾以天地为棺椁,以日月为连璧,星辰为珠玑,万物为赍送。吾葬具岂不备邪?何以加此?"

我把天地当作棺椁,把日月当作连璧,把星辰当作珠玑,万物都可以成为我的陪葬。我陪葬的东西难道还不完备吗?哪里用得着再加上这些东西!

弟子却说:"吾恐乌鸢之食夫子也。"

老师啊老师,我们怕乌鸦、老鹰吃了您的身体。

岂不料,庄子竟这么回答:"在上为乌鸢食,在下为蝼蚁食,夺彼与此,何其偏也!"

把我扔在地面上,被乌鸦、老鹰吃;埋在地底下,则被蝼蛄、蚂蚁吃。你们把我装到棺椁里面,不就是相当于抢了乌鸦、老鹰的口粮去给蝼蛄、蚂蚁吗?你们可真偏心啊。

对庄子来说,死后如何处置尸体并不重要。因为在他看来,人这一辈子,就像一株草木一样。生的时候,勃勃向上,死的时候,落叶归根,是再自然不过的一件事了。

有情之人像孔子那样,面对死亡,要悲痛不止,甚至感叹一句:"逝者如斯夫,不舍昼夜。"但是,人生天地之间,本来与天地共为一体也。人有幼、少、壮、老之变化，犹如天地有春、夏、秋、冬之交替。面对生命的终结，又有何悲乎？

《红楼梦》中的妙玉有一句话很经典："唐宋以来，皆无一句好诗，唯有这句'纵有千年铁门槛，终须一个土馒头'。"妙玉喜欢的这句好诗，是南宋文人范成大在《重九日行营寿藏之地》一诗中所写。此诗中，范成大认为，人有"四大形骸"，人之筋骨皮肉皆乃土生，精血口沫皆乃水生，体温暖气皆乃火生，呼吸运动皆乃风生，即死时，骨肉归于土，精血归于水，暖气归于火，呼吸归于风，身体则荡然无存也。那么，即便富贵人家用铁皮包制的门槛能保存一千年，但也奈何不了人生的短暂，因为人在百年之后，最终的归宿都是去一个"土馒头"中。而范成大的这首诗，则来自唐初白话诗人王梵志的两首白话禅诗。

> 城外土馒头，馅草在城里。
> 一人吃一个，莫嫌没滋味。

> 世无百年人，强作千年调。
> 打铁作门限，鬼见拍手笑。

死后尸体既然归于自然，皆被鸟兽所食，何必又有"厚葬"与"薄葬"之分别？既然这样，花费重金打造铁门槛的那些富贵者，就是一个笑话了。

曹雪芹写《红楼梦》，就是想让世人明白：生命，就如同富贵、功名，以及一切的世间物色一样，总有终结的那一天。死亡好似一场大雪，当它覆盖了世间万物，就掳去了生之繁华，白茫茫一片真干净。与其在那一刻才解悟死亡，何不即刻放弃愚蠢的长生追求，怀揣着淡然而笃定的一颗心坦然面对。

一个人只有随时准备好接纳死亡，包容死亡了，才能真正地"向死而生"（海德格尔语），顺着自然的本性生活，视死生如夜旦之常。活着，"不以物喜，不以己悲。（范仲淹语）"只有这样，才能在短暂的生命旅途中做到真正的自在了然。

（三）人应该如何豢养动物？

在春秋战国诸子中，庄子可谓是最喜欢动物的人了。他曾经把自己比作濠水里自得其乐的儵鱼，非梧桐不止、非练实不食、非醴泉不饮的鹓鶵，宁其生而曳尾于涂中的三千岁老神龟，还曾梦见自己变成了一只栩栩然的蝴蝶。而且，在《庄子》一书中占有很大比重的寓言，大都是从动物讲起，再最终谈到人的世界。

他写书，第一句话就从动物说起："北冥有鱼，其名为鲲。鲲之大，不知其几千里也；化而为鸟，其名为鹏。鹏之背，不知其几千里也；怒而飞，其翼若垂天之云。（《庄子·逍遥游》）"由鱼、鲲、鹏谈到蜩、斑鸠、鹦这些动物，多么轻松自如。庄子也许知道世人讨厌说道，就把道理无形化入动物故事，听者毫不费力，就懂得了他的哲学。

只从这一点上来看，庄子就不是一个冷血无情的人。不单是庄子，天真烂漫、稚气未脱的人大抵都是喜欢动物的。庄子像个儿童一样打量着动物，他看见濠水里的鱼儿，便以为那鱼一定是快乐的。

"彼至正者，不失其性命之情。（《庄子·外篇·骈拇》）"对于成人来说，要重获至正之气，就须退守到生命的本真状态。庄子对动物羡慕不已，但唯独反对豢养动物，何也？

以被豢养在笼中的禽鸟为例，无论是画眉、鹦鹉还是其他任何珍禽，生活在温暖舒适的樊笼中，看似比原来在野外饥一顿饱一顿的生活好多了，不用再十步一啄，百步一饮了，但不见得是一件好事。

庄子为了表达自己反对豢养禽鸟的立场，讲了这样一则寓言。

昔者海鸟止于鲁郊，鲁侯御而觞之于庙。奏《九韶》以为乐，具太牢以为膳。鸟乃眩视忧悲，不敢食一脔，不敢饮一杯，三日而死。

（《庄子·至乐》）

在春秋时期的一年间，海风比往年更猛烈。众海鸟为了避开自然灾害，纷纷本能地飞往陆地。一只海鸟飞到了鲁国都城的东门外，在那里一直栖宿了三天三夜，丝毫没有再飞走的意思。都城的人看到很惊诧，以为这是一种不祥预兆，流言很快传到了鲁侯的耳中，他便率领众臣去观看，把这只海鸟请入宗庙中，并为它演奏高雅的韶乐，烹制昂贵的菜肴，甚至为它亲自敬酒夹菜，但鸟儿不到三天就死了。

庄子说，愚蠢的鲁侯以己养之道而养鸟，活生生地将一只鸟儿折磨致死，真是荒唐之至。

也许有人读罢这则寓言就有异议了，说鲁侯之蠢，在于不知养鸟之道。鸟不是不适合关在笼中豢养，而是养鸟的人未曾知晓禽鸟所好罢了。如果欲养鸟而多种树，使绕屋数百株，扶疏茂密，鸟自然以之为乐园，乐不思返。

这种养法看似颇有道理，却是人类狭隘自私眼界的一种反映。一笼一鸟，固然可以给人带来乐趣，又何如将天地当乐园所能给禽鸟带来的乐趣更为博大呢？养鸟之道，"宜栖之深林，游之坛陆，浮之江湖，食之鳅鲦，随行列而止，逶迤而处"。人类世界尚且有"久在樊笼里，复得返自然"之欲望，何况是鸟兽耶？

在《庄子·人间世》中，庄子还讲了一个养老虎的故事。

汝不知夫养虎者乎？不敢以生物与之，为其杀之之怒也；不敢以全物与之，为其决之之怒也。时其饥饱，达其怒心。虎之与人异类，而媚养己者，顺也；故其杀者，逆也。

养虎的人，从来不敢给老虎吃生肉，都是煮熟了之后才喂给它吃，因为害怕老虎养成了杀生的恶习。养虎人宁可把肉食剁碎喂之，也不敢给它吃整块的肉，因为害怕老虎撕咬的本性被激发。养一只老虎，千万不要等它饿得发狂了才喂它，必须定时定量投喂，以防激起它捕食的天性。只有这样，老虎在人面前才会像个猫咪一样乖。

庄子表面教人怎样养虎，如何顺着老虎的性情养，其实也暗含讽刺，一只本性凶猛的虎在人类的驯养下变得温顺。

但庄子也同时提出，如果非要豢养动物，就须顺其性，全其德。

顺其性，就是遵循它的本性。不要像鲁侯养海鸟那样"善养"，否则适得其反。同时，亦要知其性，知道动物与人是异类。与人相比，豢养的动物有更多的兽性，稍不留意，人就有可能被动物噬咬甚至夺去性命。狗咬人致伤致死这样的事并不是没有，因此，人与动物虽可亲可友，却有一段天然的距离，如果逾越了这个界限，就是养而为患了。

全其德，即保全它的德性，发挥它的能力。就像以前人养黄狗看家护院，而不是纯粹当作宠物，这样有利于宠物的后代健康繁殖。

在人类至上的世界，固然不能做到人与动物平等相处，但至少请勿淡忘顺其性和全其德的基本道理，与此背道而驰，与庄子所痛斥的那个治马不当的伯乐有何区别呢？等他修剪了马的毛发、削刻了马的蹄子、勒上了马嚼子、捆上脚绊子，再把马关进槽里拴住后，马已经病的病、死的死，被折腾得痛不欲生了。

五、孟子：大丈夫是怎样炼成的？

如果说，春秋战国时期有五种类型的人，社会学家会说：天子、诸侯、大夫、士、庶人。阴阳学家会说：太阳之人，少阳之人，太阴之人，少阴之人，阴阳平和之人。而孔子会说：人有五仪，有庸人、有士人、有君子、有贤人、有圣人。

圣人太难做了，孔子自己觉得即便是尧舜，也不能称之为圣人。圣人是生而知之者，就是生下来什么都知道的。按照这个标准，孔子自己也不是圣人，圣人是不存在的。孔子理性地认为，我们可以通过修养成为一个君子。在《论语》这一本书中，君子出现了上百次之多，这是孔子心目中的理想人格。

君子是怎么样的呢？他有时是谦让的，有时是温和的，有时是谨慎的，和和气气，温文尔雅，好像有点偏柔弱的样子。但是，君子又有阳刚的一面。"君子无终食之间违仁，造次必于是，颠沛必于是。"《论语·里仁》孔子这个人，看似温良恭俭让，实际上内心很刚强。他在鲁国被陷害，在陈国和蔡国连续挨饿七天，在宋国树下习礼时被人追杀，差点丧命，又被人围困，常常是穷途末路，但是，他仍然一笑而过。

由此可以看出，孔子所言的"君子"人格，既是一个厚德载物的人，又是一个自强不息的人。孔子说，君子亦仁亦智，如山之静，如水之动，如山之寿，如水之乐。君子就像大自然，有山有水。

而孟子心目中的理想人格，则是大丈夫。和孔子的"君子"人格相比，孟子的"大丈夫"更多出了一些个性、风骨与气象。"大丈夫"是一种怎样的人格？孟子一连使用了三个"不"字来概括："富贵不能淫，贫贱不能移，威武不能屈，此之谓大丈夫。（《孟子·滕文公下》）"掷地有声，使人毫无反驳之力。

"大丈夫"处于富贵而不过分贪图骄奢淫逸的生活，困于贫贱却绝不屈服于命运的摧折，始终能坚守自我的初衷，即便是为强力所迫，大丈夫也绝然不低头。在孟子看来，在任何处境中坚持自我底线，执着自我意志，有底线，有原则，"泰山崩于前而色不变，麋鹿兴于左而目不瞬"，这就是大丈夫。

孟子作为一个教育家，要培养的就是"大丈夫"这样的人格。怎样成为一个大丈夫呢？孟子和学生公孙丑是这么对话的。

公孙丑问曰："敢问夫子恶乎长？"

曰："我知言，我善养吾浩然之气。""敢问何谓浩然之气？"

曰："难言也。其为气也，至大至刚，以直养而无害，则塞于天地之间。其为气也，配义与道；无是，馁也。是集义所生者，非义袭而取之也。行有不慊于心，则馁矣。"

（《孟子·公孙丑章句上》）

当公孙丑问"什么是浩然之气？"的时候，孟子却说："这很难描述"。又说："浩然之气作为一种气，它至为盛大，至为刚强，它源源不断地充盈在天地之间，取之不尽，用之不竭。如果一个人想养成浩然之气，需要持之以恒地行正义之事。如果一天忽然为利所动，把正义和道德抛之脑后了，那胸中的浩然之气就会消减。"浩然之气，强大到不可限量，刚健到不可屈挠，是天地之间正义的集聚，在人这里，就是天道仁义之心，它不曾有一刻的停歇，不因任何外物而有所变化，是身为人类的我们修行的方向。

所以，要修养成一名大丈夫，要培养大丈夫的浩然之气，还需要一种定力，一种功夫，要坚定不移地去做这件事情。有了这种浩然之气就会形成不可屈服的精神力量,能够做到"富贵不能淫,贫贱不能移,威武不能屈",这就确保了大丈夫人格的实现。其实,说白了,需要一种意志力。

孟子举了很多的例子,向我们说明意志力的重要性。

> 舜发于畎亩之中,傅说举于版筑之间,胶鬲举于鱼盐之中,管夷吾举于士,孙叔敖举于海,百里奚举于市。
>
> (《孟子·告子下》)

他说,五帝之一的舜帝,当年被尧帝起用之前,只是一个种地的。商朝的宰相傅说当年在做宰相之前,只是一个普通的建筑工人,商朝的大臣胶鬲在做官之前,就是一个鱼盐贩子。还有,受到齐桓公重用,帮助齐桓公安天下的管仲,也经受过牢狱之灾,从狱卒手中释放出来才得到任用的。楚国的宰相孙叔敖,在楚庄王任用他之前在偏僻的海滨一带无人知晓。秦国的大夫百里奚,更是一度亡命天涯,无处寄身,是秦穆公用五张羊皮把他赎出来封作大夫。这些叱咤于某一个时代的风云人物,大多出身卑微,生于忧患,几经命运摧折才见遇于贵人功成名就的。

孟子之所以告诉我们这些例子,就是想说明四个字:生于忧患。人在困境、逆境中最容易丧失斗志,也最容易被激发出斗志。困境、逆境看似是人生的一种不好的遭遇,却是考验我们的一个机会,是拉开人与人之间差距的一个机会。自强不息的人,会在逆境中重生,而没有斗志的人,会在逆境中一蹶不振,被自己的心打败,而不是被所谓的困难打败。

"故天将降大任于斯人也,必先苦其心志,劳其筋骨,饿其体肤,空乏其身,行拂乱其所为,所以动心忍性,曾益其所不能。"

如果一个人在苦难之中仍能坚守己志，不忘初衷，那这个人是大丈夫无疑了。如果一个国家的君主也能做到这一点，能够拥有"大丈夫"人格，那么"君仁，莫不仁；君义，莫不义；君正，莫不正。一正君而国定矣"（《孟子·离娄章句上》）。这是孟子的养正之道和育人之道，也是孟子所提倡的治国之道。

六、屈原：一位不朽的爱国主义者

（一）为什么要读屈原？

屈原是何等人？太史公的评价是："推其志也，虽与日月争光可也。"说的是他的志。王国维对他的评价是："苟无文学才华，凭其人格亦自足千古。"论的是他的人格。

这是一位怎样的诗人？世人提及他的名姓，个个都服膺于心，而独不言他的天赋何如、才华何如、写作风格何如，这位诗人显然已经不仅仅是诗人本身。太史公眼中的屈原有如仲尼弟子眼中的孔子，众星拱月一般。借用《诗经》的话去说，便是："高山仰止，景行行止。"而王国维将屈原列在渊明、子美、子瞻之上。后者已然在文坛上被奉若神明，何况前者耶？

我起初爱渊明之淡，后赏子瞻之达，而后对子美之仁五体投地，惟有屈子其人其诗，一直未有洞见。对于《楚辞》中屈原留下来的二十五篇诗歌，也未曾明察于心。与唐诗宋词相比，先秦文学中的《道德经》《庄子》《楚辞》就像是一块块硬骨头，嚼起来须费万般功夫。而《楚辞》的独特之处又在于它一则是以"蛮夷之语"著成，歌楚声，单就这一点，就为之筑建了一道篱障；二则它自带一股浓郁的哲学气息。汉之刘向、宋之朱熹，虽亦学际天人，仍以为它是"天学"。

而我们为什么还要读《离骚》《天问》《九歌》《招魂》？因为屈原以一个不倦的歌者的姿态与天地万物对话，不是后来吟风弄月式的作品可比的。用郑振铎先生的话来讲，"它（《楚辞》）像水银泻地，像丽日当空，像春天之于花卉，像火炬之于黑暗的无星之夜。"

屈原的诗，处处有神。屈原自己，也像水一样，时而奔放活泼，时而庄严肃穆，时而曲婉，时而悲壮，时而幽怨，时而热烈。有时，他是一位饱含意趣的诗者；有时，他是一位情感滂沱的歌者；有时，他像一位神秘莫测的智者；有时，则是一位满眼凄凉的怨者。

屈原所珍视的，是如招摇在江底青荇一般的"初衷"，那个不因时势而变更、因繁华而湮没的梦；是柔软如泥沙一般可以搁置梦想的"净土"，一块唯有在梦境与幽冥中方能寻得的高地；是那漆黑中如江水一样奔流涌动的"赤子之心"，那颗天真抱璞、守真如一的心。在他看来，唯有汨罗，才是可以安放那个梦、保全那颗赤子之心的好去处。

正如后来在剐刀下尚要索琴一张信手漫弹的嵇叔夜，因人生之"真快乐"而赴死，屈原死得浩荡、风绝，无一丝流连色、一丝伪装味儿。

昔日，他独行于洞庭湖畔，看"袅袅兮秋风，洞庭波兮木叶下"的时候，身躯是单薄而寂寥的。而终于，当他与石俱下，与水互融，与万物归于大地。我们看到了一个伟岸的灵魂，岩岩兮若孤松之独立，傀俄乎若玉山之将崩。

准确来说，屈原不只是一个爱国主义诗人，而且是名士风度的开山鼻祖。《世说新语》那句出自王孝伯之口的"时常无事，痛饮酒，熟读《离骚》，方为名士"也并非任诞玩笑之语。今天的我们，未必要成名士。我们进入屈原的诗，在字里行间与他的灵魂有所交集，方能知道他的"离"（离骚），深谙他的"美"（美政），理解他的"灵"（灵均），明白他的"正"（正则）。

从屈原的诗中走出来，也许我们仍法守自我的生活，然而在面貌上已不同往昔。

（二）真君子

两千年前的一个秋末，屈原为楚王所逐，行色恓惶，至洞庭湖，见"袅袅兮秋风，洞庭波兮木叶下"，而后孤身一许江湖，荡然归于物化之大块。时过境迁，这种风姿至今在诗人们想来是何等的洒脱。

于是，屈原成了屈子，成了后世人眼中的"大诗人"。人们将他与前代的那些隐士们，比如筑树巢居的巢父，颍水洗耳的许由，以及首阳采薇，饿死而不食周粟的伯夷、叔齐，奉为隐逸精神的丰碑，屹立千年而依然不倒。

屈原的投江自许，也成为后代名士的标杆。嵇康赴刑，然不忘手抚长琴；陶潜归故，仍能道天命奚疑；骆宾王锒铛入狱，耳犹闻西陆蝉吟；李太白唱着《五噫》离都，亦无非仰天大笑。这种风姿，即便是再隔两千年，依旧岩岩兮，巍巍乎。

但，这绝不是君子的风姿。君子何如？孔丘为鲁所弃，以惶惶丧家犬之态周游列国十四余年仍热血沸腾，不忘初衷；山涛纵栖身于司马帷幄，亦不失清风淳履，高风亮节；子美十载困守于长安，大半生流离于西南天地之间，终不泯少年远志；东坡历经"三州功业"，风尘满面而归来，依旧是白发少年。

诗人孤独，如一座高塔。他们知道那是危险的，仍走在边缘上，因为这塔便如他们，屹立在云端。边缘上别无他物，诗人只能在那里游荡，月亮上有他的返影。但诗人看不到，月亮盈亏，他只执着于那一端。

而君子不然。

君子深谙世界本有清浊、是非、美丑之分，泾渭分明只是一种奢想罢了。君子明白，同处于一片海中，水盐本已天然相和，你中有我，我中有你。若水欲寡淡而盐欲咸涩，互不相容，姑且不言这是痴人说梦，又置海中万千生物于何种境地？

饮水至淡，食盐至咸，水加水还是水，盐加盐仍是盐，与其各执一端，不如盐水相和。盐不再咸涩，水因而得味，两物调和而相成，岂不乐哉？

在食，君子如豆腐。它温软柔和，是世界上最好吃的东西。水与黄豆互不争锋，相辅相成。

在饮，君子如水。它纯粹甘淡，因其无有，入于无间。没有任何一种饮品，比它更让人喝了自在。

在物，君子如龙。能潜于水，能伏于地，能跃于空。风平浪静时，他便泛舟沧浪之上；风高浪卷，有性命之危时，他何必飞扬高举，曳尾于涂？

真正的君子，当如孔子所言：不器。他不拘于时，不滞于事，不御于物，不困于心。

天下有道，他便飞龙在天；无道，他则潜龙勿用。无论沧海桑田，他总怡然自处。苟全性命也好，闻达诸侯也罢，他，明心见性，永远洞若观火，胸中涌动着浩然之气。

或潜、或惕、或跃、或飞，于他来说，只是生命中的必然。在君子这里，已知与未知是平等的，他不为已知而忧，不为未知而惧，坦坦荡荡，像看待春生、夏长、秋收、冬藏一样善待生命中每一个幼、长、壮、老的瞬间。

君子从学，可达可穷，或学而时习之，或人不知而不愠；君子从政，可出可入，天下道明而仕，道蔽则退，来往自如，如轻棹过江；君子处世，可苦可乐，苦时，便箪食瓢饮，犹乐在其中；乐时，便从心所欲，却不逾矩。

大千世界，万象日新，君子则仰观俯察，能见微而知著，以万物之幽深表我之玄妙。

他看到，物有春夏秋冬之更替，人有生老病死之变化。他深谙，人只是地球上的一粒尘埃，而地球之外还有诸星，诸星之外还有银河，银河之外还有宇宙。

真的君子，身处红尘而心不动，遇万物而目不瞬。即便是陋巷敝庐、千沟万壑，也绝不妨碍他执长鞭心游广漠之野，乘巨瓠而独泛沧浪之间。

如果屈原能在异时空中有所感知，我愿撰用李易安的一句词，告诉他："骚人可煞不识易，何事当年付湘流？"

（三）诗心便是真

王国维先生的《文学小言》有这么一段话："三代以下之诗人，无过于屈子、渊明、子美、子瞻者。此四子者，苟无文学之天才，其人格亦自足千古。"为何不提及其他诗人，而独言此四子者？如王国维先生所言，略去这四个人身上的文学性，再来反观之，才发现，苟无文学造诣，我们对他们的喜爱，丝毫不会减弱。

此四子都写诗，但写诗只是他们传达其人格的一种渠道。倘若屈子没有《离骚》传世，渊明不写什么五言，子美退出唐代诗坛，子瞻弃文而从武，并不影响屈子之真、子美之仁、渊明之淡与子瞻之达。此四子之精神，亦足以构成中国文化之美。

读四子之诗词文章，如果只是停留在文学鉴赏的层面上，掩卷而去，我还是那个原来的我，读诗，又有什么意义可言？

读四子，皆能照出另一个我。屈子是真我，渊明是至我，子美是圣我，子瞻是贤我。读四子，亦先照出真我，而后方有至我、圣我与贤我也。

屈子的诗，如诗域之篱，通之，则可怡然自悦，往来悠游于人生的四合天涯。

然屈子之面目，如生尘之书卷，因时代太过久远，被许多读诗者束之高阁。屈子的面目，也因而变得全非其然了。笔者不才，虽未能览屈子之全貌，却常常视之若知己，每读其诗，竟有澡雪之感。

如今读诗的人提到屈原，多言其辞赋如何高明，其文采如何惊人。屈原的好，在于他的诗可抒胸中块垒，逸美、浩荡、风绝，读着读着就浑入天际，接近自我的神性了。这种感觉说不清，如果用一个词概括，便是"诗心"。

《史记·屈原列传》中，司马迁评得好：

"自疏濯淖污泥之中，蝉蜕于浊秽，以浮游尘埃之外，不获世之滋垢，皭然泥而不滓者也。推此志也，虽与日月争光可也。"

司马迁一语中的，说到了屈原之美。屈原自动地远离污泥浊水，像蝉脱壳那样摆脱污秽，超脱于尘埃之外，不沾染世俗的污垢，他真是一位洁白干净出污泥而不染的人。

读屈原的诗，知道他"扈江离与辟芷兮，纫秋兰以为佩"又"制芰荷以为衣兮，集芙蓉以为裳"，这些都是在常人看来奇特怪异的装束。他"朝饮木兰之坠露兮，夕餐秋菊之落英"又"朝搴阰之木兰兮，夕揽洲之宿莽"，这些也都是在常人看来不可理解的行为艺术。以凡俗的成功观为标准，屈原是一位不识抬举且自命清高的失败者。有人甚至曾经和我说过，读《离骚》，读不出什么滋味儿来，这不就是一个自怨自艾者的无病呻吟之作吗？

《离骚》一开篇，屈原便写"纷吾既有此内美兮，又重之以修能"，意即自己内外兼修。

窃以为，屈原之志在于葆其天真，缘督而行，是本性使然的作为。他节志如橘，独立不迁，在《离骚》中一而再再而三地诉说着一个率真自然、光明磊落的自我。从"虽体解吾犹未变兮，岂余心之可惩！"到"路漫漫其修远兮，吾将上下而求索"，我们可以看到一个经过思辨而葆其天真的屈原。前途虽说渺茫未知，他会竭尽全力去追求之，即便要面对的是穷途末路。

最终，屈原还是以死明志。屈原的死，并非无路可走，其实是一种回归。

屈原的心地干净而美好，写诗让他可以保有这种与生俱来的特质，于是他写诗。所以，他的诗里藏着一个"真我"，读起来如雪落地。这个本真的他美得坦荡，美得纯粹。如果赴死也可以让他保有这干净而美好的质地，死又有何惧乎？

当有人读罢屈原，歌颂他身上悲剧的光芒。作为不合时宜者的屈原是孤独的，读《离骚》的人也许是孤独的。在寂寞幽深的夜里，酌一杯酒，与那个早已长眠地下的孤魂做知己，知道许多年前，也有一个人和自己一样，在广大的酒乡寻一处净土安放好自己的灵魂，如果还能有一卷《离骚》，那灵魂便可以如野马，如尘埃，如生物之以息相吹，与多年前的另一个灵魂相拥，不再孤独。

《离骚》写出了屈原之美。一位真正的诗人，应该是"肝胆皆冰雪""表里俱澄澈"的。诗心亦是如此。我常常自问：为什么要读诗？也许，屈原早就已经给出了答案：读诗便是回归自我，是为了无论身处何时何地都不变得面目可憎。

诗心便是真。

七、曹操：乱世之枭雄

（一）我为什么喜欢曹操？

在中国古代所有的文人中，总有那么几个会被你视为"异时空的知己"。读诗多年，不管脾性如何变，我仍会在读曹孟德诗后产生一种感觉。这种感觉很难描述，好像是瞬间被人打通了任督二脉一样。

读孟德诗，如做一场大梦，其旷然乎，如在悠悠银河间走了一遭，梦觉来，有高石落地，坠得心窝子隐隐发疼，读罢后，一股铺天盖地而来的悲风在五脏回转，既重如食之难咽，又轻若天外飞尘。

说自己钦佩曹孟德，大多时候会遭人白眼，或有人问："价值观有问题吧？"但无论怎样，我依旧对他的诗拍案叫绝。

世人都说曹孟德是个白脸佞臣，算不上什么人物，给刘玄德提鞋也不配。试问：倘若无孟德，又将如何？"设使无有孤，不知当几人称帝，几人称王！"这是曹孟德曾说过的原话。是的，终其一生，曹孟德未敢称帝，给本已气数将尽、名存实亡的东汉皇室留足了面子。

曹孟德首先是个政治家，他一生的大半以上精力也投入其中。且撇开政治不说，我以为曹孟德诗中自有一种他人学不来的"气"，这股气上承寰宇，下接山河，横亘于天地之间，不聚不散。这就是为何《诗薮》《艺概》之类的书会说"孟德诗足以笼罩一切"或"自汉以来，文章之富，无出魏武者"的道理。

曹孟德所在的时代，是"一个文学自觉的时代，也是一个为艺术而艺术的时代"（鲁迅语）。所以，每每曹诗一出，时下文人皆好为拥趸，如江河之有余波，腾涌不止。人皆云孟德诗有悲气，如这首《步出夏门行·观沧海》：

> 东临碣石，以观沧海。
> 水何澹澹，山岛竦峙。
> 树木丛生，百草丰茂。
> 秋风萧瑟，洪波涌起。
> 日月之行，若出其中。
> 星汉灿烂，若出其里。
> 幸甚至哉，歌以咏志。

读这首《观沧海》时，当日曹孟德与刘玄德煮酒论英雄的情形如现眼前。阴云漠漠，酒至半酣，孟德凭栏而望，观云龙之变幻，磊磊然曰：龙能大能小，能升能隐；大则兴云吐雾，小则隐介藏形；升则飞腾于宇宙之间，隐则潜伏于波涛之内……

他踏山观海，近处之水波、岛屿、草木，远处之日月、星河、天地，都被他的视野所涵纳。像一条龙腾于万物之上，他有大海般吞吐日月的气象，有洪波般奔流激荡的气魄，有秋风般席卷一切的气势。

孟德此诗，浩浩汤汤，盛大至极，如星辰乎漫天铺盖，如江河乎遍地奔流。若是胸中无浩浩之气，焉能写出如此深情？

再一首《短歌行》中，又独有一种旷世的戚戚然之气，让人不禁也静止在彼时彼刻，神游于他那缭绕在疏枝间似有若无的愁丝悲缕中。

> 对酒当歌，人生几何！
> 譬如朝露，去日苦多。
> 慨当以慷，忧思难忘。
> 何以解忧？唯有杜康。

青青子衿，悠悠我心。
但为君故，沉吟至今。
呦呦鹿鸣，食野之苹。
我有嘉宾，鼓瑟吹笙。
明明如月，何时可掇？
忧从中来，不可断绝。
越陌度阡，枉用相存。
契阔谈䜩，心念旧恩。
月明星稀，乌鹊南飞。
绕树三匝，何枝可依？
山不厌高，海不厌深。
周公吐哺，天下归心。

诗中自有一种绵绵不绝之思，无一字一句，不是孟德呕血得来。

曹孟德的真堪道处，恰在于此，以"赤心如血"评之毫不为过。钟嵘将孟德诗判为"下品"，只一句"古直悲凉"便了事，岂知魏武之风骨乎？

（二）岂知魏武之风骨乎？

魏武诗是"三曹七子"中最能体现出"建安风骨"的。"建安"一词，虽然是东汉献帝的年号，但是，这个词却更多地属于文学。这段历史时期，虽只有短短不到三十年，却在文学史上异常精彩。

建安文学之所以精彩，首先得感谢曹操。曹操这个人，有人评价他是：乱世之枭雄，治世之能臣（*东汉许劭语*）。在文学上，他也雄心勃勃。

曹操的诗中，最为我们熟知的《观沧海》《龟虽寿》《短歌行》《薤露行》《苦寒行》，相比于汉朝的乐府诗，有了巨大的转变。以汉乐府的《长歌行》和曹操的《短歌行》为例。《长歌行》从"青青园中葵"写到"老大徒伤悲"，是从乐观走向悲观，从明到暗的一种发展。整首诗中，弥漫的是对命运的一种无奈感，这与"古诗十九首"中的其他诗篇一样，整体是悲伤的基调。

这是一种纤弱、敏脆、曲折、迂回的美，与曹操诗歌中体现出来的风格正好相反。曹操的《短歌行》，以"人生几何"开篇，到"天下归心"结束，是从悲观走向乐观的过程。而且，这首诗当中所体现出来的审美风格是雄浑的、沉着的、铿锵的、遒劲的、刚健的、豪迈的、旷达的、悲慨的。

这种风格在文学上叫作：风骨。而曹操所处的建安时期，就在曹操的带领之下，渐渐地凸显出它的文脉：建安风骨。

"风骨"这个词，最初是一个人物品评术语，更多地倾向贞操、气节之类的道德内涵。当时人的审美是更注重气质的。《世说新语·容止》篇中的记载：

魏武将见匈奴使，自以形陋，不足雄远国，使崔季圭代，帝自捉刀立床头。既毕，令间谍问曰："魏王何如？"匈奴使答曰："魏王雅望非常，然床头捉刀人，此乃英雄也。"魏武闻之，追杀此使。

从这段话来看，曹操很自卑自己的形貌，但是在匈奴使的眼中，曹操却有英雄气。当时的文学审美亦是如此。说哪一首诗写得好，只品评它的风骨如何。风骨高，那就好。南北朝的刘勰在他的《文心雕龙》中说，建安这一时代所出现的文学大都具备这么一个特点："志深而笔长，梗概而多气。"

曹操的《短歌行》，我们读之，能体会出涌动在诗行之间的慷慨悲壮、高亢明朗，而这"慷慨"二字，就是刘勰《文心雕龙》所言"建安风骨"

的第一大特征。

除了"雅好慷慨",建安诗人还多"志深而笔长、梗概而多气"。

曹操的诗,读起来意味悠长,虽然用词简略,但是字字有分量,读来让人捶胸顿足,感慨不已。读完了,我们虽然不知道他要表达什么样的一种感情,但是早已被他感动了。这就是"志深而笔长"。他的志隐藏得很深,不在文字层面上,在文字之外。好像一股盘桓横亘于胸膛中的气,至大至刚,无处不在,却又如羚羊挂角,无迹可寻。

曹操的儿子曹植早年所写的《白马篇》也颇能体现出"建安风骨"。诗中的"名编壮士籍,不得中顾私。捐躯赴国难,视死忽如归",毫无纨绔子弟之风,而是一派义气凛然,掷地有声、意气骏爽。视死如归,并不是为了建立功勋,而是死而有节。钟嵘的《诗品》用"骨气奇高"来评价曹植。他评的是人,而不是诗。他没有评价曹植的用词是否典雅,行文是否飘逸,音调是否铿锵,他评的是诗的字里行间所体现出来的一种人气。

有风骨的人内心充斥着一股浩然之气,其为气也,至大至刚,则塞于天地之间。《周易》的乾卦也很能解释这种气,"天行健,君子以自强不息"。所以,建安风骨也是有本而来的。这是一种在乱世中所萌生的感情。

东汉末期,专制帝王的权力被宦官集团所利用并操纵,当时的士人分为两部分,一是执政的政治官僚,一是在野的太学生,他们与外戚联合起来,积极地参与时政,共同反对昏庸愚昧的皇帝和专制的宦官,并对他们进行强烈无畏的批评。但是由于没有权力的支撑,他们遭到了疯狂而残酷的迫害,有的被监禁,有的被流放,有的被处死,由此言论和精神自由完全被压制下来,史称"党锢之祸",影响着之后整个社会长达一百多年。

直至曹魏政权崛起,忧患时政、慷慨任气的精神成为社会的主流文化,再加上曹氏政权为招纳人才而实施的宽松文化政策,由此士人们被压抑已久的情感得以爆发，思想和言论得以自由地展开。"建安风骨"的乱世情感抒发，实际上是与汉末士人精神相通的。

对自由的无限渴望，对时事的耿耿于怀，对人生的无限喟叹，让这个时代的文人形成了一种慷慨激昂的情调，影响着他们的文学审美。

他们作为文人，心中滋味万千，百感交集，所以，倒不是他们刻意要追求那种风骨，而是情之所至，自觉为之。

因此，我们读建安文学，就能自觉读出一种历史的厚重感。"建安风骨"又和"古诗十九首"不一样，它的风格之所以迷人，在于悲壮之中看到新生的力量。它的基调虽是悲伤的，姿态却是昂扬的；情感是至哀的，气度却给人一种触目惊心的美。所以，"建安风骨"说白了就是一种顽强的生命意志，即明知不可为而为之的精神。

孔子说："三军可夺帅也，匹夫不可夺志也。"孟子说："不得志独行其道，富贵不能淫，贫贱不能移，威武不能屈，此之谓大丈夫。"这是哲学思想论，而建安风骨就是以文学之形式所建构、演绎出来的一种刚毅、正大之美。

八、曹植：中国文人的精神别苑

曹植是一个怎样的人？如果问这个问题，大多数的人会这样回答：他是一位天真的诗人，是一位浪漫不羁的人。

我们总是通过对比曹丕和曹植这两兄弟，来看待曹植一生失宠于父、构怨于兄、见疑于侄的悲惨遭遇的。一则，我们会把他的命运归结于他的天真任性，而后，又会不无公正地说：和他哥哥曹丕比较起来，他的行为却是光明磊落得多的。

而且，看客们每每说到"三曹"，不免会把曹操、曹丕和曹植这父子三人相媲美一番，定要比出个高下来。在唐宋以前，曹植稳居"三曹"之榜首。众人对他的评价是这样的。

山水诗的先驱谢灵运就说："天下才有一石，曹子建独占八斗。"大名鼎鼎的南北朝诗品家钟嵘也把曹植的诗列为上品，极尽誉美之词，相比而言，曹丕和曹操的诗在钟嵘眼里却是中品、下品之作。

不过到了唐宋以后，这父子三人的排名发生了反向大扭转，曹操第一、曹植第二、曹丕第三。用当代学者余秋雨的话来说就是："曹植固然构筑了一个美艳的精神别苑，而曹操的诗，则是礁石上的铜铸铁浇。"

为什么呢？因为自唐代起，人们就开始欣赏"汉魏风骨"了，而曹操，正是这汉魏风骨的扛大旗者。汉魏风骨一曰慷慨，二曰志深，三曰梗概，而魏武古直悲凉之句足以立于上风。

曹植虽然在唐宋以后屈居"三曹"之次位，然而丝毫不影响后世诗人对他的高度欣赏。明代王世贞说："汉魏以来，二千余年间，以诗名其家者众矣。堪为仙才者，唯曹子建、李太白、苏子瞻三人而已。"

胡应麟说，"陈思之古，拾遗之律，翰林之绝"，是为"古今三大诗家"。王世贞是晚明的文坛盟主，而胡应麟是一代学术巨匠，这二人都是明代响当当的文学评论家，所言应该不会有过分夸饰之词。

曹子建的诗在诗家看来是正统高尚之作，而曹操只是以古直悲凉剑走偏锋，曹丕诗更是在钟嵘眼中"鄙质如偶语"。从后代的文学评价，我们似乎稍许理解了，为何当时曹操门下的一批文人学士大都聚集在曹植身旁，无论长少，皆愿从游而为之死。

曹植最擅长写五言诗，自小生于乱、长于战的曹植少年期就写了他的翘楚之作：《白马篇》，道出了他想要"捐躯赴国难，视死忽如归"的英雄壮志。只这一篇，便可以窥见他的慷慨磊落。

白马饰金羁，连翩西北驰。
借问谁家子，幽并游侠儿。
少小去乡邑，扬声沙漠垂。
宿昔秉良弓，楛矢何参差。
控弦破左的，右发摧月支。
仰手接飞猱，俯身散马蹄。
狡捷过猴猿，勇剽若豹螭。
边城多警急，虏骑数迁移。
羽檄从北来，厉马登高堤。
长驱蹈匈奴，左顾凌鲜卑。
弃身锋刃端，性命安可怀？
父母且不顾，何言子与妻！
名编壮士籍，不得中顾私。
捐躯赴国难，视死忽如归！

《三国志·魏志·陈王传》里说曹植"任性而行，不自雕励，饮酒不节",这致使很多人一谈及曹植,便觉得他是风流不羁、不堪重任的贵公子形象,然而,曹植像李煜、李易安一样,其最好的诗作都是写在人生的后半段。以曹丕称帝为分割线,自此以后,曹植的情感不再是如少年时那样在诗中一泻而出,而往往是通过咏叹之调,曲折之笔,婉转道来。

譬如他的《七哀诗》,比之"七子"中造诣最高的王粲的《七哀诗》,多了一种逸气。如果说从王粲的《七哀诗》中我们读到了一种悲沉厚重,而从曹植的《七哀诗》中,还见其多出了一种风流雅怨,多出了一种恣意幽邈。

明月照高楼,流光正徘徊。
上有愁思妇,悲叹有余哀。
借问叹者谁?言是宕子妻。
君行逾十年,孤妾常独栖。
君若清路尘,妾若浊水泥。
浮沉各异势,会合何时谐?
愿为西南风,长逝入君怀。
君怀良不开,贱妾当何依?

的确如钟嵘《诗品》所说:"骨气奇高,情兼雅怨"。读曹植的这首《七哀诗》,我们仿佛见到了一棵落落不俗、孤摇独曳的苦楝树,有碧叶的茂,清枝的雅,子实的苦,还有一端巍巍如山的主干,让他独立于七子中显得卓尔不群。

这不独独是文、质中展露出的,更是气、骨上流溢出的美学风貌。

如果说,曹植在父兄的影响下形成了其慷慨的言辞,在时代的感染下形成了其悲凉的诗风,那么,他的人生境遇则让他的诗歌形成了卓尔不群的独特风格。众所周知,曹植在后期的十一年间,一而再、再而三地受到曹丕与曹叡的猜忌与迫害，没有人身自由，过着"圈牢之养物"般的生活，甚至还有随时到来的性命之忧。

在这样的境况下，他寝不安席，食不遑味，颇有忧生之嗟。他在《赠白马王彪》这首五言古诗中的寥寥一段，就足见其内心的五味翻腾：

踟蹰亦何留？相思无终极。
秋风发微凉，寒蝉鸣我侧。
原野何萧条，白日忽西匿。
归鸟赴乔林，翩翩厉羽翼。
孤兽走索群，衔草不遑食。
感物伤我怀，抚心长太息。

这时的曹植，从一开始的"黼黻锦绣"，变得"沉着清老"，一如飘飘于秋日黄昏，在长天发出无边浩叹的一只鹧鸪鸟。他的志之深、情之长、思之远、意之切，是能引起一些人感同身受的。

很多人读过《洛神赋》之后便猜度曹植暗恋兄嫂，或者单单以为曹植是一个只会虚无缥缈爱幻想的文人，但那个如梦似幻的世外空间，难道不是绝大多数文人所梦想的境地吗？那个美轮美奂的洛神，难道不就是他们诗意的化身吗？

在《洛神赋》里，曹植就是洛神，洛水就是汨罗江，辗转水畔如翩翩惊鸿一般的，是所有文人的梦幻泡影。所以，曹植可以说是"始作其俑"，以悠然退守、从容自在的姿态开辟了一条新途。

《逍遥游》中，汤问棘曰："上下四方有极乎？"棘道："无极之外，更无极也。"而曹植所营设的，正是一个无有尘垢糠秕，可以去来无迹的大美之地。

这块大美之地，屈子为之流盼，庄子为之神往，陶渊明为之长揖，白居易为之垂首，苏东坡为之驻足，一代又一代的骚人们为之心往神留，像曹植那样顾望怀想。他们自御着一叶文海轻舟，诗江神苇，在这里盘桓而忘返。

在那个回荡着古老而悲怆之音的建安时代，唯有曹子建的笔，可以深抵这一诗境。正如他在《野田黄雀行》中所说的："高树多悲风，海水扬其波。"诚然，子建的诗是一道泛着流光的波浪，在悲声雄发的建安诗海里高涌而低徊。

九、陶渊明：不为五斗米而折腰

（一）不凝滞于物，是怎样一种精神？

他的曾祖父陶侃官至大将军，一生叱咤风云，无人敢与争锋。他的祖父陶茂官至武昌太守，但是曾祖父十七个儿子中混得最差的。俗云：富贵传家，不过三代。他的父亲作为太守的儿子，却整天披头散发，衣冠不整，只知道聊天游玩酗酒惹事。等到他出生的时候，家里虽不至一贫如洗，却已经落户到了九江的一个偏僻村落。

一个世家子弟，从来没有享受过一口"玉粒金莼噎满喉"的富贵滋味，整日跟着母亲在农田干活。所谓"穷在闹市无人问，富在深山有远亲"，况且他们是举家"穷在深山"，即便是走在乡间田陌也无人搭理，何况是以前那些显赫的同族，更没有什么往来了。

他八岁的时候，那个游手好闲的父亲就离世了，剩下孤儿寡母，好不凄凉。好在他的外祖父，当时名冠京城的主管教育的官员，对他经心栽培了四五年，才与世长辞。十二三岁的他，也不甘辱没了祖宗的好名声，每日晨起练武，希望能成为曾祖父那样的人物。功夫不负有心人，到了二十岁的他，习得一身好剑术。时任军事参谋的叔叔看他颇有祖上风范，再三让他出去见见世面，并给他指了一条明路。

他含泪别母，到了京城。也许是天生无官运，他到那里待了三年竟然一无所获，无奈之余索性回家。叔叔又凭着自己的人脉为他谋了份心仪的工作——教师。在教师这个岗位上，他一待就是七年。学艺在身，不怕巷子深。三十岁那年，他的一篇文章几经学生之手传到了当时九江太守的手中。这太守对他赞赏不已，便命人请他，还给他安排了一个小官做。职位虽低，而年过而立的他已不在乎了，姑且把它当作自己东山再起的一块小小跳板吧。官虽小，事却多。每日不仅要处理公案，而且还得拿捏好错综复杂的官场人际关系。千防万防，防不了贪官送礼。眼看着自家的门槛要被蝇头鼠辈踏破，母亲日日被聒噪得不得安生，他一气之下，辞官又回家种地去了。

辞官事小，谋生事大。看着眼前年岁渐老的母亲和有孕在身的妻子，他满腹牢骚，不知跟谁去说。几个月后，妻子难产而死。他过了四年孤独愤懑的日子，在自己三十四岁那年再婚。妻子与他还算和睦，而且为他在七年之间生了四个儿子，可天不悯人，妻子却在他刚过不惑之年的时候患上了痨病，到第二年秋天就与世长辞。

年幼的儿子嗷嗷待哺，没个帮衬实在不行。母亲便与叔叔商议，将同乡翟老先生的女儿说给了他。翟老先生为人仁厚，在庐山下开一块田地，以求终老此生，教育出来的女儿，也贤惠明理，不计得失地照顾着四个幼童。过了两年，妻子翟氏给他又添了一个儿子。两口子的日子过得还算自足，他却心里时常莫名悲伤。

风湿病愈来愈重，让他生出了一种苍老的感觉，甚至时常想到死，毕竟已经四十七岁了。

四十七岁的他正浑浑时，收到了来自叔叔的信。不必说，定是让他去京城的。本已立下不官之言的他却心动了。看来，不管年岁几许，心中的志向永远不会泯灭。

他把一家老小全盘托付给了年方十七岁尚未成家的堂弟，自己孤身一人去了京城。虽时隔多年，官场还是一派令人作呕的乱象。他悔青了肠子，怎会年老失智听了叔叔的话来到了这样的污秽之地？真是愚蠢到了极点。还是早抽身为妙，心意已决的他箭步归家，不料推开家门的那一刻，听到母亲卧病在床不住地咳嗽。天命如此，母亲大限已到，他也别无它法，只能在家守丧三年。一眨眼五十岁了。一日，他坐在门前看着长大了的五个孩子，个个都不成器，不禁悲从心生，要是死了，谁来重振祖上之雄风呢？哎，也许这就是上天给的命运吧。与其惶恐忧思，不如一杯一杯地喝酒。

不久，叔叔去世的消息传来，那个三番五次提携他的叔叔，如今也去了，而他还是扶不起的阿斗。原来叔叔死前，早已留了一封遗嘱，荐他去九江的一个小县去当县长。半年之后，他果然接到了诏命。既然生计难为，不如到老再拼一把。说好了来做官是为了全家的生计，他却命令全县种上高粱，因为高粱可以酿酒。

他的酒瘾一年比一年大，即使到了荒年，家里也得拿出一部分粮食酿酒给他喝。本该连任六年的县长，他只当了八十几天，就找借口辞掉了。

谁让他一生放荡不羁爱自由，在那时死气沉沉的官场环境中，实在是待不下去。这一年，他五十四岁，卸下了一身的枷锁，终于如愿以偿做了一个地道的农民。他所耕种的地方，在庐山脚下。虽只有十来亩薄田，养活一家七口还能对付，就是太累了。农忙时候，每天早出晚归，没一刻能消停。但对于他来说，这段时光是他一生中最舒心的日子了。他也在这最舒心的日子里，写出了一首一首被后世文人咏唱至今的诗。

他就是陶渊明，一个爱酒、爱菊、爱弹无弦琴的农民诗人。他像极了孔子最得意的弟子颜回，人不堪其忧，他也不改其乐。无论日子多贫，他总有一壶酒，每忧来，以头上所戴葛巾漉之。南山下，菊丛中，纵心倾饮。无论世界多嘈杂，他都以琴置于膝上，琴虽无弦，却能忘情抚之。

友人来了，他与之共坐对饮，醉后辄曰：我醉欲眠，卿且去。唐代的大诗人王维对他天真任性的生活颇有微词，却丝毫不妨碍他成为中国文人完美的标本。

在文人中登峰造极的苏东坡在所有诗人中独好他写的诗。唐宋八大家中的欧阳修和王安石都对他的诗文赞不绝口，认为他是晋宋以来诗人中之冠冕。直到清朝，他还是历代以来文人中的山水田园第一人。这个在他的时代身似枯株心似止水的人，何曾想过他死后会如此声名大噪？

他的人生，几乎成了所有中国文人的理想标本。因为，他将中国文人对自我形象的期许发挥得最完美。名为渊明的他，也无时无刻不是温和平静的神态。他的身上，没有魏晋名士的狂狷。他不谈玄，更不服药，所以和那群自诩风流名士的人没有共同话题。他的朋友，是晨露、晚霜，是春酒、秋菊，是南山下的风，是田园里的新苗。农余，他和邻人披草往来，浊酒只鸡，共话桑麻。先后四次出仕做官的他内心沉重，但他的负担愈沉，就愈贴近大地，愈趋近真实的自己。

他从来不是一个纯粹的士子，更不是一个遁世的隐士。只因他住在田园，写着诗，人们便送他一个"田园诗人"的称号。但于他自己，他不过是庐山下一个赤贫的农民，耕田便是他唯一的事业。

文人眼里的他，是一个完美的标本。对于一生追求精神通悟的文人来讲，陶渊明的确够得上这个称誉。他的血液里，流淌着一股美的特质。这种美，来源于他能够看见成功的虚幻和失败的空虚，能够既不迷恋人生，又不敌视人生。这才是心灵通悟以后所达到的真正和谐的境地。所以我们看不见他一丝一毫的内心冲突。

读他的诗是那么地自然，看他的生活，也是那么地毫不费力。他的诗是我们日夜梦寐以求想要回归的梦之地。

渊明的美，就在于他没有像古今文人一样刻意保持自我白莲花般出淤泥而不染的质地。他在人生诸苦中游荡，也时常叹息，却从未绝灭过属于一个人的欲求。当他被拒绝，也未见得他发出一声一声绝望的叹息，我们从他的诗行间，唯一能捕捉到的，就是该尽则尽的无常心境。

人生本来就是无常的，没有任何人的寂寞、悲伤、孤独、痛楚可以挽回命运的波澜。命运就是命运，就如俗世的空气，没有什么人可以拒绝呼吸。所以当他写道：天运苟如此，且尽杯中物。我相信那一刻他是知足的。

宗白华说，晋人之美，美在神韵。渊明的美，就在于他由内而外流动着一股不滞于物的自由精神。这种精神，赋予他安详静穆的眼光，借此，他才得以洞察人间物象的生命。他不是凭着人的浅薄视见观照万物，而是凭着这种精神。

一千六百年过去了，我们每提到菊，就会自然想到他。他不是种菊人、簪菊人，不是菊花之知己，而是菊花之精。杨万里知道这一点，他写道："菊生不是遇渊明，自是渊明遇菊生。岁晚霜寒心独苦，渊明元是菊花精。"

就像读庄子，我们不将他视为人、视为仙，而是视作一只蝴蝶。在庄子梦蝶的那一刻，他就是一只蝴蝶。对于渊明，菊花不正是他的化身吗？

他也爱酒，却不是烂醉，而是自酿、自斟、自饮、自醉、自眠，有着酒人至高的情怀。他醉时，绝不似魏晋名士的放浪形骸，而是信手一挥，"我醉欲眠，卿可去"，一句狂语都没有。酒让他沉敛下来，进入一个平和、舒缓、浑然的内心世界。故而，在古来酒仙、酒豪、酒鬼的榜上，从来没有出现过他的名字。

他不似刘伶那样，醉了如一个流氓，而是在微醺时抚弄一张无弦琴。《菜根谭》说：人解读有字书，不解读无字书；知弹有琴弦，不知弹无弦琴。以迹用不以神用，何以琴书佳趣？陶渊明就是这样，他自有一番高见：但识琴中趣，何劳弦上声。他想表达的意思就是只要领会琴中的乐趣，又何必非要在琴上奏出美妙的音乐呢。这是一种不受外界诱惑，且潇洒闲适、乐天自在的境界。

既如此，不若悠游于人间的桃花源，做一个"不凝滞于物，而能与世推移"的人。渊明是真正意义上的"羲皇人"，对于他的人生姿态，这一支《沧浪歌》最能摹画。

沧浪之水清兮，可以濯吾缨；沧浪之水浊兮，可以濯吾足。

（二）簪菊人格：我与菊花两不相碍

"渊明元是菊花精"是杨万里笔下的菊花镜像。陶渊明之爱菊，大抵已经世人皆知了。仅这一句"采菊东篱下，悠然见南山"就影响了中国一千六百多年。

在陶先生的时代，虽说也有人写菊，但也只是写写，偶然提及而已。但没有一个人，像陶渊明这样执拗，把菊花的精神刻在中国后来文人的骨头上，写成了中国文化的一种精神。

这也并不是陶渊明刻意为之。其实，陶渊明也爱松。我最初留意到他对植物的耽爱就是从这句"扶孤松而徘徊"开始的。这句出自《归去来兮辞》，是陶渊明辞掉最后一任官职彭泽县令之后在老家写的。窃以为，"扶孤松而徘徊"这句竟然比"采菊东篱下"还要更见深情。

陶渊明的老家，种的植物颇多。榆柳荫后檐，桃李罗堂前，芳菊没篱下，青松在东园，还有幽兰、萧艾之属。毕竟是田园诗的开山鼻祖嘛，怎能不写田园风物呢？

桃李榆柳，能让田园诗变得通俗可爱，而芳菊青松，则给田园诗带来一种清幽别致。务农的人家，要在农闲时候没事种上几朵菊，到了霜降，旁若无人地自掇之。没事了，携上一壶酒，往青松林里歪着一坐。如果还能自在舒张地长啸几嗓子，那就是穿着葛麻的神仙中人了。

鲁迅先生在演讲中曾感慨："曹丕的时代，是一个文学自觉的时代。这个'文学自觉'，就是为艺术而艺术。"

文学自觉，最显明的一个现象就是，以前崇高神秘或者通俗家常的风物到了这个时代开始和人心相通了。这就是宗白华先生所说的"向外发现了自然,向内发现了自己的深情"。他说的是晋人,也包括陶先生在内。且陶先生的时代离曹丕的时代也不远。

他看一株植物,能在这个植物身上反观到自我的心。寒冬腊月,松柏常青方知其风骨,而后就常常手扶孤松而徘徊。孤松,不就是他自己的化身吗?看到菊,应该不会这么想。

在陶渊明之前,菊花最多就是一种判断物候的自然风物,或是一种有实用经济价值的植物。即便是屈子那样风雅的诗人,也未尝免俗写道:夕餐秋菊之落英。

陶渊明的贡献,除开创了一个诗派,还塑造了一种菊花的人格。有人说陶渊明爱菊是因为思妻。妻子香消玉殒后,陶渊明日思夜想,写《闲情赋》,还在自家东园辟了一块花圃,全种上菊花。据《陶渊明传》附会,只是因为亡妻给他托了一个梦,说是变成了菊花仙子。这倒也不错,可是菊花就和萱草这样的思母植物差不多了吗?显然不是。

辛弃疾《浣溪纱》词云:"自有渊明方有菊,若无和靖即无梅。"倒是说得公道。自陶先生"采菊东篱下"之后,才慢慢地有了关于菊花的千古高风。

《红楼梦》里面写菊花诗,从忆菊、访菊,到种菊、供菊,再到咏菊、画菊、问菊、簪菊,甚至梦菊,可谓是古今菊诗之一大观。提笔便是"三径露""东篱边",贾探春更是直言:彭泽先生葛巾香染。林黛玉不惜高捧:"一从陶令评章后,千古高风说到今。"可见,辛幼安所言实在不虚啊!

今天我们提到菊,大多都会讲,这是隐士的代称,把菊花奉作"隐逸之花"。宋代还有人写诗说:"宁可枝头抱香死,何曾吹落北风中。"今人谓,这是做人的傲骨。

陶渊明以后,诗客们在仕途上受了气,看不上寻常他物,以菊花这种物中之英自诩,宁死不与凡俗草木同流。在文辞上,也是大多歌咏菊花的傲霜、清骨，颇有些耿介君子的味道。表面在歌咏菊花，实则是借着菊花在拔高自己的操守、气节。

可是，菊的面目已然模糊了。

陶渊明当日虽也有些傲骨，或如"不为五斗米而折腰"，或如对檀道济送来的粱肉"麾而去之"，但更多是保持着安时处顺、知足不辱的心性状态。菊花，只是能够观照这种心性的一面镜子而已。

陶渊明的菊，没有清高拔俗的意思，也不象征着什么隐士标格。陶渊明时代的玄言诗很是热闹，但他没有凑这个热闹。他只是正好在"晨兴理荒秽，带月荷锄归"的间隙偶然地瞥见了一丛菊花，而后悠然地抬起头来，望见了南山而已。

这个境中，人与万物、与天地精神已然不分你我，共相往来。所以，陶渊明不是刻意地在诗中引入菊花来托物言志，拔高自己的品格，再把凡俗踩在烂泥里。以当时的境地猜度，陶渊明、烂泥、南山、菊花，没有什么高下之分，他们共同构成了个"一"字。这个"一"，就是陶渊明在《归园田居·其三》里面所说的"真意"，也是陶菊出现的初衷。

所以，陶渊明的菊，显然不仅是站在文学层面的，更是站在哲学高度的。菊花清香也好，恶臭也罢，坚贞也好，轻浮也罢，于陶渊明而言并无两样。

陶渊明当年，在官场上身心俱疲周旋十三年之久，离开的那一刻，自谓：得志。他站在船头，任凭舟遥遥以轻飏，风飘飘而吹衣，已然是找到了自我。

菊就是那个悠然之我，是自我终于与宇宙的冥合。在陶渊明之前的时代，文学是向内缩进的，在陶渊明之后的时代，文学是向外发散的，陶渊明呢，好像一个圆心，他代表那个"负阴而抱阳"的万物精神，冲气以为和。

菊花呢，它不清幽，也不倨傲，只是一个"淡"字。陶先生被标榜为"中国隐士之最",实际上,他就"结庐在人境",与其说这是隐居,不如讲这就是回归生活的本真。当陶渊明在尘世间优游容与时,菊花也与他了无挂碍。

既然是优游容与、了无挂碍,那必然是远离一切有名之物象的,他的"真意",岂是菊花这种俗物可以妄干的?采菊东篱,只不过是漫不经心的一次偶然之举而已。篱有菊则采无菊不妨会心一笑。采过便作罢,实在无须再劳心写什么言志诗。

吾心无菊。

陶渊明自比一棵孤松,我深以为然。以尘俗之眼来观,陶先生确实太孤独了。他"采菊东篱下,悠然见南山。山气日夕佳,飞鸟相与还",一山、一篱、一花、一鸟,人在这物物之中自在往来,偶然相对,不禁忘情忘性,只是一片化机。

这样的心性,只是天真自具,既没有发生,又无须言语,你说,谁能辨得清楚?连陶渊明自己,恐怕也是欲辨已忘言。

今人读陶渊明田园诗,都妄揣这是对于自然的回归。口中自然,无非山水。却不知,陶渊明的"久在樊笼里,复得返自然"早已超越了松菊,超越了山水。他不是说,我厌倦了尘世的纷争与喧嚣,想寻找一个清净之处暂歇一下。

陶渊明的"返自然",与一片净土没关系。陶渊明渴慕的,并非一块诗意的栖居地,而是"我与我周旋久,终作我",是安贫乐道,是空静自悟,是返璞归真。

如果说,陶渊明塑造了一种人格,我们不妨把这种人格称作"篱菊人格"或者"南山人格"。

这种人格不是前代的风骚、风骨、风度,也不是后代的风流、风雅,而是一种平和冲淡的文学、美学人格。

篱菊人格的真美处,在它的"无就",菊也只是一个虚字。陶渊明的时代,似乎每个人都在徘徊去就,拣尽寒枝不肯栖,寂寞沙洲冷。

九、陶渊明:不为五斗米而折腰

有人栖在酒，有人隐在药，有人没在山林，有人客于翰墨，始终仍走不出身心的囹圄。

陶渊明呢，也徘徊了十来年，可幸的是，到底还是走出了徘徊去就的羁绊，在万物大化中翛然而往，翛然而来。

杯中物，篱下菊，应此二物却不累于之，能悠然往来于无何有之乡的，陶先生一人而已。

十、孟浩然：高山安可仰，徒此揖清芬

每个朝代都有一位顶级的风流才子，在唐代，当数孟浩然。

也许你刚听完，便要不禁摇手嗤鼻，以为胡说乱语，自云："孟浩然乃自甘恬淡的襄阳隐士，与'风流'二字有何相干？要说唐代风流之首，非李太白而何？"

岂不知李白之风流，在孟浩然面前则愧不自如。他曾作一诗《赠孟浩然》：

吾爱孟夫子，风流天下闻。
红颜弃轩冕，白首卧松云。
醉月频中圣，迷花不事君。
高山安可仰，徒此揖清芬。

李白对这位年长自己十二岁的"孟夫子"钦佩之至。何以如此？只因孟浩然"红颜弃轩冕，白首卧松云。醉月频中圣，迷花不事君"。从少年至老年，一生清隐于松云之间，对官冕车马之事不屑一顾，常常于月明之夜醉酒，宁愿流连于花草之中也绝不侍奉君王。最后，以"高山仰止，景行行止"形容对孟浩然"风流"之性的仰慕。

孟浩然之风流，在于他的诗之清，性之淡，以"骨貌淑清，风神散朗"评之毫不为过。明代冯梦龙的《喻世明言》更是记载了这样一个故事：

孟浩然流寓东京，宰相张说甚重其才，与之交厚。一日，张说要写一首应酬诗，苦思不就。密请孟浩然前来商量。正烹茶细论，忽然唐明皇驾到。孟浩然无处躲避，伏于床后。明皇早已瞧见，问张说道："适才避我的，是什么人？"张说奏道："此襄阳诗人孟浩然，臣之故友。偶然来此，因布衣，不敢唐突圣驾。"明皇道："朕亦素闻此人之名，愿一见之。"孟浩然只得出来，拜伏于地，口称："死罪。"明皇道："闻卿善诗，可将生平得意一首，诵与朕听？"孟浩然就诵了《北阙休上书》：

北阙休上书，南山归敝庐。
不才明主弃，多病故人疏。
白发催年老，青阳逼岁除。
永怀愁不寐，松月夜窗虚。

明皇听罢，当下龙颜不悦，半晌默然说道："卿非不才之流，朕亦未为明主；然卿自不来见朕，朕未尝弃卿也。"次日张说入朝，见帝谢罪，又力荐孟浩然之才，但明皇道："前朕闻孟浩然有'流星澹河汉，疏雨滴梧桐'之句，何其清新！又闻有'气蒸云梦泽，波憾岳阳楼'之句，何其雄壮！昨在朕前，偏述枯槁之辞，又且中怀怨望，非用世之器也。宣听归南山，以成其志！"由是终身不用，至今人称为孟山人。

记得初次读这首诗，就被颔联"不才明主弃，多病故人疏"所震撼，心想，这是拥有怎样胆量的一个人，才能说出"不才明主"和"多病故人"这样的狂话，自此以后，视孟浩然为"猖人中的狂夫"。其实，是我那时理解偏误，以为孟浩然将唐明皇视为"不才之辈"。

时势易也，现代也有人将这句话改为"不明财主弃，多故病人疏"，以打趣那些医术不精的下工。这是汉语艺术的魅力，也是出自"孟夫子"之口的巧妙之词。

当然，孟浩然更多的是在说自己的不才与多病，或许他是以不才和多病为借口，宁被明主与故人所疏弃，以安心做个南山敝庐之下的归人，享受"松月下、夜窗虚"的惬意生活。

孟浩然的心中，住着一个陶渊明。

他爱慕渊明的"期在必醉"，每先醉，便语客"我醉欲眠，卿且去"；欣赏他不解音声，却蓄素琴一张，每有酒适，便辄自抚弄；倾羡他南山下，辟东篱一带，种黄菊数亩。他也甘愿像陶渊明一样，将自己彻彻底底地交给田园，终老襄阳山下。

故人具鸡黍，邀我至田家。
绿树村边合，青山郭外斜。
开轩面场圃，把酒话桑麻。
待到重阳日，还来就菊花。

这首《过故人庄》，与陶渊明的《归园田居》（其一）何其相似，青山绿树、田家场圃、桑麻菊花，真真实实的一幅农家风物图，一幅田园生活的画卷。

这幅画卷，由陶渊明从自家田陌着笔展开，到了孟浩然这里，又多了些山水的清气。他不仅写篱下菊花，更写池上楼阁、山间溪水，可谓是陶渊明与谢灵运的结合体。我们从陶渊明的诗中常常看到"晨兴理荒秽，带月荷锄归"的艰辛农事场景，看到"种豆南山下，草盛豆苗稀"的真实劳动体验，往往不禁为他捏一把汗，叹一回气，以为这是怎样一个从悲惨生活中找到美之所在的人啊。

与陶渊明相比，孟浩然好像是一个庄园主，生活得更为温馨舒适。他只管融入田园，全身心地去感受恬淡与适意。

毕竟，一个从小就立志隐居襄阳鹿门山下的人是如何也不会感到生活之艰辛的。与陶渊明相比，孟浩然幸福得多。他有祖上留下来的一个庄园，环山绕水。四十岁之前，便过上了垂钓、泛舟、谈禅、说道、交友、读书、作诗的自在生活，可谓是生而为隐。

如果他后来未曾决定出山一仕，便注定了他一生是一个纯粹无瑕的隐士。可是，孟浩然终于没有按捺住自己那颗渴望及第的心，在人生的不惑之年陷入困惑。科举未成，他干脆私邀内署，才发生了文首所提的那段让人啼笑皆非的尴尬事。

玄宗一句"卿不求仕，而朕未尝弃卿，奈何诬我！"就好比北宋柳永在落第后写下"忍把浮名，换了浅斟低唱"而在临轩放榜时只等到宋仁宗特意的那句"且去浅斟低唱，何要浮名？"一样。这句话，算是彻底断了孟浩然的入仕之念，自此，他虽也干谒入幕，却只是科场打诨，喜笑天意罢了。

像陶渊明道出"性本爱丘山"一样，孟浩然也在疏离仕途之后表明了"余意在山水"的心思。这个时候的孟浩然，和早年隐居襄阳的他相比，更懂了陶渊明的"真意"。所以，虽被玄宗一番话遣回，他却没有陈子昂"念天地之悠悠，独怆然而涕下"的遗世感慨，没有李白"长风破浪会有时，直挂云帆济沧海"的傲然气魄，没有杜甫"安得广厦千万间，大庇天下寒士俱欢颜"的忧民之情，也没有王维"行到水穷处，坐看云起时"这样的超然情致。

他变得淡然如水，波澜不惊，而这，才是真正的陶然旨趣。

孟浩然有一首小诗《春晓》："春眠不觉晓，处处闻啼鸟。夜来风雨声，花落知多少。"初读似觉平淡无奇，反复读之，便觉诗中别有天地。千百年来，人们传诵它，探讨它，仿佛在这短短的四行诗里，写着人生所有的真谛。这便如王维的"红豆生南国，春来发几枝"，是真正的好唐诗。因为它不费丝毫力气，摹写了一个自然变化的意境。

我想，孟浩然在写这首诗的时候，心境必然是干净清澈的，只有在这样的时候，万事万物才如云朵一般流转到他天空一样的诗纸上。文学到了这儿，不再仅仅是文学本身，山水田园诗，也不再是一种简单的分类，而在诗人的骨子里、血液里、灵魂里融入了整个大自然。

孟浩然虽一开始是为隐居而隐居，为了一个浪漫的理想，但后来，却为着对古人、对天地的一个神圣的默契，这才是李白以"高山安可仰，徒此揖清芬"赏敬他的原因。李白所揖敬的，除了孟浩然身上所流露出的芬芳，还有源源不断如诗一般飘舞、如气一般涌动、如风云一样变幻的自然的光华。

那一年，陶渊明辞官，站在暮晚的船头，"舟遥遥以轻飏，风飘飘而吹衣"。吟唱着这诗，我感受到了一种生命之气的徐徐涌动。而今读孟浩然的"野旷天低树，江清月近人"，读他的"荷风送香气，竹露滴清响"，仿佛徒手摘取一朵开在初夏的合欢花，花虽很快枯萎了，竟有一种看不见的美好，在指尖缠绕、流溢。

十、孟浩然：高山安可仰，徒此揖清芬

十一、李白：天生我材必有用

（一）唯有孤独，恒常如斯

李白，诞生于中亚的碎叶城，五岁时随父迁居四川青莲乡，因而自号青莲居士。出身于富商家庭，李白从小所受的教育，除儒家经史子集之外，还有六甲和百家等，比如道术和剑术。他在诗中说，十五岁就好剑术和神仙之术，自称游侠和羽客。二十岁以后，李白开始漫游于蜀地的名山大川，曾登峨眉、青城诸山。

二十六岁，仗剑去国，辞亲远游，游踪所及，近半个中国。在漫游途中，他有时隐居，有时干谒，有时想走终南捷径，但唯一未参加的是科举考试。这期间，不得不提的一件事是，李白初到长安，贺知章一见叹为谪仙人，从此以后李白声名大振，始得玄宗召见，供奉翰林。

翰林学士看似官高，实则是点缀升平和宫廷生活的御用文人。李白做翰林学士期间，虽确实得到了"天子御手调羹，贵妃磨墨，力士脱靴"等前所未有的待遇，却也与此同时遭到了权臣们的谗毁，宫中人皆恨之。三年后，李白发出行路难、归去来的感叹，离开长安。这一场官，做得不称心如意，却留下来《清平调》（三首）。

云想衣裳花想容，春风拂槛露华浓。
若非群玉山头见，会向瑶台月下逢。

一枝红艳露凝香，云雨巫山枉断肠。

借问汉宫谁得似，可怜飞燕倚新妆。

名花倾国两相欢，常得君王带笑看。
解释春风无限恨，沉香亭北倚阑干。

李白出长安时，尝作《五噫歌》，一步而五噫，即走一步路而悲叹五声。按理来讲，三年的翰林学士做得逍遥自在，何以悲叹耶？

从李白早年所写的干谒诗中，便可猜想一二。他说："十五好剑术，三十成文章。虽长不满七尺，而心雄万夫。若接之以高宴，纵之以清谈，请日试万言，倚马可待。"

从这短短数言中，便可觉察李白是一个理想极高极远的人。他心雄万夫，向往着能像诸葛亮那样终有一天做帝王师，甚至成为"谈笑三军，交游七贵"的宰相。

不得不说，天性的浪漫让他对自己的人生预设太过高远，试问，天下偌大，有几人能从"布衣"而直中"卿相"，况且在盛唐那样一个人才辈出的时代。

因此，我们惯常将李白视作一个"浪漫主义诗人"，唐代最伟大的浪漫主义诗人。浪漫者，初源自英文单词"romance"，又音译为"罗曼"。在中国古代文学史上，在李白之前另有一位浪漫主义者——屈原。

屈原有《离骚》《九歌》，那么李白便有《行路难》《将进酒》。长安三年的为官生活结束后，李白写出了《行路难》三首，其一如下：

金樽清酒斗十千，玉盘珍羞直万钱。
停杯投箸不能食，拔剑四顾心茫然。
欲渡黄河冰塞川，将登太行雪满山。
闲来垂钓碧溪上，忽复乘舟梦日边。
行路难！行路难！多歧路，今安在？

十一、李白：天生我材必有用

113

长风破浪会有时,直挂云帆济沧海。

　　试想,任何一个想干一番大事业的职员,被雇主赐金放还,变相撵出公司,心中会承受多少耻辱?不过,李白并不是一个消极的浪漫主义者,他还是在拔剑四顾心茫然的那一刻道出了对理想的期待——长风破浪会有时,直挂云帆济沧海。

　　就凭这一句,和封建时代绝大多数怀才不遇的文人相比,李白的思想境界就显得更高。

　　可惜天意弄人,离开长安后的李白又赶上了安史之乱,不得不从漫游再度隐居。次年冬,永王李璘以抗敌平乱为号召,请李白入幕府。出于一片爱国之意,李白便接受了他的邀请。不料,李璘暗怀争夺帝位之野心,不久即被消灭,李白也因此获罪下狱,被判处流放夜郎,行至白帝城时遇赦,遂乘舟还江陵。

朝辞白帝彩云间,千里江陵一日还。
两岸猿声啼不住,轻舟已过万重山。

　　这首《早发白帝城》便是此时所作,李白这时已经五十八岁了。心情差到极点的他给杜甫所写的信中甚至发出了"世人皆欲杀"的感慨。在命运的残酷迫害下,经常爽朗大笑的诗人也不得不发出无声的垂泣。

　　此后的李白,和杜甫一样,飘零于天地间,而终病死于叔父李阳冰家,落得一个无人挽顾的下场。

　　这里不得不提的是,李白之所以视杜甫为知己,在于他在跌入人生谷底甚至到死时爱国之心仍然不衰。那时的高适呢?避乱去了;王维呢?隐居去了;岑参呢?还因圣主是否长用而挣扎于官场。

　　在流落金陵期间,李白写过一首《长干行》。这首诗写于今南京市(古金陵里巷)。这首诗是乐府歌体,从诗歌的字里行间,可以看出,李白对人民的生活、感情、语言是何其的熟悉。没有长期混游渔商的生活，他是写不出这样的诗歌的。

> 妾发初覆额，折花门前剧。
> 郎骑竹马来，绕床弄青梅。
> 同居长干里，两小无嫌猜。
> 十四为君妇，羞颜未尝开。
> 低头向暗壁，千唤不一回。
> 十五始展眉，愿同尘与灰。
> 常存抱柱信，岂上望夫台。
> 十六君远行，瞿塘滟滪堆。
> 五月不可触，猿声天上哀。
> 门前迟行迹，一一生绿苔。
> 苔深不能扫，落叶秋风早。
> 八月蝴蝶黄，双飞西园草。
> 感此伤妾心，坐愁红颜老。
> 早晚下三巴，预将书报家。
> 相迎不道远，直至长风沙。

不过，从那句"五月不可触，猿声天上哀"，我们可以看到一个善于悲慨的李白。他的诗到这个时候，信手拈来，不加雕饰，但懂他的人读到这句一定会心痛不已。

在晚年的另一首诗《独坐敬亭山》中，李白这样写道：

> 众鸟高飞尽，孤云独去闲。
> 相看两不厌，只有敬亭山。

这首诗写于何年，在李白留存的诗稿中并没有注明。但可以猜想，必然是在尝尽了人生千般滋味后才能抵达的一种心境。众鸟、孤云，这些转瞬即逝如生命之物，在李白这里倒不如一座敬亭山。看罢了名山丽水的诗人，归来一无所获，却饱尝到了一种生命历程中旷世的孤独感，毕竟，在伟大的诗人这里，唯有孤独，恒常如斯。

（二）一生只做一个梦

从古至今，中国士人就徘徊在"出仕"与"归隐"之间。中国文学史上兼具"士人"与"隐士"身份的文人可谓是多如牛毛，其中不乏鹤立鸡群者，譬如李白。

李白生在光芒万丈的盛唐时代，一个"东山不得顾采薇"的清明环境。自然，每一位士人几乎都怀着"致君尧舜上，再使风俗淳"的鸿鹄壮志，李白亦如是。然而，天生狂傲的他心中藏着一个始终不渝的梦——做帝王师。

心比天高的他渴望一步登天，成为"谈笑三军，交游七贵"的宰相。他甚至在某一个夜黑风高的晚上，做了一个"绝飞鸟，拥连营，斩巨鳌，鲙长鲸，济苍生，解世纷"的梦。

在世人的眼中，李白是"事了拂衣去，深藏功与名"的高士，他这样的人，怎会为五斗米而折腰？当王维、高适、杜甫们都摩拳擦掌，准备在大唐科举中大展身手时，李白的心情一定是彷徨不安的。

而他一直在观望，幻想着有一天可以遇见一位"黄石公"仰叹自己的万丈高才。他最内里的意识，就是能从"布衣"直中"卿相"，而后平步青云之上。所以，他亦自诩为"垂钓于湖滨"的姜太公，苦苦等待着那位能够"见赏阳春"的知音。

如果你觉得，李白只是一个活在自我世界中做着白日痴梦的天真诗人，那就大错特错了。十五学剑术的他，也是一位"笑尽一杯酒，杀人都市中"的猛士。他的剑术，甚至绝不逊色于自称"大唐第一剑客"的裴旻。在他的诗中，他一直将自己勾勒成一位"愿将腰下剑，直为斩楼兰"的英雄好汉，希望可以通过从军征战一举成名。

梦想始终是遥遥难及的海市蜃楼，尽管李白一次次地宣扬他的生平本事，却在事事不如人意的现实中一次次遭到当头棒喝。他决定放弃这个不切实际的愿望，开始四处漫游。

除了出征，还有另一条路可走，那就是干谒。在干谒之风盛行的唐代，也许这是另一条入朝的捷径。于是，李白开始"遍干诸侯，历抵宰相"，写着一首又一首不卑不亢的干谒诗文。

在给韩荆州所写的那一篇干谒文《与韩荆州书》中，李白附上了一份个人简历。

> 十五好剑术，遍干诸侯，三十成文章，历抵卿相。
> 虽长不满七尺，而心雄万夫。
> ……
> 必若接之以高宴，纵之以清谈，请日试万言，倚马可待。
> 今天下以君侯为文章之司命，人物之权衡，一经品题，便作佳士。而君侯何惜阶前盈尺之地，不使白扬眉吐气，激昂青云耶？
> ……

这一封封的自荐书送到了王公贵族的家中，却如石沉大海般，杳无音讯。李白为自己入朝为官所精心设计的美好蓝图，也像泡沫一般破裂。可他还是不倦地描绘着那个遥不可及的梦。在那个梦里，他是范蠡、张良、诸葛亮，而在现实中，他却走投无路。

终于，他高喊着"我辈岂是蓬蒿人？""仰天大笑出门去"，而与此同时，又始终不能忘记"乘风破浪会有时，直挂云帆济沧海"的难酬壮志。那一年，贺知章金龟换酒，唤他为"谪仙人"，仿佛注定了他这一生的命运。也许，在夜深人静的时候，被命运折磨得伤痕累累的李白也曾经试想过：既然"我本不弃世，世人自弃我"，倒不如做一个无拘无束的隐仙人。

　　道家云：功成身退，安心而隐。而这时候一无所获的李白，隐得并不自在。对了，终南捷径？这也许是一条最适合自己的路。在隐居之时，李白高调作诗，自比垂钓湖滨的姜尚、高卧东山的谢安、独立鸡群的仙鹤、不啄周粟的凤凰、遗落人间的岁星、生于盛世的东方朔、孤直高洁的松柏，一遍遍地强调自己的归隐实乃无奈，是"邦之无道"，而非"己之无才"。

　　可惜，世人并不知道，一向被冠名为"道教徒"的李白，并不甘于像仙道那般遁世而去。归隐，只是他聊以慰藉的一种无奈说辞罢了。多少个夜晚，他曾月下独酌，顾影自怜，独自在绝望中寻找希望？谁能体味他年过半百而功成无望的心情？他写了无数首令人啧啧称奇的游仙诗，哪一首又是他最真实的心语？

　　垂钓洪波也好，采药蓬丘也罢，都是不得已而为之的事情。直到年过半百，他还空持着一颗钓鳌之心，游离在虚无缥缈的"神仙世界"。李白说，先逢了"人生在世不称意"的因，才有了"明朝散发弄扁舟"的果。李白说，"愿一佐明主，功成还旧林"，但愿来生，做一个真正逍遥自在而别无牵挂的隐士吧。

　　那时候，已历尽龙虎之争，守一颗麋鹿之志，归隐在商山之下，唱着这样一首歌：

　　　苍苍云松，落落绮皓。
　　　春风尔来为阿谁？蝴蝶忽然满芳草。
　　　秀眉霜雪颜桃花，骨青髓绿长美好。
　　　称是秦时避世人，劝酒相欢不知老。
　　　……

（三）李白的诗，胜在一个纵心

如果用一个字概括李白，非"逸"字莫属。

李白之逸，在于他面对人生，只一句："仰天大笑出门去，我辈岂是蓬蒿人。"面对朝堂政治，"安能摧眉折腰事权贵，使我不得开心颜"，何其的趾高气扬？他的知交杜甫知道这一点，在《酒中八仙歌》中这样写道："李白斗酒诗百篇，长安市上酒家眠。天子呼来不上船，自称臣是酒中仙。"不仅李白自称为"仙"，就连盛唐诗坛和政坛的元老级人物贺知章初次见之亦惊呼为"谪仙人"。李白之为仙，好比杜甫之为圣，一个漫游于天境，一个飘然于四海。

仙者何为？幽也，逸也。故李白的诗中，往往充盈着一种仙界的氤氲之气。论诗之体，李白好写游仙诗，譬如"日照香炉生紫烟，遥看瀑布挂前川。飞流直下三千尺，疑是银河落九天。"在这首《望庐山瀑布》中，李白之姿态、眼界凌越于九天之上，欣然对视着与他相平等的一切自然万物。

在《独坐敬亭山》中更是如此。对鸟、对云、对敬亭山，李白总是饱含着一种款款深情，不得不说，这是一种啸歌行吟的超逸，一种倚风支颐的幽闲，一种临风解带的浪漫。

人之所以爱李白，不在于他在唐代诗坛乃至整个古代诗坛的呼风唤雨之作，更多的是缘于李白传达了一种精神，或者穿越了时间与空间的人类共同之欲望：与天地万物共相往来。

这样的精神，也许在其他诗人的作品中可窥一二，然而李白却将传达这种精神作为自我的终身事业来做，或者说，他本身就是这种精神的化身。

在蜀道行走，一句"噫吁嚱，危乎高哉！"让人百感俱兴，在发端于无形中觉悟到，人类在自然面前是何其的渺小，而自然的力量却如排天巨浪一般，于是只能在心中反复地咏叹："蜀道之难，难于上青天!"

虽则皆写自然,李白对自然的眷恋与陶渊明、孟浩然、王维不同。

譬如在夏日,陶渊明写"孟夏草木长,绕屋树扶疏。群鸟欣有托,吾亦爱吾庐",字里行间是一副:"我爱夏天,我爱我家院子"的小农情态;孟浩然写"荷风送香气,竹露滴清响。欲取鸣琴弹,恨无知音赏。"往往在书写山水自然的同时也传达一种个人之郁怀;王维写:"空山不见人,但闻人语响。返景入深林,复照青苔上。"却有一种清冷到骨子里的干净;李白在《夏日山中》,则这样写道:"懒摇白羽扇,裸袒青林中。脱巾挂石壁,露顶洒松风。"

我一度十分喜爱这首短诗,觉得这一定是炎炎夏日最浪漫诗意的过法了。试想,李白摇着白羽扇,处于青郁的森林之中,逍遥自在地享受着山间的清凉世界,这般的生活,何其美好?

后来到清代,小资文人李渔,也效法李白:匪止头巾不设,并衫履而废之,或裸处乱荷之中,妻孥觅之不得,或偃卧长松之下,猿鹤过而不知。岂不悠哉快哉?

可是,这样的过法,大胆是前提。我想更多的普通人,在漫漫长夏,只能任由汗液纵横在你的皮肤上,流成一道道沟渠,过着湿热如膏的生活。毕竟,要想进入慵懒惬意、与世无争、悠然自得的神仙世界,就得如李白一样,放浪形骸。

所以,李白作为一位山水诗人,和陶、孟、王最大之不同在于他的"放浪形骸",这种精神,构成了李白之"逸"。"逸"和"礼"是相对立的,可以说,李白为了追求这种"逸"的生活姿态,放弃了成为一名儒家的正统君子。在自然世界里,哪里有礼可言呢?只有道。

今人在欣赏李白的时候,只能如李白在《赠孟浩然》这首诗中的尾联所写"高山安可仰,徒此揖清芬"。放不下身段,是最大的障碍,于是,只有欣赏、羡慕、仰望李白。没有一个人在读到李白所写的那些趾高气扬的诗句时认为它们是越礼而作,因为我们每一个人的心底,都种了这样一颗尚未萌芽的种子。

就如我们倾羡魏晋风度，却只能在醉中、梦中效仿那些名士，永远无法与世俗相诀别过上彼样的生活一样。我们不可能丢下手头的工作，去肆无忌惮地清谈；不可能终日不倦地在山间曲水流觞；不可能轻裘缓带，飘逸洒脱地行走在众目睽睽之下；也不可能永远沉醉在朦朦胧胧、模模糊糊、混混沌沌的酒乡之中……

倘若真的这样做了，那也终将被人唾骂、厌弃，成为时代的众矢之的。这就是李白之逸的可贵之处，可远观而不可亵玩焉，如风之流，如云之动，永远徜徉于天地之外，不可学也。

宋代王安石评价李白称："诗人各有所得，'清水出芙蓉，天然去雕饰'，此李白所得也。"李白之贵，在于一个真字。只此一字，便至高无上了。如果不真，就没有李白的近乎狂傲的逸，也就没有"仰天大笑出门去，我辈岂是蓬蒿人。"这般毫不忸怩作态的诗句。

且读，"两人对酌山花开，一杯一杯复一杯"，随口道来，毫无雕琢，却言在口头，想出天外。

"君不见，黄河之水天上来，奔流到海不复回！"飘然而来，忽然而去，不屑于雕章琢句，亦不劳于铭心刻骨，自有天马行空，不可羁勒之势。

"孤帆远影碧空尽，唯见长江天际流。"孤帆尽则目力已极，江水长则离思无涯，怅望之情，俱在言外。

李白的诗，胜在一个纵心。花怎么开、酒怎么醉、江河之水怎么流，他就怎么写，毫不拘泥于字词、句法和文法。在这方面，李白的诗就像一株自然生长起来的花木，未加任何人力干涉，这种自由与超越，是流淌在李白骨子里的逸，是大唐的风流气象。

十一、李白：天生我材必有用

121

十二、杜甫：民间疾苦，笔底波澜

（一）丈夫之美，莫过于此

每读杜甫诗，总会生出英雄相惜，恨不时逢之心。虽然我不是什么英雄，但向来喜读坦荡、慷慨、壮阔、磊落的诗。以风格而论，曹操、杜甫、辛弃疾的诗是我的心头好，每无事时，信口吟来，但觉合乎脾胃。

心中若有不平，读罢杜诗总能褶皱尽消。并非因于与杜甫的坎途相比照后产生了洋洋自得的心理，相反，读杜诗时会不知不觉地忘记杜甫的百病缠身和穷困潦倒。因为杜诗从不传达悲哀。杜甫虽命途多舛，然他的诗始终意兴不衰颓，风味不干瘪。站在杜甫的人生底色上看杜诗，更觉他即便是诉穷说苦，也有一种旁人学不来的气象。

杜甫一生遭遇，从困居长安、陷于贼乱再到流落西南，长逝漂泊途中，短短五十九年的生命，被捆打，被境遇挞揉，寓居于蜀中的几年，应该算得上他跌宕起伏的人生中短暂的一段幸福时光。这得感谢一个人：严武。杜甫漂泊西南，几经辗转，能在成都落脚归功于严武的资助；在四川两谋职位，也因于严武的表荐。可《新唐书·杜甫传》记载：

武以世旧，待甫甚善，亲至其家。甫见之，或时不巾，而性褊躁傲诞，尝醉登武床，瞪视曰："严挺之乃有此儿！"

按理来说，杜甫见遇于严武，应对严武心存谦恭，可杜甫却我行我素。平日见严武时，杜甫常不戴头巾。头巾是礼仪的标志，不戴头巾意味着不修边幅，目无礼法，这似乎也是名士风度的象征。陶渊明的外祖父孟嘉曾山中落帽，仍风度翩翩，陶渊明也经常以头上所戴的葛巾漉酒，漉完了，又继续戴在头上，唐人慕魏晋风度者多效仿之。李白就曾："懒摇白羽扇，裸袒青林中。脱巾挂石壁，露顶洒松风。"不仅摘了头巾，露出了头顶，还在山间林中赤身裸体。

杜甫也毫不逊色，他不仅在严武面前不戴头巾，还醉醺醺地跳到严武家的凳子上，瞪着他说："严挺之怎么会生出你这种混账儿子！"比当日阮籍在司马昭府上表现得还过分。所以，《新唐书》不仅评价杜甫"褊躁傲诞"，还"旷放不自检"。

李白是"骜放不自修"（桀骜不驯，狂放任诞，不修边幅），杜甫是"褊躁傲诞，旷放不自检"，李、杜之所以能成为知交，也正在此。李、杜皆是"任真之人"，以真性情惺惺相惜。杜甫曾作诗谓李白"笔落惊风雨，诗成泣鬼神"，而又自云"读书破万卷，下笔如有神"。而世人皆知李白是性情中人，每一提笔，气吞山河，怎一个"任真"了得！却少有认为杜甫亦以"任真"见称。

虽然韩熙载评价杜甫"少陵一生，不出儒家界内"，然以性情来断，杜甫并非儒家风范。孔子说"情动于中而不发"，而杜甫却"一生喜怒常任真"（少陵自语），喜怒常形于色，任其真性情。"任真"在儒者看来，不是什么美好的品质，甚至是"不自修"，而在道家看来，这是特立风姿，个性风流。这种个性，古往今来，很多人身上都具备。

"任真"之人，就像庄子，独钓于濮水，当名利而持竿不顾，曰："吾将曳尾于涂中"；像陶渊明，南山采菊，北窗高卧，抚无弦琴，倦了便欣然道："我醉欲眠君且去"；像李白，斗酒吟诗，狂歌当日，天子呼来，却自称"臣是酒中仙"，天子疏弃，也仰天大笑："我辈岂是蓬蒿人。"

我们也自然理解了，杜甫作为一个"任真"之人，见严武时衣冠不整，在严武府上痛饮狂言，随性而为。这样的"任真"，成就了杜甫的名士风度。

作为一位"名士",杜甫也时常"痛饮酒",他的《饮中八仙歌》,写尽了大唐文艺界的种种酒态,从王公贵族到文艺大家,个个逃不过杜甫的戏谑。他隽言妙语、风趣横生,完全一改平日里一本正经的形象。

知章骑马似乘船,眼花落井水底眠。
汝阳三斗始朝天,道逢麴车口流涎,恨不移封向酒泉。
左相日兴费万钱,饮如长鲸吸百川,衔杯乐圣称避贤。
宗之潇洒美少年,举觞白眼望青天,皎如玉树临风前。
苏晋长斋绣佛前,醉中往往爱逃禅。李白斗酒诗百篇,
长安市上酒家眠。天子呼来不上船,自称臣是酒中仙。
张旭三杯草圣传,脱帽露顶王公前,挥毫落纸如云烟。
焦遂五斗方卓然,高谈雄辩惊四筵。

《酒中八仙歌》写别人,而杜甫的另一首《醉时歌》则写自己。

……
杜陵野客人更嗤,被褐短窄鬓如丝。
日籴太仓五升米,时赴郑老同襟期。
得钱即相觅,沽酒不复疑。
忘形到尔汝,痛饮真吾师。
清夜沉沉动春酌,灯前细雨檐花落。
但觉高歌有鬼神,焉知饿死填沟壑?
……

且看他这位"杜陵野客"(亦称"少陵野老")穿着短褐穿结,鬓发如丝,可他贫而有趣,衰而不颓。虽然饥寒交迫,但手头上一有

了钱，就奔酒铺子沽酒去，直喝到忘乎所以，不知天高地厚，还谓："痛饮真吾师！"这哪还是我们眼中的那位斯文杜少陵？这分明就是陶渊明之后身，哦，不，应该是阮籍、刘伶之再世。渊明饮酒，尚且有度，杜甫的酒态，诚如当日的阮、刘二名士，可阮为自保，刘为自证，杜甫痛饮当为何？只为一个"真"字。

故他才能"无住于酒相"，在酒的天地中书写万象之美："清夜沉沉动春酌，灯前细雨檐花落。"这一句，几乎比王维的"雨中山果落，灯下草虫鸣"更具审美意味。每一个字，都值得品酌，每一个字，都似乎煞费了特大的功夫写成，然读来又觉天然而作。许慎说："酒者，就也。"酒在凡人那里，只是纵欲的饮品，而在一个任真的诗人这里，化作了一股栩栩然的气。

如果说"清夜沉沉动春酌，灯前细雨檐花落"是气之纤柔，那么，"但觉高歌有鬼神，焉知饿死填沟壑"便呈现了气之博大。少陵的笔力，得益于他的胸中心底所充溢、涌动的那股子真气。这股子真气，可以纤柔，可以壮阔，可以低沉，可以高亢，看世间万物，随物而化生。唯有大诗人，才拥有这般气象。陆放翁曾谓："文章本天成，妙手偶得之。粹然无瑕疵，岂复须人为。"在杜甫这里得到了最好的印证。那灯前的细雨，滴落的檐花，杯中的春酌，不费半点功夫，尽得风流。一个人心中天然纯粹，毫无瑕疵，笔下的万物才见脱俗灵明之气。只有真，才能切！

杜甫的《闻官军收河南河北》，更是被清代浦起龙赞叹为，这是杜甫"生平第一首快诗也！"他写：

剑外忽传收蓟北，初闻涕泪满衣裳。
却看妻子愁何在，漫卷诗书喜欲狂。
白日放歌须纵酒，青春作伴好还乡。
即从巴峡穿巫峡，便下襄阳向洛阳。

十二、杜甫：民间疾苦，笔底波澜

热泪翻滚，漫卷诗书，欣喜欲狂，放歌纵酒，这哪里是一个老病交加的人，这哪里是我们平日印象中的那个隐忍内守、一脸严肃消沉的男子，分明是一个怀抱着理想，充溢着激情，饱含着赤子之心的热血青年。但我们哪里知道，这是一位年过五旬的老者，在一个风起云涌的夜晚，倚着窗，一气呵成的呢？

正是因为一腔任真之气，才让他的诗反复读来跌宕人心，从年轻时候写的"荡胸生曾（层）云，决眦入归鸟。会当凌绝顶，一览众山小"，到晚年的"白日放歌须纵酒，青春作伴好还乡"。我们看到，杜甫的气象始终大而阔，高而雄。

从现存的诗中，我们不难知晓杜甫一生所患疾病甚多，反复不愈的疟疾，长期煎熬的慢性肺气肿，以及这些疾病引起的一些并发症，诸如视力模糊、耳聋、半身不遂以及跛足等，让杜甫大半辈子活在与疾病的挣扎中。再加上他颠沛流离，生计未谋，这样的人生，放在任何一个普通人身上都不好消受。而我们读杜甫诗，却听不到太多怨声恨语，传递出的是一种向上的气象。

"昼引老妻乘小艇，晴看稚子浴清江""老妻画纸为棋局，稚子敲针作钓钩"是他的温情；"安得广厦千万间，大庇天下寒士俱欢颜，风雨不动安如山"是他的博爱；"朝回日日典春衣，每日江头尽醉归。酒债寻常行处有，人生七十古来稀"是他的旷达。

人生最美好的品质，莫过于身处困境之中却能时时发现美、传递美。谈杜甫，姑且不必从大处着眼，不言家与国，就看他在诗中如何称谓花草禽虫，便知道这是一位饱含深情的任真者。读他写的《废畦》，为一株秋天的蔬菜而动了情，以"汝"称之，以"君"敬之，仿佛婴孩心性。读这样的诗，再坚硬的心地，都会即刻变得温软。

秋蔬拥霜露，岂敢惜凋残。

暮景数枝叶，天风吹汝寒。

绿沾泥滓尽，香与岁时阑。
生意春如昨，悲君白玉盘。

有时，他与一株蔬菜对话；有时他对着一棵枯棕木发呆；凉风萧萧，他会为一株决明子的命运担忧。世间万物，无不是他的朋友，他更与禽兽称友，与鸂鶒惺惺相惜，与一匹瘦马陌路相携，为一双受伤的鹤哭酸了鼻子。这样的情景，在杜诗中频频可见。万物似乎皆与他同胞，而况家与国？

这样的气象，全然当得起他的名与字，丈夫之美，莫过于此。

如果说，读李白诗，须引颈而望，因为李白总站在高处，他的诗俊逸致远，恍有一种在云端的风神，让人忽忘身在尘泥，而读杜甫诗，观之可亲，思之默然，就像宋人许顗说，老杜诗不可议论，亦不必称赞，苟有所得，亦不可不记也。这是因为杜甫的诗近读处处臻到，远望浩荡津涯，可郁勃可壮阔，可悲慨可昂扬，一切不和谐在这里终归和谐，在固态与气态化之间做到了往来自如。

（二）一位儒者的终生信仰

杜甫七岁能诗。十五岁就在文坛独树一帜。二十岁开始到各地游学。二十四岁和三十六岁参加科举考试均未中第。四十四岁仍是一介布衣，在安史之乱中因祸得福，捡了一个名不见经传的芝麻小官，不久即被贬，之后一直过着流浪天涯的生活。直到知命之年，杜甫才落脚成都，依靠朋友捐来的钱，在浣花溪建了一座草堂。但好景不长，他先后又流离奔走十一处，如丧家之犬，终于在一个酷寒的冬日，死在了漂泊的船只上。那一年，杜甫五十九岁，空手撒尘寰，只留下了一千多首诗。从生到死，杜甫真实地演绎了流浪的人生。

实际上，杜甫既不是官，也不是诗人，而是一个如流浪汉般的自由职业者。一生中最太平的日子，竟是在以嗟来之金所筑的那间茅草屋中度过。面对顽童的贼抢、身体的衰老、风霜的欺凌，年届五旬的杜甫还是提笔写下了一首《茅屋为秋风所破歌》。

八月秋高风怒号，卷我屋上三重茅。
茅飞渡江洒江郊，高者挂罥长林梢，下者飘转沉塘坳。
南村群童欺我老无力，忍能对面为盗贼。
公然抱茅入竹去，唇焦口燥呼不得，归来倚杖自叹息。
俄顷风定云墨色，秋天漠漠向昏黑。
布衾多年冷似铁，娇儿恶卧踏里裂。
床头屋漏无干处，雨脚如麻未断绝。
自经丧乱少睡眠，长夜沾湿何由彻！
安得广厦千万间，大庇天下寒士俱欢颜！
风雨不动安如山。
呜呼！何时眼前突兀见此屋，吾庐独破受冻死亦足！

他说：我的人生遭遇轻贱不要紧，但愿天下像我一样苦命的士人不要遭到这样的对待。我宁愿在这破烂不堪的茅屋中受冻而死，来换得天下寒士的太平安宁。

杜甫以春秋时代的孔子为榜样，一生都践行儒家思想。他希望像孔子一样，以国为家，以民为子，以天下事为己任。他的一生也像极了孔子的一生，在乱世中栖栖惶惶，奔走于刀尖之上而终不忘爱民之心。尽管自己已经潦倒不堪，还能坚守着那份济世的初心，知其不可而为之。

苏东坡读罢杜甫此诗后，不禁感慨："老杜何如人？"是啊，杜甫此等仁心，简直超越了人的境界。这样的人不被称为"圣人"，谁敢称之？

几岁、十来岁、二十来岁的时候不懂杜甫情有可原，我就是一个例子。二十岁以前只被动学过杜的诗，内心则拒杜甫诗于千里之外，觉得杜诗过悲，不可久读。慢慢地，理想主义的人生观在不完美的现实面前瓦解了，开始品味杜甫的诗，但对杜甫麻鞋裹足、褴褛束臂、糟糠填腹、卖药糊口的人生依旧喜欢不起来。随之，有了比较实际一点的抱负，才开始敬畏杜甫，感慨于他能够"上感九庙焚，下悯万民疮"是何等胸怀与境界！

在我看来，杜甫是这样一个人：一个终生流离奔走十一处，终于在一个酷寒的冬日，死在漂泊船只上的"苦命之人"；一个食不果腹、衣不蔽体，如流浪汉般的"自由诗人"；一个面对顽童贼抢、身体衰老、风霜欺凌仍然要先天下之忧而忧的"落魄圣人"；一个恓恓惶惶奔走于乱世刀尖之上而终不忘初衷的"赤子"；一个超越了凡人的境界而"竟何如人"的"人"。

在安史之乱中，李白陷于诸王之争，内心忿恨难平，以至于起了"世人皆欲杀"的念头。而同样陷于贫病交加之中的杜甫，这时候写信给他的老友李白：

不见李生久，佯狂真可哀。
世人皆欲杀，吾意独怜才。

杜甫最能体会李白的处境，因为他也和李白一样，陷入了"冷眼人皆谤"的境地。当他读到李白的那句"世人皆欲杀"的诗时，一定是胸中大恸、老泪交流。但在现实的灾难面前，他不恨不怨，而是连连拷问自我，告诫自己"莫与心违"。所以，对杜甫来说，每一次伤痛，都是一次升华。儒家的"吾日三省吾身"的理念在杜甫这里得到了最好的印证。

试问：是什么给了杜甫如此强大的力量？自己落魄到了这等地步，犹关心天下人，忧心天下事，背负着天下的安危苦乐。

是信仰。人类之所以是人类，而不是动物的缘由在于：人类有自我反省、自我忧患和自我救赎的意识。而这种意识，来自与生俱来的信仰。是信仰，让人类有所畏惧而自强不息地活着。

杜甫说："小子筑室首阳山下，不敢违仁，不敢忘本。"他所谓的"本"，就是扎根于内心的那份信仰：儒家的济世情怀。按他的话来说，就是对"致君尧舜上，再使风俗淳"的执着。

刘熙载在《诗概》中说："少陵一生，只在儒家界内。"在屡仕不进时、在漂泊无依时、在百病缠身时、在身心俱疲时，杜甫都不曾怀疑过、脱离过儒家理念半时半刻。

麻鞋裹足、褴褛束臂、糟糠填腹、卖药糊口，杜甫并不以此为窘，而是"忧在天下，而不为一己之得失"。正如他的诗所言：上感九庙焚，下悯万民疮。

我每每会心生疑问：杜甫做人忘我如此，置其妻其子于何处焉？其妻有何等胸怀，能于贫贱之时而不离弃？

世人皆知杜甫为妻子杨氏所写的那首《月夜》：

今夜鄜州月，闺中只独看。
遥怜小儿女，未解忆长安。
香雾云鬟湿，清辉玉臂寒。
何时倚虚幌，双照泪痕干。

短短数十字，写尽深情，可见，杜甫对妻子之情深。都说"贫贱夫妻百事哀"，而杜甫夫妻似乎是一个例外。他在诗中记载，与妻子画纸、落棋、乘艇、晒药、书诗、饮酒，如蛱蝶互逐、芙蓉成双，过着世外神仙眷侣的生活，让人莫不羡之。

一个有爱的人，爱妻、爱子、爱父母、爱兄弟姐妹、爱朋友、爱百姓、爱一切不相干之人、爱天下万物。不容置疑，杜甫是这样一个人，一个怀着儒家仁爱之心的人。是扎根于内心的儒家情怀，让他无论命途多舛，都能始终保持着一颗初心，向着光明的方向前行。

一切的信仰，都是教会我们在人生的丛林里，披荆斩棘，自强不息。我想，如果没有儒家的济世信仰，杜甫一定会像大多数官场人生失意的士人一样，迷茫而彷徨地过完了无生趣的一生。

（三）一生只钟情于一人

自《关雎》那一句"关关雎鸠，在河之洲。窈窕淑女，君子好逑"出现之后，爱情就从原本的一种动物生命本能，变成了人类所独有的高级精神活动了。

在所有时代的爱情诗中，最为我们熟知的莫过于唐朝的爱情诗了。张九龄的"情人怨遥夜，竟夕起相思"，是爱情的无奈；李白的"当君怀归日，是妾断肠时"是爱情的绝望；元稹的"曾经沧海难为水，除却巫山不是云"是爱情的执着；李商隐的"身无彩凤双飞翼，心有灵犀一点通"是爱情的欣慰……读之，我们或感到幽微深曲，或感到微妙细腻，但当我们得知，这些诗篇，仅仅是写给情人，小妾，一个不知名的人，甚至只是为了抱慰违心的自己时，又不禁为爱情轻轻地叹一口气。

难道爱情只存在于家庭的"围城"之外吗？当我们翻开厚重的中国诗歌史，有人说，中国的男人，与妻子之间的交流终止于一纸婚书。家庭的柴米油盐，生活的鸡零狗碎，将夫妻之间的爱情消磨殆尽，更遑论什么诗书传情？在现代如此，在古代亦然。更有人悲观地下了这么一个结论："妻子之死是中国男人可以公开、合法表达自己对配偶之爱的唯一机会。"（杨周瀚语）闻此，我们不禁哑然失笑，扼腕叹息。果真如此吗？

恐怕又不无例外。我读古诗，印象最深刻的是杜甫的爱情诗。每每读之，不禁会想：天下夫妻，能在贫贱之中不至悲哀而独自快乐的，恐怕除了杜甫和爱人，别无他例了吧？

杜甫的诗，不是写给情人，因他从不乱搞男女关系；也不是写给小妾，因他一生从未纳妾；更不是写给不知名的一个女子，因他绝无这样的念想；更不是像普通小文人一样写给自己以乞得心灵抱慰，因他自始至终都是光明正大，从未愧对自我，抱憾于爱情。

他的妻子，只有一位，即是与他自结婚之日始就不离不弃、相濡以沫的夫人——杨氏。

杜甫写给妻子杨氏最为人所乐道的诗，非《月夜》莫属。

做这首诗时的杜甫，正陷于安史之乱，为叛军所俘，一个人困居长安，而他的家人，则被暂时地安顿在鄜州羌村。漫漫长夜，当思绪袭来，他一定是痛楚万分，可他绝口不提，反想着家中的妻子，此时此刻正做着什么。他知道，妻子也一定同自己一样辗转反侧，终夜难眠。她定是一个人满腹愁思地伫立在月明露重的夜晚，不知光阴为何物。哦，她的双鬓，应被夜露渗湿了，她的臂膀，也早已不耐风凉。

这轮月愈明，愁就愈深。天涯两隔，两人虽不传情，所有的情意却因月而昭。寥寥数十字，写尽清愁，道尽深情，对结发妻子钟情至此，除了老杜，唐代还有第二个人吗？

如果这首《月夜》，还不足以让我们知晓杜甫对妻子的深情，那另一首同样写在困守长安之时的《一百五日夜对月》，则让我们领教到这位素来以"沉郁顿挫"著称的低调诗人无与伦比的痴情。

无家对寒食，有泪如金波。
斫却月中桂，清光应更多。
仳离放红蕊，想像颦青蛾。
牛女漫愁思，秋期犹渡河。

在寒食节的月夜，他独自羁留在长安，不能归家，只能对着一轮明月，想象着妻子在花蕊前蹙眉流泪的模样，让人怜惜不已。伸出了手，够不到妻子的面庞，只能在这个寂寥冷清的明月夜，做着一个痴痴的美梦。他盼望着，自己和妻子，能像传说中的牛郎和织女一样，早日相聚。

后来，他所幸逃出了贼营，终于与那个自己日思夜想的人如愿团圆，彼时彼刻，悲欣交集、喜极而泣，执手相看泪眼，两人有说不完的话，诉不完的相思，一直到了夜阑时分，都不愿浪费一刻的相聚时间，二人秉烛共度良宵，就这样默然凝视着彼此。

贫贱夫妻，百事莫哀。这位娇妻，出身名门，却从嫁给他的那一刻开始，没有享受过一天的"好日子"。生活粗糙，却不乏情趣，日子辛苦，他们二人却乐不自知。婚后的他们，快乐得像两只在濮水中摇曳其尾的龟，像两条在濠梁下出游从容的鱼，改写了我们一贯对婚姻这座围城的成见。

他一生最好的时光，恐怕要算脱离于安史之乱的苦难之后流寓到了蜀中的那段日子了。在朋友的资助之下，他的茅屋刚刚落成，与妻子过上了世外桃源神仙眷侣般的生活。他在《江村》和《进艇》中便记录了这种生活画面：

清江一曲抱村流，长夏江村事事幽。
自去自来堂上燕，相亲相近水中鸥。
老妻画纸为棋局，稚子敲针作钓钩。
但有故人供禄米，微躯此外更何求？

（《江村》）

南京久客耕南亩，北望伤神坐北窗。
昼引老妻乘小艇，晴看稚子浴清江。

俱飞蛱蝶元相逐，并蒂芙蓉本自双。
茗饮蔗浆携所有，瓷罂无谢玉为缸。

（《进艇》）

在成都茅屋的那段日子，他与妻子画纸、敲棋、泛艇、晒药、书诗、饮酒，像蛱蝶互逐，芙蓉成双，让人不禁看红了眼。有妻偕老，有酒盈樽，有墨书诗，

人生三件雅事，他都有了，更有故人时来相济，于此之外，夫复何求？

而这样让我们羡慕到心痒的婚姻生活，竟都是我们的诗人所用心经营出来的。他每时每刻都将自己的妻子挂在心上，晒药时，写道"晒药能无妇"；妻子觉得闷了，他便"昼引老妻乘小艇"；妻子觉得累了，他便邀她"画纸为棋局"来解困；爱妻之心，竟细致到把煮好的茶和榨好的甘蔗浆装在一口瓷坛里，放在艇上以便两人可以随取随饮。

后来的唐代诗人元稹在写给妻子韦丛的悼亡诗中说："诚知此恨人人有，贫贱夫妻百事哀。"可杜甫却用实际行动告诉我们"贫贱夫妻且莫哀"。他一生漂泊于大半个西南天地间，生活最糟糕的时候，到了吃不饱、穿不暖的地步，可就在这样的饥寒交迫、居无定所之中，他与妻子始终患难与共、相濡以沫，宽慰着彼此，也成就了爱情。

后人论杜甫，大抵以悲眼观之，以哀声叹之，大抵是不解得杜甫"沉郁"深处的另一面。他有趣，有情，有志，一生经行于儒家界内，不敢违仁，不敢忘本。什么是"仁"？仁者爱人。作为一个心中有仁爱的人，他爱国、爱民、爱妻、爱子、爱友、爱万物种种之美好。当我们一厢情愿地为他"不堪其忧"时，他却不改其乐，在生活最艰辛苦涩底处镌刻着美好。

在中国古代的文人中，一生只钟情于一人的不敢说唯有杜甫，但杜甫之钟情，一定是让我们印象最深刻的那个。他用自己的真心笃行，向我们诠释了，什么叫"愿得一心人，白首不相离"。

十三、王维：世间扰扰，我自空空

纵观盛唐诗坛，文章绝伦者如过江之鲫。但是，倘若少了王维，大唐的精神气质则必如微瑕之白璧。

十多年前，王维充满禅味的五言绝句让我一度痴迷不已，以至于所写诗词中十之有九皆仿"佛偈"。那时对王右丞诗的认知只停留在"禅理"的表层上，而时至今日，王维诗中的真趣与况味依旧让我十分着迷。

在世人的口中，字"摩诘"的王维是大唐的"诗佛"，如果要找一个贴切的词，来定位王维诗歌的精神境界，恐怕难以选择。

清代赵殿成在笺注王维诗集时写了一篇序文，其中有一句颇能涵盖王维的精神气质："天机清妙，与物无竞。"

在诗歌流派上，王维诗被划到"山水田园诗"这一类，这让很多人将王维和陶潜等同视之。一读其诗，无非是"了无人气"；一评其人，不过乃"孤悬傲立"。而王维一开始就与陶潜划清界限，他不断以诗书为证，表露出自己对陶潜遁世的不屑。

在一首《偶然作》中，王维对陶潜的态度依旧如是。诗云：

> 陶潜任天真，其性颇耽酒。
> 自从弃官来，家贫不能有。
> 九月九日时，菊花空满手。
> 中心窃自思，傥有人送否。
> 白衣携壶觞，果来遗老叟。
> 且喜得斟酌，安问升与斗。
> 奋衣野田中，今日嗟无负。

兀傲迷东西,蓑笠不能守。
倾倒强行行,酣歌归五柳。
生事不曾问,肯愧家中妇。

在王维的眼中,陶潜的那种"不为五斗米而折腰"的行为是任性而不合乎道的。在他看来,人生在世,不能身心相离,而脱离物质生活的精神境界必然是矫揉造作的。陶潜一生虽然人品高洁无染,却不营生业,乞食赊饮,陷妻儿常困于饥寒之中,此乃不义也。

王维的这种见识颇有马克思"物质基础决定上层建筑"的意味。试问,一个生活在世俗中的人若立足于上无片瓦、下无寸土之地,有何资格去修身养性?

世人评价王维诗,大多言其诗清冷幽邃,远离尘世,无一点人间烟气。以"空灵"概称王维诗,大抵没有什么过错。然而,王维诗中的"空",并非如世评那样清冷幽邃,没有人间烟气。

空是一个什么样的字呢?我们惯常能想到与空相关的词,譬如空虚、空空如也,抑或是竹篮打水一场空,都或多或少地带有一种消极的意味。当理想化为乌有的时候,或者当历经生离死别的时候,我们总会心生空念,生出一种莫名的惆怅和失落之心。但是,"空"最初并不源于中国,而是佛教词语,从梵语意译而来。"空"的对立面是有,它意味着"非有"。

作为一个诗书画乐样样精通的士人,王维与佛教宿有因缘。他的母亲崔氏,是一个虔诚的佛教徒,是北禅首领普寂的弟子,弟弟也一生奉佛,生长在佛教氛围如此浓厚的家庭,王维自然深谙佛法。

虽然号称"诗佛",王维的生活却亦庄亦禅、亦儒亦道,以一个"和"字将中国的三大哲学思想(儒、道、佛)完美地交织了起来。所以,在后世人的心里,王维是一个既复杂又简单的存在,就像一个谜一样。他既能洞明世事,亦能逍遥方外;既能人情练达,亦能脱离尘世。因而,他的诗简直是"一幅出世与入世的和谐画面"。

> 太乙近天都,连山接海隅。
> 白云回望合,青霭入看无。
> 分野中峰变,阴晴众壑殊。
> 欲投人处宿,隔水问樵夫。
> （《终南山》）

> 空山新雨后,天气晚来秋。
> 明月松间照,清泉石上流。
> 竹喧归浣女,莲动下渔舟。
> 随意春芳歇,王孙自可留。
> （《山居秋暝》）

《终南山》和《山居秋暝》就是这种和谐美的写照。在王维的诗里,既有自然,亦有世俗;既有个人的孤独,又有群体的喧哗;既有仙境,又有人境……这些矛盾的概念在王维的诗中并不相互排斥,而是圆满地融合到了一起,形成了一种自成一体如天作之合的动态画面。

他名"维"而字"摩诘",已经道明了一切。"维摩诘"的本意在于:没有肮脏与尘垢。而维摩诘,也是一位菩萨。他最初是古印度毗舍离地方的一位富翁,本可以享受万贯的家财,但他无心于之,处相而不住相,对境而不生境,最终得了圣果成就。相信王维当初取字"摩诘"就立身誓要过"处相而不住相,对境而不生境"的人生吧?

"维摩诘"也意味着,人所生在的世间本无肮脏与尘垢,故不必生出是非心、得失心。安史之乱后,盛唐大势已去,王维并没有像别的诗人们一样,卷入这场风波之中落得个死伤无期的下场,而是在风平浪静中过完了自己晚年的生活。面对安史之乱,王维心肠依旧,过着唯茶铛、药臼、经案、绳床可以终生的晚年。在我看来，他彻底地领略到了《周易》乾坤二卦的要旨。所谓"天地变化，草木蕃。天地闭，贤人隐"，人世间所有的变化，不过是天地的本分。

自古以来，有多少人欲求之而不得。老子贵柔，孔子贵仁，孟子贵义，荀子贵礼……但在王维的精神气质中，早已没有了什么刚柔、曲直，一切都无可无不可。试想，如果王维不具备这样的精神气质，他的晚年也不可能进入一个清澄圆满的大千世界。如果像陶潜一样，王维晚年也坚守"不食嗟来之食"的信念，他定然无从进入一个妙手可得的境界。

以"摩诘"为字的王维希望成为维摩诘一样的在家修行者，即居士。一生悠游于官场之中，王维却一直保持着若即若离的关系。即使是在他的官运鼎盛之时，也毫不执迷名利，而是利用空余时间，在京城的南蓝田山麓修建了一所别墅，叫"辋川别墅"，过着半官半隐的生活。

这别墅虽小，却有山有水，有林花竹径在侧。他常常一个人漫步其间，写下了不少山水诗，如《竹里馆》：

独坐幽篁里，弹琴复长啸。
深林人不知，明月来相照。

又如《辛夷坞》：

木末芙蓉花，山中发红萼。
涧户寂无人，纷纷开且落。

这两首诗中虽没有像前面三首一样提到"空"字，却传达了一种水墨画一般的唯美空境。难怪苏东坡评价王维诗画时说："味摩诘之诗，诗中有画；观摩诘之画，画中有诗。"

晚年的王维彻底过上了僧侣式的生活,居常蔬食,不茹荤血,与孔子的"饭疏食饮水,曲肱而枕之"和颜回的"一箪食,一瓢饮,在陋巷"几乎如出一辙。据说,他晚年所居的书斋中别无所有,唯茶铛、药臼、经案、绳床而已。这样的王维,把自己活成了一个空空如也的人。

行走于世的王维,看到了万法皆空,悟到了虚幻不实。他虽身处官场,却来去自由,不染不执,就如陶潜笔下的那朵无心而出岫的云,那只倦飞而知还的鸟。这样的人,又怎能写不出高者似禅的诗呢?

现在人常常会讲:"偷得浮生半日闲。"其实,空闲的时光,哪用得着偷呢?读一读王维的诗,就必定懂得:空闲的时光,不在别处,就在浮生之中。像王维在《终南别业》(节选)中所言:

行到水穷处,坐看云起时。
偶然值林叟,谈笑无还期。

空闲的时光不在于对胜景的游览,他处求不到,金钱买不来,它唾手可得,但并非人人可领略它的妙处。

只有真正懂得了放下,才能如王维一样随意行走在深山幽径,不知不觉地走到流水的尽头,要是无路可走了,就索性席地而坐,看那悠闲无心的云,赏那流动自如的水,偶然间遇见山林中的一位老者,便与之谈笑风生,不失为人生之一大幸。

十四、韦应物：若清风之出岫

如果说，盛唐的气象是生气弥满，那么到了安史之乱后的中唐，这种气象就开始逐渐衰微了。尽管后来唐宪宗"元和中兴"使国势复振，却再也不可能达到往昔的繁华鼎盛了。尤其是安史之乱过后，大部分人犹如惊弓之鸟，仓皇而不知所措。作为社会中最敏感的一分子，中唐的知识分子寄情于文字，他们的诗篇，也顺理成章地成为了时代风云的晴雨表。然而与盛唐的高调相比，中唐的诗风略显低调。

在中唐诗坛上，韦应物就是一位相当低调的诗人。

他的人生履历极其纯粹：出仕、闲居，出仕、闲居……一生都处于亦仕亦隐的生活状态。可以说，韦应物的人生并没有什么大起大落，与李杜相比，他的一生就像是平静的水面上所荡起的一个小小的涟漪。也许正因为如此，韦应物才有了一种"平淡和雅"的气质，后人也才能从他的诗中捕捉到一缕"清音"。韦应物的诗不是浓墨重彩的油画，而是一幅简笔勾勒的水墨画。

后人将韦应物归为"山水田园诗派"。他的心境和王维十分相似，用一个词形容，就是"恬淡冲和"。在当时的唐代诗坛上，能与王维相比肩的诗人寥寥无几，而韦应物却能与王维被并称"王韦"，可见其在当时诗坛举足轻重的地位。中唐诗人白居易说："韦苏州五言诗高雅闲淡，自成一家之体。"晚唐诗人司空图亦曾如此评价：王右丞、韦苏州之诗若清风之出岫。东坡亦云：乐天长短三千首，却爱韦郎五字诗。

纵观韦应物留存下来的诗，可以发现一半以上都是"山水田园诗"。他的七绝《滁州西涧》十分有名，直到现在仍然脍炙人口。

独怜幽草涧边生，上有黄鹂深树鸣。
春潮带雨晚来急，野渡无人舟自横。

　　这是一幅简淡恬静的山水画。闲居于滁州西涧时，韦应物的内心应该是郁郁戚戚的。一方面，他对仕途有所希冀，另一方面，他又深藏隐退之意。但韦应物不像陶渊明那样，他不管对于官场还是山野，都是心向往之。他既想做一个"不愧俸钱"的士人，又想过一种幽人的生活。然而，韦应物内心并不矛盾，他当仕则仕，当隐则隐，将两种截然相反的生活状态完美和谐地糅合到了一起。从这一点上来看，他很像王维。

　　但除此之外，从这首《滁州西涧》，我们又可以读出韦应物内心的极深的孤寂。

　　一位真正的诗人，往往怀有一种极其深不可见的孤寂感。从古至今，伟大的诗人都是孤寂的，他心之所思，笔之所写，不尽为常人所能参透，所以韦应物的孤寂也是作为诗人的一种附加品。

　　幽草、山涧、黄鹂、深树、春潮、急雨、野渡、孤舟，这一个个意象将他彼时彼刻的形象也全然勾勒了出来：那是一副忧伤的面容、一种沮丧的神情、一声不为人所闻知的喟叹和一缕回荡在内心深处的哀吟……

　　《四库全书》中说，韦应物之冲淡，渊明以来，一人而已。其实，韦应物的标签不只是"冲淡"，相比陶渊明的诗更多了一分孤寂。我们读陶渊明的诗，时时有一种心平气和的感受，好似一切都如天作之合。所以陶渊明的冲淡是多一分则腻，少一分则枯。韦应物则不同，他的冲淡气质里，还多了一种淡淡的哀伤。这种哀伤不易为人所察觉，因而韦应物的心境应当像《诗经·王风·黍离》中所描述的那样："知我者谓我心忧，不知我者谓我何求。"

十四、韦应物：若清风之出岫

141

但他又没有像柳宗元那样，在诗中营造出一种极为孤寂而毫无人气的境："孤舟蓑笠翁，独钓寒江雪。"韦应物的孤寂如白云之出岫，风起则聚，风息则散。这就是韦应物的独特之处，他没有十分的欲望，亦没有绝对的悲观，用孔子的话来讲即是："乐而不淫，哀而不伤。"

这种平淡之中又有深情的诗，无疑是韦应物若即若离的人生观的产物。

在他的另一首《登楼寄王卿》中，愁绪就像针尖上的细雨般不可捉摸。

> 踏阁攀林恨不同，楚云沧海思无穷。
> 数家砧杵秋山下，一郡荆榛寒雨中。

他的感情强烈如许，在笔端却不露痕迹。急促之中有徐缓，如乱石间之清涧。在这样的节律中，仿佛有万端不可言说的情愁跳跃在心弦上，却又绵绵渺渺，不露端倪。

十五、孟郊：一粒清凉苦烈的药

在文学的路上走，不是一件容易的事。譬如起初，我下意识地认定：只要足够乐观，即便是看秋草动，听寒虫吟，亦不会心生悲愁。

时间常常会改变这种狭隘的观念。的确，在文学的路上走得久了，你也会如这些寒虫草吟的诗人一样，为仓促到来的厄运而哭泣。读孟郊的诗，不知不觉会双眉紧锁，目光哀戚，它就如一丸性味清凉苦烈的药，让狂热的心五味杂陈。

和他同一时代的诗人都纷纷自称"山人""居士"，而孟郊不然，他自称"穷老""病叟""微宦""衰翁"，所以，他在作诗时常常吟苦、言贫、伤老、叹病、悼亡，罕为人所喜。就连"上过刀山，下过火海"的苏东坡也不免作诗："何苦将两耳，听此寒虫号。不如且置之，饮我玉色醪。"他将孟郊的诗称为"寒虫号"。

韩愈在写给孟郊的序文中说："大凡物不得其平则鸣：草木之无声，风挠之鸣；水之无声，风荡之鸣。"孟郊的"寒虫"之号，无疑说明了他是善鸣之人。与宋玉逞大句，李白飞狂才，杜甫生圣心相比，这位自称"酸苦孟夫子"的鸣号显然是酸寒愁苦之声。

在他的眼里，春色生在墓头，红颜终归皓首，花须萎，木须枯，地须泞、夜须寒、床须藜编、庐须草筑、寝须薄、裘须旧、酒须无处烧、命须愁人颜，一切欢愉之色当须斩尽，留下的只有"寥寥数茎须"，这样方合不平之本色。

当人人以为识尽愁滋味时，就没了言愁说悲的情性，而孟郊则不然，他的愁就像是野火，只会随风愈烈。在人生壮年时，壮心凋落的他满目已是"秋风白露"之类的惨景，并诗云"穷愁独坐夜何长"。后来稍长，又写"内火焦肺肝，愁环在我肠"这般愁苦诗，及至"一嗟十断肠"句，言苦之功力登峰造极。孟郊被称"诗囚"是实至名归，有"郊寒岛瘦"之称也是再贴切不过了。

即便是面对美好的春光，孟郊眼中所见，无不令人肠转。

贫病诚可羞，故床无新裘。
春色烧肌肤，时餐苦咽喉。
倦寝意蒙昧，强言声幽柔。
承颜自俯仰，有泪不敢流。
默默寸心中，朝愁续暮愁。
　　　　（《卧病》）

在人生后期，他更是"四望失道路，百忧攒肺肝"，读来真真刿目鉥心，掐擢胃肾。有如他在一《自叹》诗中所说，"愁与发相形，一愁白数茎。有发能几多，禁愁日日生"。每一皱眉敛额，白发则相生，虽是夸辞，也可见其忧患之深。

在这样的一双愁眼下，一切的物事都不再是寻常之象。比如婵娟之月脱去了团圆柔和之意，而拥有了"一尺月透户，仡栗如剑飞"的刚硬之气，就连孟郊自己，也时常"老骨惧秋月，秋月刀剑棱"。所谓"以我观物，则物皆着我色彩"。再看秋草，则"秋草瘦如发"，听秋风，则"秋风兵甲声"。在孟郊的感官世界里，一切和谐成为了干涩，一切悦耳成为了刺耳，满目的孤独瘦硬，连鬼神看罢也会悲愁不已吧。

人生不如意事十有八九，生活在人世间，人人都不免经历痛楚，但如孟郊终生不罢哀吟的人恐怕十分罕见了。掩卷之余，不禁自问：是什么样的人生变故让他如此决绝地抱愁而生？

孟郊是哀己，也是在哀人。

他出身寒微，父亲早逝，兄弟三人，由母亲一手操劳带大，自小生活在这种家庭环境中，他也许受尽了别人的冷眼，养成了孤僻寡淡的性格。再加上他官运不佳，性格又不适合做官，小小的溧阳县尉做了三年，还是被迫离职。本来想着达到母亲的期望，光宗耀祖的，但是最终落得一无所有。再加上他的妻子曾经"连产三子，不数日辄失之。几老，念无后以悲"。这些事情发生以后，孟郊几乎是一夜苍老，每每作诗，都念及自己生平遭遇，悲愤哀叹，把自己生生造就成了一个孤独寒士。

夜学晓未休，苦吟神鬼愁。
如何不自闲，心与身为雠。
死辱片时痛，生辱长年羞。
清桂无直枝，碧江思旧游。
　　（《夜感自遣》）

天儿让他长悲不已，于是，这个孤独寒士的心境更令人同情。读他的《老恨》："无子抄文字，老吟多飘零。有时吐向床，枕席不解听。"不免也心生嗟叹：惟有孤独，无以言说。

古人读孟郊诗，多生不欢之心。所以，孟郊的诗在饕客一般掠文劫字的读者们看来，宛若嚼空螯、啃木瓜、吻毒蜇，让人齿舌酸软，不知所味。而正因为如此，才要读之，对于吃惯了人间美味的饕客来说，有时候适饮一碗不添加任何香料的野菜汤，或者一罐子煎熬数次的苦涩药汤，更能品尝出幸福的滋味。

本来登科之后，期盼自己的人生能"春风得意"，却不承想潦倒困顿终生。他来到人世好像是特地为了体验不幸、痛苦、贫穷、凄凉。所以，孟郊的诗透着孤清愁苦、寒气森森。然而，苏轼对他的诗很看重。著名的"郊寒岛瘦"之论就是节选自苏轼的《读孟郊诗二首》：

……
何苦将两耳，听此寒虫号。
不如且置之，饮我玉色醪。
我憎孟郊诗，复作孟郊语。
饥肠自鸣唤，空壁转饥鼠。
诗从肺腑出，出辄愁肺腑。
……

在苏轼的眼中，孟郊的诗如寒虫号，读之，实在不如置于案头。但若皱着眉头深入读之，对孟郊诗的厌恶就消失了。因为孟郊的愁，是真的愁。

正是因为不平的人生，才有真的不平之气。孟郊的诗最为人称道的地方在于写得真。那首写给母亲的《游子吟》就是例子，他的另一首《归信吟》写在进士登科之前，也是写给自己的母亲。

泪墨洒为书，将寄万里亲。
书去魂亦去，兀然空一身。

读起来很凄凉，让人哀叹，但是感情写得很真。他还有一首专门写给妻子的《结爱》，更是感人肺腑。

心心复心心，结爱务在深。
一度欲离别，千回结衣襟。
结妾独守志，结君早归意。
始知结衣裳，不如结心肠。
坐结行亦结，结尽百年月。

自己长年奔波在外，留妻子一人在家，看到衣襟上的结，想到妻子在他即将离家时"千度"结衣裳。而又悟出结衣不如结心，将恩情、爱情相结，百年千月，缠绵无尽。浓烈的恩爱之情令我们动容的同时，不禁让我们感到惊讶：一个如此孤僻敏感、不善交际的人，心肠竟这样的炽热，感情竟这样的深沉！

　　孟郊就像是拥有一颗诗心的祥林嫂，命运如枷锁一般将他囚禁得"两颊失血色，双目带珠痕"，直到惨死在冰冷雪地的那一刻。又像是林黛玉，年少时便体历了衰亡、离别，故而每每以一双悲戚之眼看人世。有时候，人生并不会"物极必反，否极泰来"，悲剧发生了便不会扭转。在一否到底的人生面前，孟郊只是呈现了真的苦。

　　孟郊的诗虽苦，还是要读，它可以磨炼我们对生命的感知力，让我们终有一天明白，生命拥有很多面。

　　当然，就算是祥林嫂，也曾有过年轻时的周正模样，健壮耐劳，即便是林黛玉，也曾有过童年时的父安母康、膏粱文绣。读孟郊诗虽苦，但只这一首写于四十六岁登第后的诗，孟郊的生平第一首快诗《登第后》，也足以让我们设想：也许在夜深梦觉时候，他也曾有过一丝对生命美好的遐想。

　　昔日龌龊不足夸，今朝放荡思无涯。
　　春风得意马蹄疾，一日看尽长安花。

十五、孟郊：一粒清凉苦烈的药

十六、贾岛：完美主义者的自卑

盛唐人写诗信手拈来，一旦有了一分灵感，诗句就如火山喷发一般地诞生了。盛唐人的这种"诗情冲九霄，诗气壮山河"的写法，中唐人仿效不来。对中唐人来讲，写诗好比炖猪肉，自当文火慢炖，成品的诗，便如熬干了诗人血与泪的十月怀胎，拼尽了气力才得以出世。

一首好诗作罢，中唐诗人才得松一口气，字句吟读间，免不了双泪纵横。中唐人的这种诗法，人云"苦吟"。苦吟者为了求得一首好诗，不惜发愿芒鞋破钵，简衣素食，历遍尘世间万般苦处，做一个求诗路上的"苦行僧"。

贾岛是中唐的第一位苦吟诗人。提到贾岛的苦吟，最深为人知的恐怕是"推、敲"二字的故事了。《苕溪渔隐丛话》记载：

岛初赴举京师，一日骑驴出行，得诗句："鸟宿池边树，僧敲月下门。"然不知"推"字或"敲"字妥，于驴背上比划不定，误入韩愈（时为京师市长）车队，尚不知意。左右侍从将其押至韩愈马前，岛方知神游天外也。韩愈听罢缘由，思索良久，觉"敲"字更佳，遂成"一字师"。

虽与贾岛结为了"布衣之交"，韩愈日后想起这件事，不免感叹，"身大不及胆，勇往无不敢"，并常常在诗友孟郊面前对贾岛"作诗不要命"的胆魄称赞不已，孟郊听后，不由也叹道："可惜李杜死，不见此狂痴。"可见其作诗之苦心，性命犹然不顾，"诗奴"一谓实可称也。

贾岛的作诗癖性，还不止于此。他行、坐、寝、食，任何时候都不废吟咏。常常骑在驴背上，不顾大街上人流往来，横冲直撞，不知不觉就成了"马路杀手"。他的"秋风吹渭水，落叶满长安"古往今来为人称颂，却是贾岛在马路上闯了祸得来的佳句。那日贾岛在马背上因得了这句好诗而手舞足蹈，忘乎所以之时，恰恰冲撞了长安"市长"刘栖楚的车队，被当场拘捕，吃了一夜的牢狱之灾，方被释放。

当时与贾岛交好的友人们，也只能对贾岛的这等气概拜望臣服。王建说："尽日吟诗坐忍饥，万人中觅似君稀。"（这家伙一作诗就是一整天，甚至坐在那儿都忘记了吃饭，真是万里挑一的"奇葩"）；姚合说："瓮头寒绝酒，灶额晓无烟。狂发吟如哭，愁来坐似禅。"（这个人大冬天也不喝一壶酒暖暖身子，大早上起来也不吃早饭。倒是一作起诗来，披头散发，鬼哭狼嚎，僵坐在那儿就好像是入了禅定的老僧似的。）

就连贾岛自己，也说过"夜长忆白日，枕上吟千诗"的话。可见，贾岛的苦吟精神实在不假。他可以废寝忘食，甚至可以舍命求诗。对于他这样极端的行为，看官也许百思莫解，但贾岛却作了一首诗，道明了其中的缘由。

十年磨一剑，霜刃未曾试。
今日把示君，谁为不平事？

的确，一个人越是对诗歌字句极尽苛求，越是在意最终的结果。就好比一个怀胎十月的孕妇，在产褥上痛苦呻吟之后，必然期待着一个完美的婴童来到这个世上。

贾岛极像一位凡事极尽苛求的诗人，所有的苦吟经历，都是为了志在必得一首知音见赏的完美诗。曾经经过"独行潭底影，数息树边身"的煎熬，经过"两句三年得，一吟双泪流"的洗礼，经过"步随青山影，坐学白塔骨"的磨炼，贾岛焉能不向往终有一日遇到一位欣赏自己的

十六、贾岛：完美主义者的自卑

149

人呢?

但不知是性格的缘故,还是天命使然,贾岛终其一生都郁郁不得志,所以每每顾影自怜,便如老僧一般,静坐于禅室,吟诗以自遣。日久天长,他越发孤僻,甚至在每一年的除夕之夜,将一年之间的所有诗作整理起来,放置在案几上,焚香、酹酒、倒拜而自祝曰"此吾终年苦心也"(《唐才子传》)。

不像大多怀才不遇的诗人一样自暴自弃,执着于完美的个性让他对自己设立了更高的标准:在律诗形式上追求近乎变态的对仗。

这种也许在别人看来难于登天的文字游戏,正适合贾岛这样爱抠字眼的人。别人作律诗,名词对名词,动词对动词,主谓结构对主谓结构,动宾结构对动宾结构,而贾岛更甚,他连词语的类属对仗都毫不懈怠。比如他写给好友姚合的一首七言律诗中,上半句为"去日/绿杨/垂紫陌",下半句必要是"归时/白草/夹黄河";上半句为"新诗不觉千回咏",下半句必要是"古镜曾经几度磨"才算得上是一首完美的诗。苛求完美到了如此地步,真算是古今无二了。

贾岛作诗,极尽苛刻,力求完美,与他的境遇亦不无关系。出生于边僻之地、贫贱之家的他本着"穷人孩子早当家"的要强心态进入长安之时,事事都不肯落于人后,"今日把示君,谁为不平事?"这样意气盎然的诗句便是写于他初入长安之时。但官场的种种不幸经历让原本便自觉低人一等的他逐步地陷入自卑,甚至自闭的泥潭之中。贫贱、卑微、舛遇,让他的一生笼罩着一层拂之不去的阴影。

但现实愈惨淡,已摒弃了袈裟成为儒家士子的他就愈要为自己打气。于是,终日像苦行僧一样地煎熬在现实的惆怅中,苦心孤诣地推敲着一字一句的诗。现实忘却了他,但诗中的文字需要他的打磨,当一首好诗成型的那一刻,他找到了存在感,得到了认同感,因此我们也并不难理解他的"两句三年得,一吟双泪流"了。

贾岛一生,往往独语,旁若无人,或闹市高吟,或长街啸傲,不正是他这种自卑人格的典型反映吗？因为贫贱，所以自卑；因为自卑，所以狂妄；因为狂妄，所以不得志；因为不得志，所以自惭形秽；因为自惭，所以苛责，最终，贾岛将自己逼成了一个极端的苦行僧般的诗人。

这个高高骑在驴背上的诗人，孤独地望着这座他既熟悉又陌生的长安，孤独地打造着一首就算花却十年、拼尽血泪也要做成的完美的诗，也孤独地听着，随着这颗无比脆弱的心脏一起上下跳动着的，哒哒的马蹄声。

十六、贾岛：完美主义者的自卑

十七、白居易：在红尘中做个散仙

（一）不如做个闲人

若要找一个字来概括白居易的人生，我以为"闲"字最为得当。"闲"字在古文中的写法是"閒"，"门中有月"，仿佛夜幕降临，一个人深闭院门，静自等候着月光的到来，这便是闲的境界。

世人常说，名利不如闲。与其营营于"亡心"之事，不如于死生之间，付一切如醉梦中。《红楼梦》中，宝钗在海棠诗社为宝玉起了一个绰号，叫"富贵闲人"，取"富贵与闲散兼得"之意。

与事多任重的"第一忙人"王熙凤相比，宝玉足以当得起"第一闲人"的称号。但闲人绝非慵懒之人，亦非无所事事虚掷光阴。贾琏、贾珍、贾蓉之流也是有闲之人，却无半分"闲情逸致"，反倒闲得无一点趣味可言。

宝玉乐于闲，但也不是无所事事。他闲来则读爱读之书、做喜做之事、交可交之友，闲得像一个"无羁无绊的散仙"。这种自在本真的状态，也是白居易一生的写照。他一日雪夜小饮之后，写诗曰："久将时背成遗老，多被人呼作散仙。呼作散仙应有以，曾看东海变桑田。"

在白居易眼中，闲可读书、可交游、可饮酒、可著书，天下之乐，莫大于一个"闲"字。纵观白居易一生的诗作，"闲"字出现了六百多次，这在整个中国文学史上实属罕见。可以说，中国文学史上还没有哪个诗人像白居易这样热爱"闲"字。

"闲"是白居易的口头禅，他一生闲居、闲坐、闲游、闲行、闲饮、闲卧、闲读、闲咏、闲题、闲愁、闲乐、闲忙，以至于闲散而度日，做尽了天下之万般闲事。

白居易的一生其实就写在他的名字里。名曰"居易"，实为居易；字作"乐天"，实亦乐天。他死后，唐宣宗题诗吊曰："浮云不系名居易，造化无为字乐天。"一语道尽了这位大唐闲人的一生。

在早年仕官时候，白居易先后任职校书郎、县尉、翰林学士、左拾遗、参军、赞善大夫，后来因越职言事被贬为江州司马（大名鼎鼎的《琵琶行》便作于此时），不久即升任刺史、员外郎，晚年平步青云，任朝散大夫、中书舍人，后主动请旨任职杭州刺史（闻名天下的"白公堤"就成名于此），晚年，任苏州刺史，直到去世，仍过着俸禄优饶的生活。

适足的官位俸禄，为白居易的"闲人"生活创造了先天优越的条件。他有一首《池上篇》，便是一生生活的写照。

十亩之宅，五亩之园。有水一池，有竹千竿。
勿谓土狭，勿谓地偏。足以容膝，足以息肩。
有堂有庭，有桥有船。有书有酒，有歌有弦。
有叟在中，白须飘然。识分知足，外无求焉。
如鸟择木，姑务巢安。如龟居坎，不知海宽。
灵鹤怪石，紫菱白莲。皆吾所好，尽在吾前。
时饮一杯，或吟一篇。妻孥熙熙，鸡犬闲闲。
优哉游哉，吾将终老乎其间。

白居易的这份"闲"，与先秦庄子和东晋陶潜一脉相承，后来诗人皆尊他为"闲人之始祖"，纷纷效之。

北宋文坛领袖苏轼号"东坡居士"世人皆知，而其中"东坡"二字竟是从白居易处得来。白居易任忠州刺史时，曾在城东的山坡地上种花，并名此地为"东坡"。苏轼在黄州东门外亦自垦荒地数亩，名作"东坡"。不仅如此，苏轼还以"东坡"二字自号"东坡居士"，写诗云："定似香山老居士，世缘终浅道根深。"但愿此生能够达到白居易的境界。

白居易字乐天，"乐天"二字早已化入苏轼心里，以至于他每每述怀，常以之入词。这首《行香子》，便是例证。

> 清夜无尘，月色如银。酒斟时、须满十分。浮名浮利，虚苦劳神。叹隙中驹，石中火，梦中身。
> 虽抱文章，开口谁亲。且陶陶、乐尽天真。几时归去，作个闲人。对一张琴，一壶酒，一溪云。

"隙中驹、石中火、梦中身"，苏轼一连用三个比喻。其中，"隙中驹"和"梦中身"皆是来自《庄子》，谓"人生天地之间，若白驹之过隙，忽然而已"和"方其梦也，不知其梦也，梦之中又占其梦焉，觉而后知其梦也；且有大觉而后知此其大梦也，而愚者自以为觉。"，而"石中火"则来自白居易《对酒》中的"石火光中寄此身"。在下阕中，"且陶陶、乐尽天真"又不觉将陶潜和白乐天带入语境。

白居易一生唯崇庄子和陶潜，苏轼亦然，仿佛冥冥之中自有天定，殊不知是两位诗人穿越时空互为知音的"心有灵犀"。

的确，庄子、陶潜、白居易与苏轼，就像是相互之间"前世今生"的影子，他们的终极之路，都是归于一种境界：闲境。

庄子说："就薮泽，处闲旷，钓鱼闲处，无为而已矣。"陶渊明说："户庭无尘杂，虚室有余闲。"若问白居易闲到了什么样的境界？与庄子和陶渊明相比，有过之无不及也。

白居易闲居之时，曾写两首五言诗，足以刻画出他作为"千古第一闲人"的样子。

置心世事外，无喜亦无忧。
终日一蔬食，终年一布裘。
寒来弥懒放，数日一梳头。
朝睡足始起，夜酌醉即休。

（《适意二首》节选）

空腹一盏粥，饥食有馀味。
南檐半床日，暖卧因成睡。
绵袍拥两膝，竹几支双臂。
从旦直至昏，身心一无事。

（《闲居》节选）

　　世俗生活的琐碎一览无余。早起喝一碗粥，随后睡在南边屋子里的床上，一个人闲闲地坐着，从黎明到黄昏，终日无事。白居易的这种闲境，几乎达到了禅修坐寂的高度。在这个闲人眼里，衣食住行都可以一切从简。他从不担忧光阴的流逝，这种忘我状态不正是菩提之境吗？

　　他一日上山，听到湛湛清泉，此身则是清泉；看到悠悠浮云，此身即是浮云。待到兴尽下山之时，甚至完全忘记了自己是谁，问道："兴尽下山去，知我是谁人？"管他这身皮囊是谁的，管他因何而来，从何而去呢！

　　他甚至认为，自己的前世是刘伶，今生是陶潜的化身。明朝"公安三袁"之一的袁宗道这样评价白居易：白乐天，世间第一有福之人也。

　　白居易的福，来自他的这份"闲情逸致"。世间有人用尽心思，求名、求利、求知、求福、求寿，而白居易却深谙生活之道。用尽万般心思，最终只能归为一个"忙"字。"忙"者何也？亡心矣。心力枯竭、心血枯槁、心神散尽的那一刻，世上的忙人便知道"闲"的好处了。

在白居易看来，过一天的安闲生活比万两黄金竟要昂贵。做个闲人，是天下多少人的梦想啊！

如今，"在忙吗？"常为亲友、同事、同学间打招呼通行用语，足见今人之忙碌。忙而为何？无非是尊荣福寿而已。能像白居易这样闲闲过罢一生的人，在忙人们看来，是不折不扣的"人生失败者"。

白居易曾说："莫入红尘去，令人心力劳。"这句话在哪一个时代都不会过气，因为"偷得浮生半日闲"是尘世之人早已习以为常的生活方式。哎，时至今日，"闲"竟比奢侈品还要昂贵好几倍！

（二）中庸式隐居

《周易》云："天地闭，贤人隐。"对于生不逢时的人来讲，隐居是一种理想的选择。古来隐居者甚多，每一个时代都不乏隐居者。尧帝时的巢父、许由，商周时的伯夷、叔齐，春秋战国和魏晋，更是隐士扎堆的时代。而说到隐士，今人多推陶渊明，认为古今隐士无出其右者。

其实陶渊明的父辈都做过官，他二十九岁选择出仕做官，断断续续过了十三年的仕宦生活，最后一任官职是彭泽县令，只做了八十多天，就因为不适应官场，不想为五斗米折腰而辞了官。就是这一辞官归乡的伟大决定，成就了他"古今隐逸诗人之宗"的称号。

陶渊明归园田居以后的二十多年间，东晋的社会愈加黑暗，官场也很腐败，到处都是战乱、阴谋、危机，陶渊明虽然生活得很贫苦，但是为了避祸，决定再也不做官，与统治阶级彻底决裂了。再加上他比较热爱田园生活，在亲自参加劳动的过程中也实现了自我。当时的东晋，士大夫无论官位大小，以回家种田为耻，他们都很鄙视农务劳动，但陶渊明是一个异数，坚持了"少无适俗韵，性本爱丘山"的本心，过上了朴素自然的生活。

陶渊明的隐居观，从《桃花源记》便可一览。这里的人不多，不时尚，甚至很落伍，可是他们的生活是简简单单的幸福。"土地平旷，屋舍俨然，有良田美池桑竹之属。阡陌交通，鸡犬相闻。"男男女女，在这里种作耕耘，老老少少，在这里怡然自乐。这是典型的偏安一隅的农村生活。陶渊明的生活也是如此，他住在庐山脚下的一个小村落里，门前种着桃树、李树，门后种着榆树、柳树，家里面有占地十几亩的宅子，有八九间草屋子，农忙的时候早出晚归，到田地里去干活，回来的路上顺便可以摘一把野菊花，头顶是星空和月色，也很惬意。农闲的时候，就自己在家随便读一读书，酒瘾犯了，就到亲戚朋友家去蹭酒喝，反正大家都知道他本性如此，都愿意给他酒喝。这种生活状态看似很迷人，但须面对家里的一无所有。陶渊明在《五柳先生传》中自叙："环堵萧然，不蔽风日；短褐穿结，箪瓢屡空。"家里四面墙壁，萧萧索索，他穿的衣服也是打满了大大小小的补丁，家里面的锅碗瓢盆总是空空如也，但就是面对这种生活现状，他还是能保持"晏如也"的姿态，感到满足而愉悦。陶渊明的志向，如庄周，如颜回，不是每一个人都能做到的，因为并不是每一个人都能时刻从现实的困索中剥离而出，精神游弋于物质之外。

诗人王维曾写诗评价陶渊明式隐居，谓他"生事不曾问，肯愧家中妇"（《偶然作》），对陶渊明式的隐居很不认可。王维认为陶渊明太过任性，他放弃做官，虽然实现了自我，但导致了一家人要跟着他与贫穷作斗争。

相较而言，中唐诗人白居易的隐居观则更加现实主义。白居易相比于陶渊明，仕途相对顺畅，是一位过着养尊处优生活的官僚文人，做的官是刺史，过的生活是锦衣玉食，肥马轻裘，怡情酒色。这与陶渊明的"环堵萧然，不蔽风日；短褐穿结，箪瓢屡空"形成了非常鲜明的对比。白居易曾作《中隐》一诗，表明了自己的隐居态度。

十七、白居易：在红尘中做个散仙

大隐住朝市，小隐入丘樊。
丘樊太冷落，朝市太嚣喧。
不如作中隐，隐在留司官。
似出复似处，非忙亦非闲。
不劳心与力，又免饥与寒。
终岁无公事，随月有俸钱。
君若好登临，城南有秋山。
君若爱游荡，城东有春园。
君若欲一醉，时出赴宾筵。
洛中多君子，可以恣欢言。
君若欲高卧，但自深掩关。
亦无车马客，造次到门前。
人生处一世，其道难两全。
贱即苦冻馁，贵则多忧患。
唯此中隐士，致身吉且安。
穷通与丰约，正在四者间。

他说，自己并不想做什么大隐士，也看不上小隐士。因为大隐的生活太喧嚣，危机重重，小隐的生活又很冷落，无所事事。最适宜的选择，就是做一个中隐士，隐居在留司官，做一个闲情逸致、不愁吃穿用度的人。不用劳心费力，也没有饥寒交迫，公务不繁忙，还随月有俸钱。可以登山，可以游园，可以赴宴，可以恣言，可以把门一关在家里高卧，享受安宁清闲的生活，这种隐居，就是"中隐"。

陶渊明与白居易所生活的时代不一样，两人的性格不一样，所以，诗文风格也截然不同。陶渊明一辈子胼手胝足，亲力亲为，在饥寒交迫中奋斗，我们读他的《归园田居》，感受到的是真真切切的躬耕生活。王国维在《人间词话》中有此评价：陶诗不隔。我们读完陶诗也有一种：陶公不吾欺的感觉。而白居易《中隐》一诗中所提到的"中隐"之道，则是一种适宜中国传统文人的两全其美的生活之道。白居易晚年于洛阳履道宅园中，就将这种中庸之美的活法发挥到了极致。

他曾在这座宅园的水池畔，写过这样一首诗：

袅袅过水桥，微微入林路。
幽境深谁知，老身闲独步。
行行何所爱，遇物自成趣。
平滑青盘石，低密绿阴树。
石上一素琴，树下双草屦。
此是荣先生，坐禅三乐处。

这座宅园虽小，却是一处让白居易无比知足的诗意栖息地。在这里，他身体力行，为世人诠释了什么才是真正自在的生活。

对于晚年白居易来说，睡觉是生活的一种常态。作为一个儒士，他早已将孔子骂昼寝之宰予的话"朽木不可雕也，粪土之墙不可圬也"忘到了九霄云外。

在七十一岁时，白居易有一天拄着拐杖在他的诗意宅园中闲走，走着走着就倦了，醉醺醺地倒在一块石头上，枕着胳膊肘就睡了。醒来之后，他作诗云"更无忙苦吟闲乐，恐是人间自在天"，俨然进入一个"无何有之乡"了。这个状态让我想起了孔子的晚年生活，"饭疏食饮水，曲肱而枕之，乐亦在其中矣"，这不正是君子高隐之色彩吗？

提及白居易对睡觉的热爱，睡觉于常人来讲也许仅限于解困，而白居易之睡很讲究生活美学。譬如他眠时须枕书、须伴琴、须置酒、须烹茶、须焚香，以便睡足觉来时吟诗、抚琴、喝酒、抿茶、熏香。非但如此，还要配上虚堂、幽窗、竹床、玉枕、翠荫、轻舟，这样方可咀尽闲滋味。

每睡起来，或发愣、或摩腹、或散步，别人送他一个"闲乐公"，他也自称为"人间第一事了人"。

当然，除了睡觉，白居易还读书、写诗、作画、抚琴、赏月、泛舟、垂钓、采莲、观花、下棋、喝茶、聊天、参佛念经、炼丹悟道，或者整装出门悠游天下。

在这些爱好中，他最喜欢饮酒。有人统计，白居易所作之诗涉酒之数，可谓是陶渊明以来第一人。尤其是晚年居住在洛阳那座宅园中时，白居易将睡觉和饮酒看作人生的两大要事。醉则卧，醒则饮，别人见之，呼作"醉吟先生"。他也以此为号，称"可终日不寝，终日不食，不如且饮"，酒癖如此，可谓是刘伶再世矣。

他爱陶渊明，故而模仿其《五柳先生传》，也自撰了一篇《醉吟先生传》。饮酒到了什么样的地步呢？

"吟罢自晒，揭瓮拨醅，又饮数杯，兀然而醉，既而醉复醒，醒复吟，吟复饮，饮复醉，醉吟相仍若循环然。由是得以梦身世，云富贵，幕席天地，瞬息百年，陶陶然，昏昏然，不知老之将至。"

想必陶渊明嗜酒，因家贫却不能尽兴，而白居易家酿新醅百罐，饮之不得尽，又有竹伎相左右，怪不得他说"醉乡不去欲何归？"

当然，与一味贪杯之徒相比，白居易将饮酒提升到一个生活美学的境界。古往今来，酒被人称作忘忧物、扫愁帚、钓诗钩，而白居易爱酒之甚，将它称作"般若汤"，饮之如醍醐灌顶，可由醉境入禅境也。

用一句诗来概括他的这种人生美学，便是"一酣百情足，一睡万事休"。乐天派的生活看在了好友元稹的眼里，将他比作"相见可忘忧"的萱草，看在了知己刘禹锡的眼里，将他称作"逍遥地上仙"，而他自己也自号"快活人"，说"谁知王侯将相外，别有悠游快活人"，一语道出了幸福生活的真谛。

是的，白居易所过的，是中国人理想中的幸福生活，他的这种"适性作闲人"的生活态度在后来的时代几乎成了所有文人的榜样。世人都说苏东坡是文人之极，却不知苏东坡的心里，亦住着一个白乐天。他的那一句"定似香山老居士，世缘终浅道根深"，说出了多少羡煞白居易的文人之心声！

（三）冬日好负暄

秋气从今去，篱边夜渐长。
卢藤枯也倦，柏叶绿还黄。
虫豸皆伏匿，山川尽闭藏。
读书思己过，闭目负暄光。

（拙作·《冬意》）

在冬季恰逢一个大晴天，最宜什么呢？移凳懒坐，负暄假寐，不知光移何处，昼有多长，人生之乐，至此如斯。

坐在日头地下背日晒背，又叫"负暄而坐"。"负暄"一词，最初语出《列子》。古代宋国有一个农夫，常穿乱麻，披破絮，生活已经很困顿了，却常常自曝于日，不知天下之有广厦奥室，绵纩狐貉（在太阳下曝晒，不晓得天下还有高屋暖房、丝棉绸缎、狐皮貂裘）。不知道这个人是太无知了，还是太超脱了，他对自己的妻子说：负日之暄，人莫知者。以献吾君，将有重赏。

他要把这晒太阳的乐趣，人所不知的乐趣告诉君王去，好去领一重赏。好一个讽喻的故事！天下人所不知道的乐趣，大抵都是不要钱的。如苏轼在《赤壁赋》里写的："惟江上之清风，与山间之明月，耳得之而为声，目遇之而成色，取之无禁，用之不竭。是造物者之无尽藏也，而吾与子之所共适。"大自然在这一点上又是公允的，每一个人都可以呼吸空气、仰看月色、静听流水，每一个人都可以在秋冬时节晒一晒太阳。

在"负暄"这件事上，白居易最有发言权，因他写了好几首诗，都是关乎冬日里怎么晒太阳。白居易是唐代难得会享受的一位士大夫文人，他又名居易，字乐天，实在很当得起。白居易之会享受，在他所在的时代已是人尽皆知，是唐代诗人中颇有雅趣的一个，或者说宋人写闲雅诗多得益于他。

白居易有一首立冬诗《负冬日》：

杲杲冬日出，照我屋南隅。
负暄闭目坐，和气生肌肤。
初似饮醇醪，又如蛰者苏。
外融百骸畅，中适一念无。
旷然忘所在，心与虚空俱。

在这首诗中，白居易细细地分享了他晒太阳的心得：一要待日光渐盛时，二要坐在屋子南边的墙角，这里太阳的能量最充盈，三要背对着太阳闭目静坐。做到了这三点，就可以感受到来自于太阳的多重馈赠：肌肤温和润泽，周身舒畅缓和，万念俱无，忘乎所然，达到道家哲学所追求的最高心灵境界——虚空。

他的另一首《约心》，也是谈晒太阳的心得。

黑鬓丝雪侵，青袍尘土涴。
兀兀复腾腾，江城一上佐。
朝就高斋上，熏然负暄卧。
晚下小池前，澹然临水坐。
已约终身心，长如今日过。

这位"诗魔"要与内心做一个约定：像今天这样长相厮守地度过。今天，他穿着一身半脏不净的青布长袍，早上刚等太阳出来，就如猫一样地高卧东南一隅，静静地等待日光的到来。太阳出来了，晒得周身暖和舒适，整个人熏熏然，就这样独享日光，直到日薄西山。

事实上，一个人日久不见阳光，就会出现种种病态。有人研究，立冬时人常患伴有头晕、头痛、失眠、食欲不振等症状的精神抑郁疾病，不如晒一晒太阳。其实，晒太阳就是"采日光之精华"，日为阳，在日光下晒背，有助于促进钙的吸收。

当然，晒太阳也并不是任何时候都能晒。清代的慈山居士在他的《长寿秘诀》中写道："清晨略进饮食后，如值日晴风空，就南窗下。过午，阴气渐长，日光减缓，久坐不宜。"

晒太阳，有几个条件：第一，要在晴天无风或者微风的时候。第二，不要空腹晒。第三，在东南向阳的方向。也有禁忌：过午之后不能久坐于日光下，因为这时的阴气渐长，久坐人易着凉。

宋代黄庭坚诗中写："负暄不可献，扪虱坐清昼。端有真富贵，千秋万年後。"意思是《列子》里讲的那个农夫可真傻，竟然把负暄这样的好事献给君王。对于黄山谷来说，一个人坐在南边的墙角，晒着太阳，挠着虱子，悠哉地度过这漫长的清昼，岂不比什么都好？富贵什么的，且靠边站，千万年之后再考虑！

这真是合了《内经·素问》中所说的冬日养生法则：冬三月，早卧晚起，必待日光。使志若伏若匿，若有私意，若已有得。这个"私意"，就是知道晒太阳的乐趣，自己享受着，别人拿千金卿相来换也不答应。

于我而言，若有所得，就是背对着太阳读一本好书。夏天所爱之物在外，心在外回不来，秋天太绚烂，心沉不下来，冬天才是最适合读书的好季节。如果读书也讲究时令的话，那就且趁着正入冬时，撤掉书架床头的史子集，换上四五本老经书，孔孟也好，老庄也好，都是冬天里自得于心的"私意"。

十八、柳宗元：穷愁方著书，愤怒出诗人

只要说到"山水诗"，绝不能不提柳宗元的名字。他与王维、孟浩然、韦应物并称为"王孟韦柳"，是自成一家的山水诗人。虽同为山水诗人，却在风格上有所不同，王维空淡（如《山居秋暝》）、孟浩然清淡（如《过故人庄》）、韦应物冲淡（如《滁州西涧》），而柳宗元诗有一种近乎枯淡的气质。

《江雪》这首五言绝句，最能体现柳宗元的枯淡之美。

千山鸟飞绝，万径人踪灭。
孤舟蓑笠翁，独钓寒江雪。

读来，这诗中只有"绝灭孤独"，丧失了人世间所有的生气。也许正是因为如此，柳宗元的山水诗才并未在唐代诗坛上脱颖而出。直到北宋，苏轼第一个对柳宗元山水诗中的枯淡之美赞不绝口，并且将柳宗元与陶渊明相提并论，说："所贵乎枯淡者，谓其外枯而中膏，似淡而实美，渊明、子厚之流是也。"

果然是同为天涯沦落人，跌宕一生的苏轼道出了柳诗枯淡之中的悲剧色彩。柳宗元二十一岁考中进士，开始了自己的仕途生涯，本可兴尧舜之道，不料在"永贞革新"中落马，被遣至湖南一带，从一个权倾朝野的近臣变成了一个无所事事的冗员。这是他命运中发生的一百八十度大转弯。

从繁华的京城走向荒蛮的边地，柳宗元悲愤交集。他由洞庭水路上溯湘江，来到了当年屈原沉身明志的汨罗江畔。眼前依旧是千年不

息的滚滚浪涛，耳边依然是呜咽悲鸣的呼呼阴风，同病相怜的柳宗元自然而然地想起了千百年前的屈原。自此以后，他的诗文中也注入了浓浓的悲伤意味。

在永州五年间，他经历了丧母殁妻的人生变故，又加上家遭大火，数病缠身，一向乐观通达的柳宗元变得孤僻绝望。他在写给友人的信中说："立身一败，万事瓦裂，身残家破，为世大僇"，自命为"僇人"。

这里的乱山荒寺、老树丑枝、废寺颓垣、幽林枯岩、风悲日曛，与京城的繁华相去甚远。惨败与荒凉，也与落魄的文人构成了天然的和谐。异地的风景这时也成了这位漂泊文人的一面镜子。

《江雪》，就是写在这段时间。千山无鸟，万径无踪，绝灭了世间所有的生气，唯有一位如僵了一般寂坐在寒江孤舟上的蓑笠翁在垂钓。所钓何物？洁白空净的一片江雪。在平常人看来，这种极端寂静的气氛压抑得人喘不过气来，读之甚至按压不住那颗砰砰跳动不止的心脏。但正是这种"枯淡"，才最得"禅味"，人与天合，身与物一，天地如谜，与其说是在钓雪，不如说是在钓心，读到此处，只合掩卷一叹，静默无语。

母亲死后，柳宗元久浸在哀怨悲戚之中。大多数时候，他一个人趁着公务闲隙，在深山间施施而行，在幽谷中漫漫而游，或登高山，或入深林，或穷回溪，甚至走得越远越好。累时，便披草而坐；渴时，便倾壶而醉；倦时，便相枕而卧。在深山幽谷的大梦里，他才能像庄子一样地逍遥自在，心凝形释，与万化冥合。一旦与这里的风景开始惺惺相惜了，就意味着他将要走出人生的低谷。柳宗元从"僇人"的阴影里走了出来，不到几年，就写下不少游记。

柳宗元的二十六篇游记散文，十之八九，作于永州，或绘山川之美景，或抒清净淡泊之情趣，大都散发着浓浓的禅意。这些作品表现了柳宗元悠游山水美景时自得自适的情怀，为我们留下了超脱物外和物我合一的禅趣感受。比如《小石潭记》：

十八、柳宗元：穷愁方著书，愤怒出诗人

从小丘西行百二十步，隔篁竹，闻水声，如鸣珮环，心乐之。伐竹取道，下见小潭，水尤清冽。全石以为底，近岸，卷石底以出。为坻，为屿，为嵁，为岩。青树翠蔓，蒙络摇缀，参差披拂。

潭中鱼可百许头，皆若空游无所依。日光下澈，影布石上，怡然不动；俶尔远逝。往来翕忽，似与游者相乐。

潭西南而望，斗折蛇行，明灭可见。其岸势犬牙差互，不可知其源。

坐潭上，四面竹树环合，寂寥无人，凄神寒骨，悄怆幽邃。以其境过清，不可久居，乃记之而去。

这些游记不仅仅是文学的产物，更是柳宗元心灵的宣泄品，是困厄命运的副产品。柳宗元之所以不厌其烦地书写着这些不为人知的恶木秽草，这些不被人识的隅鸟蛮虫，是因为它们也如他自己一样，都被人冷落了。与其顾影自怜，倒不如为同类之物鸣不平，也算是发了一番"正义的牢骚"。他笔下的那诡云谲雾、怒红骇绿、翳花朽草、疏土顽石，哪一样不让人凄神寒骨？那万物在他的打弄下，也蒙上了一层层挥之不去的寂寞感、哀愁感、悲苦感。

"海畔尖山似剑铓，秋来处处割愁肠。若为化得身千亿，散上峰头望故乡。"这是他看山；"溪路千里曲，哀猿何处鸣。孤臣泪已尽，虚作断肠声。"这是他听猿；"千山鸟飞绝，万径人踪灭。孤舟蓑笠翁，独钓寒江雪。"这是他观世。但是，倘若柳宗元当初不去永州，断不会写出这般绝灭孤独的意境。

心事与身世，仿佛飞云袅雾，终其一生都如影随形。与柳宗元一样，苏轼不也是被遣放的被动旅行者吗？不过，他与柳宗元不一样，初从达境入穷途时，他或许也像大多失意文人一样，再也不写"会挽雕弓如满月，西北望，射天狼"这样的词句，而转向"拣尽寒枝不肯栖，寂寞沙洲冷"的悲凉之境。

而苏轼终归是苏轼，待他半生归来，仍是当日少年。再看他的诗词，满目晴川芳草。譬如这首《减字木兰花·立春》，是苏轼在脱蜕之后的心境写照。

春牛春杖。无限春风来海上。便与春工，染得桃红似肉红。
春幡春胜。一阵春风吹酒醒。不似天涯，卷起杨花似雪花。

身在瘴气弥漫的儋州，几乎无一字写悲言愁。相反地，他流连于适意之中。苏轼的这种转变，让人不得不喟叹：这才是苦难之后的大了悟啊。

柳宗元和苏轼，似乎是贬谪文人的两个极端之例。面对命运的折摧，二人虽皆不合时宜，却是南辕北辙。

古人云：穷愁方著书；今人语：愤怒出诗人，都是一样的道理。与柳宗元并称为"韩柳"的同时代韩愈，就道出了其中的本质。他在《送孟东野序》中提到了"物不平则鸣"的道理，古往今来，无一物一人能例外。从哲学的角度观，韩愈是睿智的。但是，人生何尝不是失于此而偿于彼呢？柳宗元也好，苏轼也罢，都失之东隅，收之桑榆，人生的负荷有多重，他们在文学上的造诣就有多高。

东坡曾自言："心似已灰之木，身如不系之舟。问汝平生功业，黄州惠州儋州。"这是自嘲，亦是自表。而柳宗元也在多年后忆及那段在永州的时光时，这样写道："柳州柳刺史，种柳柳江边。谈笑为故事，推移成昔年。"

一场奉命而行的旅程，不管他们有多拒斥，都像是一次人生不得不经历的修炼。而贬谪文人的失意之笔，则像滤光镜，一重一叠，从他们人生苦旅的起点到终点，顿时具现出掖藏在心灵深处的缺陷。

十九、刘禹锡：在悲观中创造乐观

（一）我被桃花误了一生

古来被称作"刘郎"的人很多，比如李义山《无题》中的"刘郎已恨蓬山远，更隔蓬山一万重"，这里的"刘郎"一种说法指东汉的刘晨，另一种说法指当年委派使者万里之外寻求海上仙方的汉武帝刘彻；辛弃疾《水龙吟》中的"求田问舍，怕应羞见，刘郎才气"，这里的"刘郎"又指三国时刘备；唐代诗人刘禹锡也曾在他的两首桃花诗中自称"刘郎"。和两位被称作"刘郎"的帝王相比，刘禹锡只是一个诗人而已。不过，一向以"牛脾气"著称的刘禹锡不甘示弱，为出这口不平之气，专门写了一篇《子刘子自传》，号称"其先汉景帝贾夫人子胜，封中山王"。这位"中山王"，也就是刘备当年招兵揽将时逢人便说的"吾乃中山靖王后裔也"的"中山靖王"。这样说来，刘禹锡地位虽远不及刘备，却与他是同室宗亲。

从故乡浙江嘉兴远道而来长安游学的刘禹锡，在一两年之间就轻而易举地考中了进士。及第以后，刘禹锡不久又登博学宏词科，一度成为当时之风流人物。读盛唐诗，会发现盛唐诗人大多有一个共同的脾性就是狂傲。在盛唐气象下，李白的"天子呼来不上船"和杜甫的"诗是吾家事"可谓是狂到了骨子里。中唐在安史之乱后内忧外患，矛盾重重，以致换皇帝的频率像翻书似的。所以，诗到了中唐，渐近内敛，不再张扬。可刘禹锡似乎是一位异数。在安史之乱后的中唐诗坛，只有刘禹锡可以狂到李、杜的境界。刘禹锡不仅狂，而且有一股天生百折不挠的犟脾气。

刘禹锡一生，历经代宗、德宗、顺宗、宪宗、穆宗、敬宗、文宗、武宗八朝皇帝。直到宪宗时，正值壮年的他依然相信自己前途一片光明。宪宗即位的同一年，刘禹锡就遭遇了人生中的第一次"连环风暴"——被一贬再贬到了一个离朝廷一千里之外的地方，湖南常德。

常德，在古代名"武陵"，那可是陶渊明当时笔下的渔人发现"桃花源"的地方。想必刘禹锡在赴任的路上一定心中窃喜，并暗暗脑补——土地平旷，屋舍俨然，有良田美池桑竹之属。

果然，到任后的刘禹锡过起了"坛菜腌鱼油糌辣，发糕粑粑煎米茶"的神仙生活，可算是因祸得福了。一过就是十年，正当他还沉浸在自己的幸福小日子里时，朝廷一封急书，将他召回了长安。过惯了乐呵生活的刘禹锡在临行时心里还得安慰自己，也许是时来运转吧。

十年之后，当风尘仆仆的刘禹锡再次被调回到朝中的时候，长安已是另一番乾坤了。满目所见，无非得势小人。当初的那份扶摇于九万里长空的壮志瞬间化作了一股怨气。时至春天，刘禹锡又去了一趟长安玄都观，眼前的桃花千树让他感慨万端，《元和十年自朗州至京戏赠看花诸君子》：

紫陌红尘拂面来，无人不道看花回。
玄都观里桃千树，尽是刘郎去后栽。

届时他已年逾三十，但依旧是那副谁也不服的牛脾气。他把满朝新贵比作"玄都观里的千树桃花"，把自己比作"栽培桃树的刘郎"。如果没有他当年的提拔，这些人如何得来今日的权势？试想，刘禹锡写这首诗时，才三十岁有余，是什么样的能耐让他有如此狂的口气？

此诗一出，就传于都中。有早已看刘郎不顺眼的朝臣们上书，参他一本，更有那墙头草火上浇油，于是，皇帝下令贬谪他去贵州。贵州自古以来乃荒蛮之地、烟瘴之所，在历朝历代几乎都是"贬谪之地"。性子清高的刘禹锡就好比被发配到了臭气熏天的鲍鱼之肆，用贾宝玉的话来讲就是：一盆刚抽了嫩芽的剑兰被送入了猪圈里，后果可想而知。

后来宰相发善心，改贬谪之地为广东一带，也是一个千古流配之地。这一去，离开京城就是十三年。再回到长安的时候，刘禹锡已抱老病之身。像是要再次验证他的人生一般，刘禹锡又一次来到了玄都观。重游玄都观，再度赋诗，再次与当朝权贵们较劲，一番感慨之下，他写下了另一首桃花诗《再游玄都观》：

百亩庭中半是苔，桃花净尽菜花开。
种桃道士归何处？前度刘郎今又来。

刘禹锡像一只"打不死的小强"，始终坚守着当初的激节。写罢这首诗后，他从尚未坐稳的主客郎中之位又被罢了。写罢讽喻诗的刘禹锡，没有料到，又是宰相裴度出手相救，将他安排到洛阳做分司官。官还未坐稳几年，宰相驾鹤西去，于是，早就看刘禹锡不顺眼的皇帝把他调遣到朝廷之外做刺史。

年逾五旬却仍在游宦之途的刘禹锡与同在游宦之途的白居易在扬州一见如故，相互唱和，写下了《酬乐天扬州初逢席上见赠》。在巴山楚水这样的凄凉地被弃置了二十三年的刘禹锡，回来后早成了一件出土文物般的老古董，被桃花误了一生的伤心事，只能付之笔端：

巴山楚水凄凉地，二十三年弃置身。
怀旧空吟闻笛赋，到乡翻似烂柯人。
沉舟侧畔千帆过，病树前头万木春。
今日听君歌一曲，暂凭杯酒长精神。

（二）仕途不幸诗歌幸

刘禹锡被贬于湖南常德，行经沅湘一带时，常常见到土家先民以一种别样的方式祭神鬼，当地人称"丧鼓歌"。"丧鼓歌"，亦即人死之际，缶盛酒浆，拍鼓相和以为歌，挽吊亡灵。这种祭神鬼的民间丧葬形式最早可追溯至春秋时。《庄子》载："庄子妻死，惠子吊之，庄子则方箕踞鼓盆而歌。"惠子见庄子不泣反歌，说道：人家与你夫妻一场，为你生子、养老、持家。如今去世了，你不哭也就罢了，还鼓盆而歌，岂不太过分了吗？面对惠子的责问，庄子继而歌曰：生死本有命，气形变化中。天地如巨室，歌哭作大通。

鼓盆而歌，不是对死者的亵渎，而是对生死的乐观态度。这种看似简陋的悼亡方式在天生好听阳春白雪的文人耳中，不过是梆鼓咚、咚响的说唱式土音，是听不得的下里巴人。就像江南人喜唱咿呀咿呀细腻幽雅的昆曲，而看不上乌压压声气如雷的秦腔梆子。

若不是土生土长，谁能听得懂这"分别乡音不一般，五方杂处应声难"的地方俚歌？刘禹锡也不例外，他最初以一句"伧伫不可分"来评价这声声萦回的鼓吹，说这字句鄙俗的俚歌杂乱无章。但作为诗人，他本能地捕捉到了一个"怨"字！怨响萦回，不绝于耳，这不正是当日屈原在沅湘间作《九歌》的本意吗？

细细听去，俚音难辨的民歌颇有一丝《楚辞》的浪漫主义气息。在俨然威仪的诗词面前，俚俗民歌不拘格律、不饰文藻，却自有其风情趣味。其风纯朴、其情率真、其趣讥诮、其味绵厚，极尽民间风趣。且撇开音乐不论，若以楚辞之骚雅，中和俚歌之鄙陋，作新词九章，取名"竹枝词"，刘禹锡岂不乐哉？遂依此间风情，作《竹枝词》九篇：

其一

白帝城头春草生，白盐山下蜀江清。

十九、刘禹锡：在悲观中创造乐观

171

南人上来歌一曲，北人莫上动乡情。

其二
山桃红花满上头，蜀江春水拍山流。
花红易衰似郎意，水流无限似侬愁。

其三
江上朱楼新雨晴，瀼西春水縠文生。
桥东桥西好杨柳，人来人去唱歌行。

其四
日出三竿春雾消，江头蜀客驻兰桡。
凭寄狂夫书一纸，住在成都万里桥。

其五
两岸山花似雪开，家家春酒满银杯。
昭君坊中多女伴，永安宫外踏青来。

其六
城西门外滟滪堆，年年波浪不能摧。
懊恼人心不如石，少时东去复西来。

其七
瞿塘嘈嘈十二滩，此中道路古来难。
长恨人心不如水，等闲平地起波澜。

其八
巫峡苍苍烟雨时，清猿啼在最高枝。
个里愁人肠自断，由来不是此声悲。

其九
山上层层桃李花，云间烟火是人家。
银钏金钗来负水，长刀短笠去烧畬。

刘禹锡淡化了原来竹枝词中的"鬼神气"，化俗为雅，再加上刘禹锡本人奔轶绝尘的气质，旧调易以新词后非但未丢失原本的风情趣味，而且自成绝调。宋代苏东坡慨然曰："（吾）不可追也。"黄庭坚读罢叹道："就算是白居易为之，未必能也。"明清两代人甚至以为，刘郎的竹枝词调，可以与杜子美在诗史上的地位媲美了。此后，刘禹锡便被人视为"化沅湘民歌为竹枝诗体的第一个文人"。

常与刘禹锡相唱和的白居易道出了"竹枝词"声调的迷人之处。他在《听芦管》中这样写道：

幽咽新芦管，凄凉古竹枝。似临猿峡唱，疑在雁门吹。
调为高多切，声缘小乍迟。粗豪嫌觱篥，细妙胜参差。
云水巴南客，风沙陇上儿。屈原收泪夜，苏武断肠时。
仰秣胡驹听，惊栖越鸟知。何言胡越异，闻此一同悲。

竹枝词前声悲咽，后声苦怨，与古诗词中的"冷烟斜月、寒猿暗鸟"之类的物象相比，更能传达断肠之悲。

五岁为诗，九岁识律，二十苦读口舌成疮、手肘成胝、齿发衰白的白居易，对古竹枝词的痴迷程度毫不亚于刘禹锡，为了还原竹枝歌舞的原貌，白居易买来了"蛮鼓"，请来了"巴女"，于每年的春二月在府院里大设宴饮，与诸宾客共赏竹枝乐舞。

"蛮鼓声坎坎，巴女舞蹲蹲"是他对当时场面的记录。所邀宾客坐在上头，并不懂得欣赏这蛮夷鄙陋的竹枝歌舞，纷纷捂口谑笑。白居易说道：诸公啊，你们莫笑风俗陋，殊不知这坎坎咚咚的鼓声才是无邪之音。

作为座上宾的贵族们哪里知道"幽咽新芦管，凄凉古竹枝"所表达的本意？在他们看来，巴人牵手跳歌、啸唱不休的不过是来自于土家的"拍手歌"而已。但他看不到，扬袂睢舞时的目视眸对，也听不到，手拍脚顿时的心虔意诚。

但白居易作为刘禹锡的知音之人,他从这坎坎鼓我,蹲蹲舞我的歌舞中想到了昔日战国时宋玉说的话:"客有歌于郢中者,其始曰《下里》《巴人》,国中属而和者数千人,其为《阳春》《白雪》,国中属而和者不过数十人。"

而如今,时移势易,歌阳春白雪,和者无数,为下里巴人,无一人相和也!

(三)以辩证观过好一生

刘禹锡的人生经历,不可谓之不具有戏剧性。正如他自言"巴山楚水凄凉地,二十三年弃置身。怀旧空吟闻笛赋,到乡翻似烂柯人。"这二十三年弃置身于巴山楚水凄凉地的经历,想来真如晋时王质伐木观棋,俄顷之间,斧柯尽烂,恍若隔世。归来后的刘禹锡,只能如当年向秀闻笛,思旧赋诗,空自惆怅不已。当然,他的惆怅并不是真惆怅,更多的是一种"物是人非事事休"的慨然。二十三年间,刘禹锡愈挫愈勇,不仅让我们看到了什么是积极乐观,而且,还多了一腔作为大唐"诗豪"的傲骨豪情。

诗至中唐,不如盛唐那样的风流俊爽,气冲云霄,已经渐近趋于平和内敛,但是刘禹锡似乎是一个特例。他的诗歌,让我们重温了盛唐时代的气象。这可以说是一个异象,刘禹锡本人也算得上是中唐的一个异数。

这除了刘禹锡本人的性情之外,还有更重要的一个原因,刘禹锡是一位哲学家。他在自己的哲学著作《天论》三篇中思考人与自然之间的关系,认为天与人各有所长,不能相互取代,天人各有自己的职能,而人类所有的是非都是咎由自取的结果,与天并无关系。人与天之间的相处法则,应该是"还相用",就是指能够相互作用,其一要根据自然法则,利用自然变化来从事生产活动,其二要在生产过程中因人之需对自然进行改造。

所以，相比于中国传统的哲学家，刘禹锡是一个位无神论者，破除天的神秘性，尊重人的主观能动性。这样的哲学观让他信奉唯物主义，面向现实，所以，当刘禹锡被一而再再而三地贬谪到山穷水恶的地方时，他从未像小文人一样地自嗟命运之不公，顾影自怜，而是选择在悲观中创造乐观，比如，他写的那两首《秋词》，就是最好的证明。

《秋词》其一
自古逢秋悲寂寥，我言秋日胜春朝。
晴空一鹤排云上，便引诗情到碧霄。

《秋词》其二
山明水净夜来霜，数树深红出浅黄。
试上高楼清入骨，岂如春色嗾人狂？

他并不觉得秋天就是寂寥的，所以，他没有像古来秋士一样为秋天的到来感到悲哀，他甚至认为，秋天比春天还要美。第一首诗说，在秋天也可以诗情高涨，第二首诗说秋天是很明净，很绚烂，很清幽的，清到了骨子里。这就是他的心态。

在晚年，刘禹锡的性情确实改观了不少。有一次，他偶然来到了金陵秦淮河畔，看到繁华胜地已不复往昔，感慨万分，于是写下《金陵五题》，其中《乌衣巷》和《石头城》就是其金陵五题中的殿堂级怀古作品。

朱雀桥边野草花，乌衣巷口夕阳斜。
旧时王谢堂前燕，飞入寻常百姓家。

山围故国周遭在，潮打空城寂寞回。
淮水东边旧时月，夜深还过女墙来。

刘禹锡的怀古诗中，有一种浓烈的哲学气息。这也许是由于他既是文学家，又是哲学家的缘故吧？白居易说，刘禹锡诗中"有豪猛之气，其锋森然，少敢当者，其诗在处应有神物护持"。不过，晚年的刘禹锡虽然遮住了他年轻时的那股锋芒，却很少和人往来，每日写作消遣度日，这篇《陋室铭》，即是他晚年心境的写照。

山不在高，有仙则名。水不在深，有龙则灵。斯是陋室，惟吾德馨。苔痕上阶绿，草色入帘青。谈笑有鸿儒，往来无白丁。可以调素琴，阅金经。无丝竹之乱耳，无案牍之劳形。南阳诸葛庐，西蜀子云亭。孔子云：何陋之有？

这篇《陋室铭》，也体现了他作为哲学家的典型辩证观，用辩证的眼光看待世界万物以及自己的处境。住在简陋的房子里面有什么大不了的呢，可以看到这简陋中的美好。简陋的台阶上会有绿的苔藓，很幽静；简陋的地面上会生出青色的野草，很清爽；简陋的屋子里没有俗人来打扰，可以在这里安安静静地弹琴读书。住在这样的环境中，人的眼睛、耳朵和身体都能得到很好的休养。

正是因为这样的一种哲学家的心态，才让刘禹锡在巴山楚水凄凉地过了二十三年弃置身的生活，都没有颓废，而是因祸得福，在此期间自创了一种独特的诗歌体，"竹枝词"，真是"仕途不幸诗歌幸"。

二十、李商隐：情话的最高境界

锦瑟无端五十弦，一弦一柱思华年。
庄生晓梦迷蝴蝶，望帝春心托杜鹃。
沧海月明珠有泪，蓝田日暖玉生烟。
此情可待成追忆，只是当时已惘然。

昔日梁启超先生在清华讲国史，说文学最大的法宝就是掌住其中蕴含的"情感秘密"的钥匙，因为文学旨在歌颂天下最神圣的东西——情感。

他讲到李义山（即李商隐）的这首《锦瑟》，说了这样一段话："讲的什么事，我理会不着。拆开来一句一句地叫我解释，我连文义也解不出来。但我觉得它美，读起来让我精神获得一种新鲜的愉悦。须知美是多方面的，美是带有神秘性的。"

这段评价，恰恰就道出了李义山诗的本质：迷幻朦胧。李义山的诗，字字成谜，读来如求无解方程。

梁启超对李义山诗的感觉，与明代诗论家许学夷对李长吉（即李贺）诗的感觉如出一辙，这位诗论家说："其（李长吉）造语用字，不必来历。故可以臆测而未可以言解，所谓理不必天地有而语不必千古道者。"

其实，在所有的唐代诗人中，李义山最赞许李长吉。虽与这位英年早逝的前辈素未谋面，李义山却在《李长吉小传》中将李长吉称作一个世所罕见的"奇人"，状貌奇，奇在通眉长爪；诗骨奇，奇在锦囊投书；性情奇，奇在冷眼厌世；临终奇，奇在天帝来招。李义山的这篇小传，为李长吉一生更蒙上了一层迷幻的色彩。

《红楼梦》第二回贾雨村和冷子兴说"天地生人"那一段中,有一句见解十分了得:

"清明灵秀,天地之正气,仁者之所秉也,残忍乖僻,天地之邪气,恶者之所秉也。今当运隆祚永之朝,太平无为之世。清明灵秀之气所秉者,上至朝廷下至草野,比比皆是。所余之秀气,漫无所归,遂为甘露,为和风,洽然溉及四海。彼残忍乖僻之邪气,不能荡溢于光天化日之中,遂凝结充塞于深沟大壑之内,偶因风荡,或被云催,略有摇动感发之意,一丝半缕误而泄出者,偶值灵秀之气适过,正不容邪,邪复妒正,两不相下,亦如风水雷电,地中既遇,既不能消,又不能让,必至搏击掀发后始尽。故其气亦必赋人,发泄一尽始散。使男女偶秉此气而生者,在上则不能成仁人君子,下亦不能为大凶大恶。置之于万万人中,其聪俊灵秀之气,则在万万人之上,其乖僻邪谬不近人情之态,又在万万人之下。若生于公侯富贵之家,则为情痴情种,若生于诗书清贫之族,则为逸士高人,纵再偶生于薄祚寒门,断不能为走卒健仆,甘遭庸人驱制驾驭,必为奇优名倡。"

这里所提及的"天地间所余存之邪气",一旦与"天地间所余存之秀气"相遇感发,赋化为人,则聪俊灵秀、乖僻邪谬,比如陶潜刘伶,后主飞卿,必不同于流俗之辈。

李长吉之奇,不正秉天地之间之"邪气"与"秀气"而生的吗?所以他的性情里,早已种下了一颗亦邪亦正的种子,方而成了李义山笔下的奇人。提起李长吉的诗,人也以为牛鬼蛇神,怪怪奇奇,岂不知他之所以好写上天入地、神仙鬼怪之作风,是造化所就啊。

李义山为人,亦隐诡深邈,人以为婉曲晦涩,索解良难。更有甚者,说他故意纤曲其旨,诞漫其词,以至埋没意绪,不知所云。

但果真如此吗？李义山之诗，正如其名为"商隐"，将一颗悲戚、敏感、痛苦、无助的心，隐蔽在飘忽不定的意象群里。

李义山本人，在古代文坛上算不上一流的大诗人，他出身又不好，在政治上又不得志，就算"刀剖心肝，头扣鲜血"也不济于事，再加上那时他跟周围官僚无法融洽相处，更让他成了一个孤独人。

偏逢那时他去了一次贵家后堂宴会，抱着满腔的失落困顿，写了这首《无题》（节选）：

昨夜星辰昨夜风，画楼西畔桂堂东。
身无彩凤双飞翼，心有灵犀一点通。
隔座送钩春酒暖，分曹射覆蜡灯红。
嗟余听鼓应官去，走马兰台类转蓬。

风、灯、蓬，这些转瞬即逝的意象交织成一个错落的梦境，飘紊而变幻，就如这首诗的名字一样，无以题达。

李义山一生写过许多命名为"无题"的诗，每一首皆隐喻重重，却在读者眼里难如解连环，诚如李义山的"失意人生不得解"。

普通诗人写诗，往往营造一种境，而在李义山的诗，很难找到一个完整的片段，甚至看不到任何的细节场景。他又偏好用典，更添了一层距离。

和同时代的温庭筠和韩偓一样，他也写爱情诗，却绝不停留在"表层缠绵"，而是讲求二人达到"心有灵犀一点通"之精神契合。他和意中人，谈的似乎是一场心灵恋爱，我们从诗的字里行间，唯一能捕捉到的，也只是那一缕无尽的情丝。

相见时难别亦难，东风无力百花残。
春蚕到死丝方尽，蜡炬成灰泪始干。

晓镜但愁云鬓改，夜吟应觉月光寒。
蓬山此去无多路，青鸟殷勤为探看。

爱情经过他的手笔，变得无比纯粹，如一尘不染的结晶体，精致而复杂。李义山很钟情蓬山，他和意中人之间，隔着一座蓬山，有千里之远。唯一的交流方式，就是通过一只并不存在的青鸟和一场遥遥无期的梦。

这个人，也总是活在梦里，因而笔下的字字句句，蒙着一层层迷幻的色彩。这一点，李义山和李白、李贺很像。李白是一只流连于青崖间的白鹿，李贺是一匹徘徊于幽冥世界的瘦马，李义山则如满腹幽愁暗恨跳着仙舞的山鹤。

这只山鹤，生活在一个衰落、朽败、压抑的末代王朝，用一种幽眇如雾的方式传递着几近绝望的内心意绪。和晚唐所有的文人一样，他是一个孤独行走在生命之秋的梦中人。

在一个霜叶潇潇落晚亭的夜幕，他只携一瓢酒自饮亭栏之侧，残云飞，疏雨过，木叶迥，一切仿佛遥不可及，像一场梦。不如做个渔樵，就住在梦里好了。

因此，他多数的爱情诗，也飘忽如一场梦，交织着无数个变幻错落的时空，正如这首《无题》：

来是空言去绝踪，　月斜楼上五更钟。
梦为远别啼难唤，　书被催成墨未浓。
蜡照半笼金翡翠，　麝熏微度绣芙蓉。
刘郎已恨蓬山远，　更隔蓬山一万重。

在书写爱情，还是人生，我们无从得知，毕竟，人生与爱情都一样地空虚不定。即便是作闺音，他笔下的美人也只窥得见魂魄气骨而已。

他的诗，把中国文学隐秘的特质发挥得一个缝儿也没有了。读他的诗，既可心事重重地周游在绵绵密密如针脚般的幽眇小径，又可大步流星地飞驰在百感茫茫的奇幻时空，这是一种集小情与大情于一身的绝美体验。

小情诗人，如滥淫之流，醉心于歌榭楼台、儿女温情中寻求心灵的慰藉，写诗则香艳轻浮，极尽绮丽妖娆之态。大情诗人，如意淫之辈，写诗风流深致，镂心刻骨，让人读来千回百转，唯有捧书长思。

李义山的诗，在清人梅成栋的眼中便是"千秋情语"。所谓"千秋情语，无出其右"，读李义山诗，倘只看到一个"儿女情长"，是为不解。恰如读《离骚》，只知屈原弄香好雅，是舍本求末也。

所以，读李义山诗，如不能摸着其"意脉""情脉"，就如隔窗看雪一般，终不能入其幽径。世人不知，嗤其为浪子才人，殊不知李义山如老杜一样，终其一生却为千古痴情人矣。深慨李义山高情远意者，世不多见，赏慕李义山婉曲隐秘者，亦寥寥几人，而斥其诡薄无行之墙头草辈，人云亦云，以致义山这碗盛在银碗里的雪，时至当下倒沦成了馒头渣。

我想那些对李义山嗤之以鼻的人，必然是道听途说，抑或只在暇余之时徘徊在门外暗窥一眼而已，却从未真正意义上地进入李义山的迷幻世界。

那日众人坐船，林黛玉说："我最不喜欢李义山的诗，只喜他这一句'留得残荷听雨声'，偏你们又不留着残荷了。"人便以为清高孤傲的林黛玉厌弃李义山诗，却在我看来，李义山的迂回婉转与悲伤际遇，与林黛玉的诗性与情性暗暗相合。所以，她每每缱绻无助，李义山的那首："竹坞无尘水槛清，相思迢递隔重城。秋阴不散霜飞晚，留得枯荷听雨声。"成了最契合的心灵世界写照。

女孩的心思最难猜，她说"讨厌"时恰恰意味着"喜欢得了不得"，也许，林黛玉的这句话中，也隐藏着她极力想摆脱沉湎于愁绪的生活状态的心声吧！在更多的时候，她也像李义山一样，独立于秋江之畔，吟着"荷叶生时春恨生，荷叶枯时秋恨成。深知身在情长在，怅望江头江水声。"的诗。

语言有时就如解连环，天地之间那些绵绵有情之人，他们的一片春心，总在可解与不可解之间。譬如一阵风掀开门窗，让光线穿透幽暗，我们游移于其间，也随着千万点尘埃一例变幻，如白乐天的那首小诗所唱：

　　花非花，雾非雾。
　　夜半来，天明去。
　　来如春梦几多时，
　　去似朝云无觅处。

二十一、杜牧：到红尘做梦，去森林写诗

读晚唐杜牧的诗，总觉得他的植物学功底一定了得。杜牧自称出生于"公相家"，朱门阔第，住在长安城中央，家中剑佩叮当，藏书万卷，钟鼓馔玉唾手可得。与杜甫共出于"京兆杜氏"的杜牧是杜甫同族侄子的嫡孙，人称"小杜"。身为世家子弟，杜牧从小无所不涉，大至天文地理、军事政治、文学历史、财政国事，小至草虫鸟兽。他一生四方流任，去过不少崇山峻岭、宝地佳园、名刹古寺，这样的经历让他具备了一个"会写诗的植物学家"的潜质。

杜牧的诗可读、可吟、可赏，也成了我书写植物文学的必查宝典。曾经写"紫薇花"和"青葙"，就条件反射式地想到了杜牧的《紫薇花》和《泊秦淮》两首诗。不过，这只是杜牧诗中植物学知识的九牛一毛而已。

杜牧是一个深爱暮春和晚秋时节的诗人，他的性格中镌刻着幽逸的山林气，这种特质，让他在书写草木时更多地偏好冷淡色调。

从个人气质上来讲，《红楼梦》里的贾宝玉深得杜牧真传。二者都是豪门贵族子弟，身上流露着藏不住的贵族精神。在爱好上，都喜山水、喜美人、喜浪逸、喜花草。我也曾写过一篇《贾宝玉：红楼梦里的植物学家》探讨过贾宝玉的植物学才华。也许，明察如曹雪芹，或也发现了贾宝玉的本性中有这位晚唐诗人的特质，才生出了让他效写《四时即事》的念头吧？

杜牧的《即事》云："小院无人雨长苔，满庭修竹间疏槐。春愁兀兀成幽梦，又被流莺唤醒来。"而贾宝玉的《春夜即事》亦写"霞绡云幄任铺陈，隔巷蟆更听未真。枕上轻寒窗外雨，眼前春色梦中人。"对比读来，二诗几近出自一人之手，风味何其相似！

183

从杜牧的身上，亦能时刻窥见贾宝玉的影子。那位是一个因花成痴的公子，这位是一个无花不喜的诗人，花花相映，性性相得，真是物有其类，人有其同。

遍翻《樊川集》，仿佛一瞬间就能看完人间的四季。春有花、夏有树、秋有叶、冬有草，在花树草叶之中，又有风、有云、有霜、有雪，在风云霜雪之侧，又有鸟影依稀、雁声阵阵，让人几乎忘记了是在读诗，而端的是穿行于大自然界了。

杜牧这位植物学家，认得的花、草、木之数实在惊人，贯布其诗，有名有姓者，几乎高达三百余种。柳、竹、松、梅、桂、桃、桑、棠、蕉、梨、荔、榴、樱、梧、柏者已经不胜枚举，更有苔、兰、蔷、荷、蓼、荻、蕙、蒿以及杜鹃、紫薇、豆蔻、芍药、杜若、蒹葭、白蘋等数不胜数的奇花异草。

多少人知道南朝佛寺之多是来自杜牧的那一句"南朝四百八十寺，多少楼台烟雨中"，却不知杜牧是一个佛寺爱好者，他一生经行，到过禅智寺、开元寺、甘露寺、浮云寺、怀政禅师院、东林寺、林泉寺、东塔寺、敬爱寺、水西寺、智门寺、长庆寺、云智寺、若干某某僧院、桃花夫人庙、木兰庙、商山皓庙等数之不尽的佛寺，或访或宿，与那里的僧人交友，对佛寺的自然风光领略独到。

他最爱写佛寺荫处的苔，或如青苔满阶砌，或如紫苔偏称意，或如凿破苍苔地，或如绿苔侵古画，写遍了苔之色。踏在蹬上、走在径上、行在巷子里、坐在石矶上，他都忍不住多看几眼那一粒粒如米的苔花。对于杜牧来说，人愈少的地方，愈是值得游赏之处。正如他的《乐游原一绝》所写："清时有味是无能，闲爱孤云静爱僧。"

这位爱闲好静的诗人，不仅在作诗上是特立独行之士，而且在生活趣味上有一番另辟蹊径的见解，他说："莫厌潇湘少人处，水多菰米岸莓苔。"别人灯红酒绿，他偏爱菰米莓苔这些纤细幽微的自然风物。故写诗，他也讲究一个净、雅、清、绝。他看不上韩愈之古奥，孟郊之枯崛，元、白之华靡俚俗。即便写爱情，也绝不流俗于元、白之"露骨"，而是含蓄去俗，以净风化。

这正是杜牧作为一个风流诗客有别于那些一身淫靡气之文人的值得称道之处，也许，这样的诗歌态度正是缘于他是一个自然爱好者。杜牧的植物诗总是给人以身心的净化。譬如风劲霜严之际，他带我们穿梭于红黄绀紫兼备的独绚秋光之中，去看那笼山络野的枫林时，他开始行吟：

远上寒山石径斜，白云生处有人家。
停车坐爱枫林晚，霜叶红于二月花。

此刻，我们也仿佛看到轻盈的云影在山谷间穿飞，经霜的枫林比春日里尚要好看许多。若是在夏天，我们便踏着他的笔迹彳亍于生命气十足的水岸，看绿锦池上的菱叶与浮萍，听蔷薇架外的娇莺慢啭，一对在微雨中相偕戏水的鸳鸯鸟，让这个夏天的色彩饱满到极致：

菱透浮萍绿锦池，夏莺千啭弄蔷薇。
尽日无人看微雨，鸳鸯相对浴红衣。

这就是杜牧，一个名副其实的"森系诗人"，一个浑身上下散发着植物气息的诗人。

大多数人知道杜牧，是从他"十年一觉扬州梦，赢得青楼薄幸名"这句诗，就理所当然地认为这是一个没有节操的风流浪荡子弟。在晚唐那样一个狎妓之风甚盛的时代，也许杜牧也未能免俗，他既不在诗中书写衾枕丑态，又十分痛恶轻靡气，而是以"欲寄相思千里月"抑或"多少绿荷相倚恨"这样的真色真韵暗露自我的真性情。

因此，他绝不仅仅是世人眼中的风流无行诗人。更多地，我所观见到的杜牧，是一个惯于刻写清幽寂静的游踪诗人。吸引我目光的，是他铺天盖地的自然风物诗。读之，恍然也循着一支纯净轻秀之笔宛转自如地流连于自然的旷野，如慢橹推开波浪，轻云划过袖端，一切不再与娇颜红袖有关。

萧萧山路穷秋雨，浙浙溪风一岸蒲。
为问寒沙新到雁，来时还下杜陵无。
（《秋浦途中》）

南陵水面漫悠悠，风紧云轻欲变秋。
正是客心孤迥处，谁家红袖凭江楼。
（《南陵道中》）

穷秋雨、一岸蒲、客心孤迥、水漫悠悠，这应该是杜牧诗歌以及人生最好的写照了。谁曾设想，这个诗思如此纯粹、用笔如此清秀、情韵如此婉转的人，是在远途萧条、客怀孤寂之时留下的这些句子。一生奔赴无安时，此心清澈如秋水。天不负人，这个满腹植物才学的诗人，在他的晚年，于长安城南偏僻处寻了一个自在地，自号"樊上翁"，终于过上了他不惑之年被贬为黄州刺史时作的那首诗中所向往的生活。

柳岸风来影渐疏，使君家似野人居。
云容水态还堪赏，啸志歌怀亦自如。
雨暗残灯棋散后，酒醒孤枕雁来初。
可怜赤壁争雄渡，唯有蓑翁坐钓鱼。

《诗经·小雅》有"营营青蝇，止于樊"之思，像杜牧这样每怀折柳老圃之心的人，最好的归宿就是远离朝市，做一个"尘世难逢开口笑，菊花插得满头归"的樊上老翁罢！

二十一、杜牧：到红尘做梦，去森林写诗

二十二、李贺：在闹境中自舔孤独

黑云压城城欲摧，甲光向日金鳞开。
角声满天秋色里，塞上燕脂凝夜紫。
半卷红旗临易水，霜重鼓寒声不起。
报君黄金台上意，提携玉龙为君死。

最初接触李贺的《雁门太守行》，就被他的诗迷住了。记得数年前，和友人行游于金陵后湖，恰逢暮云遮天，于是这首诗不由自主地脱口而出。

我晨起有个怪癖，刚睁眼的那一刻就会想起一句词或诗，继而赖在床上回味全诗和诗人的一生。这个习惯持续多年，发现自己最容易想到的诗人都很另类，比如温庭筠、晏几道、贺铸、蒋捷、李璟……当然，李贺的这首诗《雁门太守行》也频频出现在脑海中。

李贺这首诗的另类之处在于，他把色彩渲染得太独一无二了。黑云、金鳞、燕脂、夜紫、红旗、黄金台、玉龙……从满目的意象来看，有黑、金、胭脂红、深紫、血红、金黄色，甚至冰冷冷的霜色和剑刃色，再加上凉飕飕的秋色，这些混乱的颜色交汇在一起，构成了一个极其矛盾的场景。

这个场景让人不禁想到另一个像李贺一样的天才，梵高。不错，他的画很能诠释李贺的诗，至少在用色方面，二人手法十分相似。画家梵高也是个用色高手，甚至是一个为色彩而疯狂的精神病患者。

他画正发出惊光骇热的太阳，画汁液几乎要撑破果皮的苹果树，画一个有着滔滔一生的男人；他画烂漫如火张牙舞爪的向日葵，画桀骜不驯的鸢尾花，画让人神魂颠倒的金色麦田；他画红得怖人的橘子，画突兀的皮质鞋；他也画姑娘，却面容僵滞如木乃伊，画老妇人，似是垂目屏息酝酿着一个滴着血的阴谋；他更一遍一遍地画自己，把全天下所有炽烈的颜色都涂上，让他的脸看起来像一个发着灼热光焰的太阳。

只活了三十七岁的梵高死在了人生最绚烂的年纪，他的生命短暂如烟火。他的画有一种让人不敢直视的飓风气场。梵高的五脏六腑里，泛滥着一种情绪，兼具冷热，躁动与忧郁，因此，他的画也如打碎了一盘调色板，橘黄色的天蓬、深蓝色的星空、墨绿色的山毛榉树、红褐色的泥土地、斑斓的洋葱地、明黄色的咖啡馆……尤其是他的《有丝柏的麦田》《红色的葡萄园》和《收割者》这几幅作品，柏树如诡异的黑色火焰，葡萄园炙烤得人欲要发狂，收割者像挣扎在炼狱里操着镰刀的幽魂。

人们常常单纯地以为诸如红、黄、橘这些暖色调会给人带来温暖与光明，但与此相反，在梵高的画中，它们组合起来恰恰预示着生命正在处于爆发的边缘。梵高用这些疯狂的色彩向人表明，他的内心走向崩溃，他的世界太黑暗，但这些发着光的物象在他的左右下却如此地凌乱无章，正如他不知所向的狂热的心。

同样夭寿的李贺生命轨迹与梵高相似，诗风亦同梵高的画风有很大共性。他的诗里所呈现出的色彩让人目眩神迷。这些色彩组合起来，让人感到不可直视，正如不敢直视一个五内泛滥着兼具躁动与忧郁情绪的人一样。

李贺的另类之处也正在于他在运用色彩方面的"鬼才"（钱易云："李白为天才绝，白居易为人才绝，李贺为鬼才绝。"《南部新书》卷上）。以常理来推，蓝色、白色、灰色、黑色这些冷色调往往是怀才不遇者偏爱的色调，是构成其诗歌意象的主要色彩，但李贺这位鬼才不走寻

二十二、李贺：在闹境中自舐孤独

常路。

他的诗如五光十色，绚烂盛放的烟花。同时代的杜牧读罢他的诗，说："时花美女，不足为其色也。"时鲜的花朵和美艳的女人是天底下最炫目夺珠的东西，但也比不上李贺诗中的色彩。

据统计，李贺的诗中充斥着白、素、皓、银、苍、红、赭、绛、朱、丹、赪、赤、黄、金、灰、黑、青、乌、墨、翠、绿、碧、蓝、紫……其中，他最喜欢用白色、金色、红色。这个数据让人不免感到疑惑，他到底是什么样的一种审美观？

李贺活了二十七岁，这首《雁门太守行》作于他十八岁时。诗一出炉，李贺就被韩愈这位"资深人才收割机"发现了，但赏识归赏识，韩愈绝对公私分明，所以李贺还得走科举考试这一条路。天妒英才，李贺做梦也没想到的是，这唯一的一条为官之路被父亲阻断了。李贺父名"晋肃"，晋与进同音，而犯了避讳，所以李贺被剥夺了考试的权利。就算韩愈屡屡为他辩护上奏，也无济于事。

一腔热血，还未来得及洒向朝阶，就要抱恨归乡了。四年之后，因为韩愈的举荐，李贺承祖荫之恩才得以做了三年的奉礼郎，一个相当于祭祀司仪的九品小官。这时的李贺，将"男儿何不带吴钩？收取关山五十州。请君暂上凌烟阁，若个书生万户侯"的王孙气概早已抛到了九霄云外。与其说抛掷了梦想，不如说被梦想抛掷了。

一日，他牵着一匹瘦马行于长安朱雀街东，路遇大雨，于是有了这首诗：

落莫谁家子，来感长安秋。
壮年抱羁恨，梦泣生白头。
瘦马秣败草，雨沫飘寒沟。
南宫古帘暗，湿景传签筹。
家山远千里，云脚天东头。

忧眠枕剑匣，客帐梦封侯。

李贺这匹瘦马，就是他自己的化身。他特别爱马，曾一连写了二十三首《马诗》。在第六首中，他将自己比作一匹"饥卧骨查牙，粗毛刺破花。鬣焦朱色落，发断锯长麻"的劣马，饥饿困顿，骨瘦毛长，站立不起，怏怏独消残日。

痛苦在心中酝酿，如山洪骤发般地倾泻在他的诗句中。所以，我们在他的诗中看到了色彩瑰丽的锦绣繁花。但繁花终究不是秾丽妖艳的，在李贺早已冰冷似铁的心里，这些看似温暖的色调让人看来瑟瑟发抖。他写"鲜红"，必要缀一个"死"字，故这鲜红也添了一丝鬼气。他写"娇红"，必要加一个"啼"字，读来恍若杜鹃啼血，透着阵阵寒意。

他写黄，总给人以好景不长的荒凉之感，让原本灿烂温馨的颜色变得病态。在《苏小小墓》：

幽兰露，如啼眼。
无物结同心，烟花不堪剪。
草如茵，松如盖。
风为裳，水为珮。
油壁车，夕相待。
冷翠烛，劳光彩。
西陵下，风吹雨。

那一句"冷翠烛，劳光彩"，是说苏小小死后的灵魂幻作一个光彩四溢的新娘，在闪烁着阴冷绿光的磷火丛中痴痴地等待着未来赴约的情人。明明有烛火和光彩，却鬼气弥漫，让人读之色变。一个明媚鲜艳的女子，让他写得冷极，奇极，鬼极。那团在夜里徒劳地发着绿光的艳丽幽火，读来至今难忘。

李贺写艳色，从不浓艳、香艳、妖艳，而是冷艳、怪艳、鬼艳。他写神仙诗，如《巫山高》：

碧丛丛，高插天，大江翻澜神曳烟。
楚魂寻梦风飕然，晓风飞雨生苔钱。
瑶姬一去一千年，丁香筇竹啼老猿。
古祠近月蟾桂寒，椒花坠红湿云间。

碧树、白烟、丁香、筇竹、蟾月、寒桂、椒花、湿红，其中有碧、白、紫、翠、黑、黄、红等色彩，虽然罗列起来看似凌乱不已，却在李贺的笔下共同营造了一种荒凉悲冷的色彩。尤其是，他用最热烈、最艳丽、最喜庆的椒红色来渲染内心的凄清，只因这一簇簇的红要坠入湿冷迷离的山云间。

他似乎酷爱红色。在他的笔下，红色却染上了严冬腊月的阴森寒气。湿红、愁红、凝红、幽红、衰红、老红、冷红、坠红……红得冷彻心扉，红得低落凄迷。

在另一首《南山田中行》里：

秋野明，秋风白，塘水漻漻虫喷喷。
云根苔藓山上石，冷红泣露娇啼色。
荒畦九月稻叉牙，蛰萤低飞陇径斜。
石脉水流泉滴沙，鬼灯如漆点松花。

"冷红泣露"与"鬼灯如漆"，只给人一种跌入地狱的沉重与抑滞。不禁暗忖，是怎样一支笔，让原本绮丽秾艳的色彩，变得幽深凄冷？是怎样一双眼睛，看红色的烈焰如绿色的鬼火？是怎样一颗心，像幽灵一般跳动在死一般的世界？这个最爱金、银、红、紫等华丽色彩的诗人，如同穿行在灯火斑斓中的踽踽独行者。愈热闹，对他来说愈似幽冥。

二十二、李贺：在闹境中自舐孤独

二十三、李煜：风流才子，误作人主

公元九三七年的一个秋天，古城金陵的一座高墙深院内，一个男婴响亮的哭声啼破了静谧的夜空。主人李昪此时正密谋称帝，认为这是好兆头，便给这个孙儿起名为"从嘉"。李从嘉长到十五六岁，愈发显得广额丰颊，尤其是他的一目重瞳子，历来被认为是"帝王之相"。比如，造字的仓颉，就出身于部落首领，做了黄帝的左史官，是一人之下，万民之上的人，又如受尧禅让而称帝于天下的舜，也是天生的重瞳。

李从嘉的"帝王之相"，也因此受到长兄李弘冀的猜忌。他先以温柔敦厚礼之，不料狠辣的长兄毫不留情，先是猜忌其叔父李景遂对皇帝宝座有觊觎之心，将其毒死，后又频频猜度李从嘉有夺位之意。这种处境让一向无意于帝位的李从嘉更加恐慌，为此，他自号"钟隐"，希望在金陵（南唐都城）的钟山上做一个逍遥自在的隐士，有钟情于归隐之意，又别号"钟山隐士""莲峰居士"，一则示意长兄放他一马，二则流露出自己疏放无为的心境。这两首《渔父》，即是写于此时。

其一

一棹春风一叶舟，一纶茧缕一轻钩。

花满渚，酒满瓯，万顷波中得自由。

其二

浪花有意千里雪，桃花无言一队春。

一壶酒，一竿身，快活如侬有几人。

按理来说，李从嘉在兄弟中排名第六，本当与帝位无任何关联的，但是长兄入主东宫后毒杀叔父被废除太子之位，前几位兄长也都或暴毙或鸩杀或病亡，此时二十五岁的他只能从文山艺海中走上成为一国之君的道路。皇帝的位子，不知有多少人梦寐以求，又有多少人为它争得血流成河，但对李煜来说，它只像附加在自己脖颈上的铁锁，因为他"少无适俗韵，性本爱丘山"，只想做个饱读诗书的贤士，过浪漫风流的文士生活。可是造化弄人，皇帝的王冠只有戴在他的头上了。

走马上任后，李从嘉改名为"李煜"，取"煜"字为名是为了寄托"同以煜乎昼，月以煜乎夜"的美好愿望，希望自己可以安邦定国。

浓浓的书生气质让李煜本能地遵从孔孟之道，以"仁"治国，所谓"既来之，则安之"，命运将他推向了最不愿想的地方，他也无可奈何，只能诚然受之。即位之初的李煜常常和大臣朝堂论国事，达于夜分而不散。

虽然国库虚空，仁慈的李煜还是希望能够为百姓松绑，先从去苛除繁开始。其次，他下令推行铁钱流通制度，大大缓解了李璟时期留下来的严重铜荒问题，南唐的经济彼时也一度复苏起来。再次，他秉持"富国之本，在厚农桑"的治国理念，依《周礼》造民籍，复造牛籍，使尽辟旷土以种桑。

从李煜的这新官上任三把火来看，他还是对孟子的仁政烂熟于胸的。孟子的仁政思想看似完美无缺，却并未得到诸国君主的重视得以成为现实，迫使他不得不放弃了周游列国游说他的"仁政"思想，转而选择把重心放在了教育事业上。李煜也是一样，不了解民情、不审时度势的治国思想永远都是花架子，因此，他也像孟子一样在现实生活中处处碰壁。书生治国，容易误国，李煜最终也只能感慨一句："吾道芜塞，其谁与明？"生出了当日孔丘、孟轲的无奈心境。

在治国方面的种种挫败感让他回归到高烛红妆的歌舞之境，他经常与宫娥、妃嫔彻夜狂欢，但李后主绝不同于一般亡国之君的荒淫堕落，

二十三、李煜：风流才子，误作人主

他的狂欢，既有感官上的欢愉享受，又有精神上的无限共鸣。

这两首《玉楼春》，即是彼时所写：

晚妆初了明肌雪，春殿嫔娥鱼贯列。
笙箫吹断水云间，重按霓裳歌遍彻。

临风谁更飘香屑？醉拍阑干情味切。
归时休放烛花红，待踏马蹄清夜月。

世人谈李煜词，都惯用王国维《人间词话》中的"天以百凶成就一词人"说他的词境之高得益于后来的亡国之历，好像要成为一个好词人就非得亡国似的。读李煜写的这两首《玉楼春》，却能感受到他在未亡国之前的感情也是绝对纯真诚挚的。

尤其是第二首，短短二十八个字，就活现出了此中情味。他在享受欢愉人生时，也是像后来"无言独上西楼"一样的专注，"醉拍阑干"也丝毫不逊色于之。再读"待踏马蹄清夜月"，真真是写尽了欢愉之后的清幽空逸。一时间，声寂人散，静默如梧桐灯影，只须孤身轻步而去，而方才欢语，尚留耳际。

李煜的这种心境，让他既可以享受欢愉时刻，又可以拥抱无常世事，也注定了后来他面对国亡家破之悲时不是歇斯底里以死相殉，而是任凭孤独之水在他心中无声流淌。

虽然他三番五次地送给赵匡胤金银器物、绫罗绸缎，企图以自己的一片赤诚，换取赵匡胤的宽容之心，但是赵匡胤还是不买账，整日处于怏怏不乐之中的李煜除了与大臣宫人们酣酒设宴，愁思悲歌不已之外，他还把对国家的所有希望寄托在佛事上。为此，他命人在南唐境内掀起了一轮又一轮的修庙运动，还在每下朝后就脱掉龙袍，换上袈裟，头戴僧帽，带着皇后虔诚诵经，顿首叩拜，竟使前额淤血，肿成瘤赘。

本应谈论经济治国之道的朝堂成了每日谈论佛法的寺庙,真是天真任性至极。在虚幻的佛国世界里,他并没有找到救国之法。

亡国,对他来说只是一个迟早要到来的命运,也是他作为词人的一种机缘。北宋攻破金陵后的几天,李煜举族冒雨乘舟,自渡江中,望着这座石头城,他写了一首《渡中江望石城泣下》。

江南江北旧家乡,三十年来梦一场。吴苑宫闱今冷落,广陵台殿已荒凉。

云笼远岫愁千片,雨打归舟泪万行。兄弟四人三百口,不堪闲坐细思量。

此时看李煜字句,皆是血泪。我最佩服李煜的地方,是他处处以真面目示人,绝不矫饰。当年他与娇妻娥皇沉醉于夫妻欢情时,就毫不掩饰地写妻子是如何地美艳动人、娇俏可爱,一句"绣床斜凭娇无那。烂嚼红茸,笑向檀郎唾",就将他完美的婚姻呈现于世人眼前。而亡国后的他,亦是不改真情。李煜的满腹滋味,应当是无人与诉,才有了他在词中所挥洒的字字句句。词到此时,再与艺术无甚相干了,而如春蚕吐丝,红蜡滴露,引人深思。

李煜随一行人到了汴梁,就被封为"违命侯",自此,他"俨然有释迦、基督担荷人间罪恶之意"(引《人间词话》)的人生才恰恰开始。

也许作为一代君王,李煜是不合格的,但作为一个堂堂正正的君子,李煜是当得起的。亡国之后的李煜并不像"此间乐,不思蜀"的刘阿斗,也不似亡国之后"常耽醉,罕有醒时"的陈叔宝,而是时时不忘故国。

世人说李煜,都道"做个才人真绝代,可怜薄命作君王",又云"风流才子,误作人主",可谓是言语如刀,刀刀割中了李后主的弱脉。岂不知,李后主无奈即位之前,南唐已然国势衰危了。李后主能将如此烂摊子接下来并维持十五年之久,且在除了军事之外的其他方面颇有建树,也算是一件不可多得之事了。被俘以后,李后主绝不学全无心肝的陈后主,时时不忘故国,词中所作,皆是心系故土之作,这样的亡国之君,可不算最赤诚的吗?

李煜被俘后,宋太宗赵光义曾问南唐旧臣潘慎修:"李煜果真是一个暗懦无能之辈吗?"答曰:"假如他真是无能无识之辈,何以能守国十余年?"知主者,莫过于其臣,而亡了国还能赢得旧臣感念的,也算是罕见的了。

敦厚善良的李煜只是错生在了兵戈之世,既已躬行仁义,虽亡国又有何愧乎?读他的词,能感知到一种毫无矫饰的真情流露其间。晚清王国维甚至以为李后主所作乃"人间血书",虽然有夸饰之嫌,却也道出了李后主的"情味之切"。

无言独上西楼,月如钩。寂寞梧桐深院锁清秋。
剪不断,理还乱,是离愁。别是一般滋味在心头。

林花谢了春红,太匆匆。无奈朝来寒雨晚来风。
胭脂泪,相留醉,几时重。自是人生长恨水长东。

譬如这两首《相见欢》,如果没有一番长愁深恨在心中,断不能作出这种气候。那种流淌在字里行间的黍离之悲,让我们无一例外地为他的一片赤诚所触动。

任何一个人,读他的词,都可以从中感受到那种末代帝王罕有的亡国之悲,这是李煜作为一个人珍贵的地方。面对无常,我们也许会无所适从,但即便是束手无策,身处绝境,也丝毫不应忘记挥洒热血。

二十四、欧阳修：我这辈子就是玩

在人生的不同年龄段，常常会遇到人问这样一个问题："在中国古代所有的文人中，你最喜欢哪一个？"中学时了解的诗人寥寥，会像大部分中学生一样答"李白"；大学时追求通透豁达，答案就成了"苏轼"；毕业后怀有"济世心"，则是"杜甫"；再后来冀图从社会之熔炉中跳脱出来，更爱"陶渊明"；而今之时，如果有人再问我同样的问题，我会回答："最喜欢欧阳修。"

读古诗词多年，最大的收获并不是学到了多少知识，而是在不同的文人集作里找到了自己生命某一瞬间或时段的投影，继而引之为知己，在阅读中发现一个更真实的自己。我现在的生活状态别无所求，每日除了基本的教书、写作，剩余的时间就用于消遣玩乐，故而，欧阳修便成了我引以为知己的古代文人。

遣玩的对象，倒不是看电影、购物、玩手机、逗宠物，也绝非参加任何派对、宴会或者旅行团，而是执拗地热爱着一些世以无用的东西，譬如随手拿一本医书漫自闲看，翻翻某位生态作家的自然随笔，毫无目的地在山野僻径上游荡一整天，顺便拾几枚落了很久却无人顾及的果子或是捡些叶老枝干的植物尸体，带回家去寥作瓶插风物。另外，还喜欢吃些自己闲来手作的奇奇怪怪的食物，抹嘴的那一刻，以为人生至高的美好也就不过如此了。

更执拗的是，我并不以为这是玩物丧志，甚至将之视作"笃志"的玩物。在欧阳修这里，我找到了同道中人的感觉。欧阳修一生，眼之所好在于读书，耳之所好在于抚琴，鼻舌之所好在于饮酒，身之所好在于集古，意之所好在于弈棋。老了的欧阳修，十分得意地写了一篇个人传记《六一先生传》，自称为"六一先生"。

"六一"者，何也？藏书一万卷，金石遗文一千卷，琴一张，棋一局，酒一壶，再加白发老翁一个，老于此五物之间，非六一而何？此五事被欧阳修称作"足吾所好，玩而老焉"。欧阳修的一生，以琴、书、酒、碑、棋为伴，玩着玩着不知不觉就老了，这样的生活，实在令人仰羡。

近代被称为"最后的闺秀"的张充和，也一辈子保持着相似的生活方式，即每日晨起，或磨墨练字，或吟诗填词，偶尔和同好昆曲雅集。论及她的一生，张充和自言："我这辈子就是玩。"

人常以为，玩这样的美事，定需大把的钞票和时间，欧阳修则不以为然。欧阳修的一生，几乎离不开"衰病"二字，所患之疾病，至少有十种。读欧阳修诗文，可知他常发之症就有目疾、臂痛、足疾、腰疾、腹疾、风眩、喘疾、牙痛、渴淋疾。年至三十，就开始与疾病相伴，渐长，病痛更是只增不减。

这样一个深受各种疾病困扰的人，以俗理推之，定是终身足不出户与床为伴，生命也是百无聊赖与了无生趣了。而令人诧异的是，生涯半为病侵凌的欧阳修并无一分嗟憎之语。读他的诗词文赋，竟全然看不出这是出自一个多病多灾的人之手。

我们现在所看到的关于欧阳修的标签无非是"唐宋八大家之一""文章四大家之一""副宰相"之类的光鲜亮丽之词，但欧阳修一生中最好的文章，却是写在他人生的低谷期。

人生四十的欧阳修被贬至滁州，一个不通车、不载舟、不与外界相往来的闭塞之地。他没有像屈原那样"躁愤佯狂"，也没有像王维那样遁入空门，更不写什么凄苦愁怨之作，而是格外珍惜那里的山肴野蔬、鱼藕鸡豚、佳泉美酿、山溪林壑。在这里，他每天仰而望山，俯而听泉，掇幽芳而荫乔木，不久之后，哪里有名树好花、哪里有幽谷佳泉，他都了如指掌。

欧阳修的这种态度，让人想起了后印象派画家梵高。他曾说过一句话"谁要是真心热爱大自然,谁就能够随处发现美。"梵高自己就是一个于穷途末路中发现生命之美的人。他的胸中燃着一团永不枯烬的热爱生活的火,在人生艰难的航行中,他以自在的方式活着。跳舞的向日葵、发着光的田野、明朗的破家具以及那一抹暖黄色的胡子,都诉说着他热衷于在枯萎的生活中发现和创造美。

这样的态度,是一种悲观的执着,一种慨然的欣喜,是彻悟之后的清欢,是经历人生种种不妙之后依旧坚持诗意地栖息在大地之上的心境。欧阳修写《醉翁亭记》,全文自首及尾无一字说"苦"。相反,他看到:

若夫日出而林霏开,云归而岩穴暝,晦明变化者,山间之朝暮也。野芳发而幽香,佳木秀而繁阴,风霜高洁,水落而石出者,山间之四时也。朝而往,暮而归,四时之景不同,而乐亦无穷也。

他与滁人共游,饮酒、钓鱼、对弈,在觥筹交错中尽情欢乐,直到喝得醉醺醺,看到游人去而禽鸟归,他还是颓然乎其间,全然忘记了自己只是一个客居于滁州的贬官。

他一手提拔的学生苏轼深谙此道,谪居岭南一带,犹言"此心安处是吾乡"。作为欧阳修的忘年交,他说"欧公诗赋似李白"。后人读欧阳修诗文,谓之有李白之魂、魏晋风度,殊不知欧阳修之诗文,也自成一家。有陶渊明之神韵,有李太白之风度,是在无生之苦痛中看到有生之美好。人生在世,纵然有许多悲哀无常之事,但也不乏可爱的一面。以一颗悲慨之心去欣赏这些美好的事物,不正是一种为世所仰的风神吗?

在现实的境遇中,常常可以见到这样一类人。他们坐拥富足的物质,却无刻不生抱怨之心。他们也醉心山水,不过在旅程中但凡遇到任何劳力瘁心之意外,就会暴躁不安,以其为此行之不快,甚至放弃行程。

二十四、欧阳修:我这辈子就是玩

这样的人，以自我私欲为标尺衡量身边一切人事，即便身处完美之境，他也不乏郁闷。

经历一场本来轻松愉悦的旅程归来后却感到心力交瘁的人更是无处不在，其中便以成年人居多。不是长大了就再也寻找不到童年的乐趣了，而是丢失了那份"心无挂碍"的审美之心。所以，成年人会羡慕儿童的玩乐世界，不知道这样的乐趣缘何而来？与其羡慕，不若自由尽兴地生活，因为快乐本身就是无缘无故的。我们永远没有办法找到快乐的答案，快乐是自然而然的。

欧阳修在滁州，就反观到了生命的另一面。这里没有京城的繁华，没有丰厚的俸禄，没有天子的赏识，没有得意的仕途，却也不失其美好。在《丰乐亭记》中，他记载，百姓整整一生都不知道外面的事情，安心耕田穿衣吃饭，欢乐地过日子，一直到死。这不正是陶渊明梦想中的"小国寡民"式的栖息地吗？在春天，可以采摘幽香的鲜花；夏天，可以在茂密的乔木下乘凉；刮风落霜结冰飞雪之时，更有着别样的清肃秀美。

欧阳修有一首《玉楼春》，将他的这种自性随喜的人生态度写得很真切。

尊前拟把归期说，欲语春容先惨咽。人生自是有情痴，此恨不关风与月。

离歌且莫翻新阕，一曲能教肠寸结。直须看尽洛城花，始共春风容易别。

这首温婉小词，不经意之中就流露出了六一居士的心性襟怀。面对离别，有人无语凝噎，有人黯然销魂，有人凄苦悲切，而欧阳修的这首词，却写出了唐人胸襟。他只字不言离别之苦恨，而是叮咛恳切，劝人"直须看尽洛城花"。

这倒是暗合了《庄子》的逍遥情怀。庄子说"相呴以湿，相濡以沫，不若相忘于江湖"，与其隐忍于困境，不如各自放手，在无常的人生中活出一个自由鲜活的自我。

在《醉翁亭记》中，欧阳修说人们不知道他为何那样地快乐，他把自己的这种快乐称作"乐其乐"。乐其所乐，不是同游之乐、山水之乐、醉翁之乐，是一种对生命进行深度思辨之后的超脱的快乐。这样的快乐，不拘泥于物事，自来自去，如眨眼一样简单。

古往今来，懂得这种快乐的人有不少。比如"饭疏食饮水，曲肱而枕之，而乐在其中"的孔子，于濠上知"鲦鱼出游从容"的庄子，"采菊东篱下，悠然见南山"的陶渊明，"懒摇白羽扇，裸体青林中"的李白，还有与"江上之清风，山间之明月"所相适的苏轼……

他们的快乐，无需大把的金钱和时间，也不必拥有高贵的出身与优容的环境，简直像空气一样唾手可得。但若要长久地享有这样的快乐，就须将生活视为一场坦荡尽兴的游戏，而要做到这一点，首先得要成为一个高明的玩家。

二十五、晏殊：生命如一颗珠玉

这个世界上最美的东西是什么？以形状来看，是直线、射线、角、三角形、平行四边形、梯形还是圆？答案一定是：圆。

天的轮廓是圆的，太阳是圆的，月亮是圆的；雨滴是圆的，泪珠是圆的，圆圆的荷叶上所拢聚的露珠也是圆的；夜莺的歌声是圆的，琵琶的私语是圆的，翩若惊鸿、矫若游龙的霓裳羽衣舞也是圆的（因为圆代表了美）；俯仰整个天地，宇宙也浑如一个旋转的圆轮，万物亦散珠一般，活泼泼地，在天地气象中氤氲开来。

读古典诗词，人莫不推崇唐诗，只因唐人所作，有浑圆之美。唐诗嚼在舌端，不腻味，不涩口，如饮米浆一般。如果将唐诗比作自然风物，则如荷上洒露，无论大小，无不天然圆融。

而宋词中能得唐诗圆融风味者，晏殊是第一人。

这个人，无论是他的性情、生平、词风还是为人，都可以一个"圆"字为概。他的词集又偏名《珠玉词》，看来他本身在审美上就好浑圆之意。

和古来大多文人一样，晏殊也走的是"学而优则仕"这条传统道路。自孔子以来，大凡学而优者，无论贫富贵贱，都缘"格物、致知、诚意、正心、修身、齐家、治国、平天下"之督而行。即便是出身贫贱，半生潦倒，这个誓愿也扎根于胸，至死不休，这也算是中国文人的一种痴心癖性吧。

有善领好悟者，将"金榜题名时"与"久旱逢甘雨"，"他乡遇故知"和"洞房花烛夜"并称为人生的四大美事，这就更让文人们将金榜题名列为终生矢志了。从古至今，诚如《西游记》中所云：

争名夺利几时休？早起迟眠不自由。
骑着驴骡思骏马，官居宰相望王侯。
只愁衣食耽劳碌，何怕阎君就取勾。
继子荫孙图富贵，更无一个肯回头。

为此，一个范进，在五十四岁终于中了举人的那一刻疯了；曾国藩的父亲曾麟书，在连续考了十七次之后才于四十三岁中了秀才；左宗棠，年近五十还上京赶考，最终还是未得上榜之荣。再看唐宋，比较著称于世的是唐人孟郊，于四十六岁考中进士时写下"春风得意马蹄疾，一日看尽长安花"；苏洵以四十七岁高龄同二子苏轼、苏辙入京应试，终以落第而告终。你我耳濡目染的人物尚且如此，何况是那些囊萤映雪、凿壁偷光、头悬梁锥刺股而不得世人所知的寒窗学子呢？

当然，与之形成霄壤之别的，是未冠而仕的"神童"们，比如十六岁及第的王勃和十四岁就赐同进士出身的晏殊。同进士一是朝廷给未第的贡士的一种心理安慰，在很多读书人看来，是个人档案上的不光彩记录，因为屡试未第，方赐同进士嘛；二是朝廷破格录取的少年神童，好似现今社会不用参加高考就被名牌大学优先录取的学子。

晏殊属于后者，他以"神童"身份与数千名考生同时入殿参加考试，神情自若，对答如流，受到宋真宗嘉赏，从此便官运腾达，终在宋仁宗庆历二年官拜宰相，过着多年身居要位的生活，世称"太平宰相"。

也许你看到"太平"二字会不由得想起宋太祖当日杯酒释兵权时与诸臣子之间的一段话：

人生如白驹之过隙，所为好富贵者，不过欲多积金钱，厚自娱乐，使子孙无贫乏耳。尔曹何不释去兵权，出守大藩，择便好田宅市之，为子孙立永远不可动之业。多置歌儿舞女，日饮酒相欢以终其天年！我且与尔曹约为婚姻，君臣之间，两无猜疑，上下相安，不亦善乎！

的确，贵为宰相的晏殊也如宋初这些被"优待"的臣子一样，过着歌儿舞女的生活。他每有佳客必留，亦必以歌乐相佐，谈笑杂出，甚至未尝一日不宴饮。但晏殊的生活，如果只是朝则赋诗习射，暮则赏花钓鱼，试问有何可堪称道之处耶？

晏殊虽位极人臣，荣华富贵自不待言，但值得称道之处至少有三点：

一是他并不学那些官居要位的大老虎们，如宋徽宗时官封宰相公侯却贪得无厌的蔡京。晏殊不像蔡京那样对皇帝说"不必拘泥流俗，应该竭尽四海九州的财力来满足自己享乐"，而是终其一生俭朴守身，以至于无余钱游玩宴饮，死后被贼人盗墓却唯有陶砖烂瓦可取，清廉如此，令人感喟。

二是作为手握重权的达官显宦，他的门生故吏遍布天下，当时的王安石、欧阳修、范仲淹等人都是出自他的门下，也对他的清雅人品极为赞慕。执掌宰辅之位十余年的晏殊，也颇受真宗、仁宗二帝的信任，帝每有疑难，事无巨细，都以手写纸条，向殊请教，以至真宗逝后，宫中清点晏殊答奏，竟达八十卷之多。为官之余，晏殊还以至诚之心创办学院，培养人才，是自五代以来大开教育先河之人。一生所作所为，实在令人敬仰。

三是作为一个词人，晏殊所写之词毫无一点鄙俗气，无一点纤佻气，这是我对这个生于荣华富贵之中的词人最惊讶的地方。他本人发明了一种"华丽而不绮靡"的词作风格，说："（余）每咏富贵，不言金玉锦绣，而惟说气象。"

燕子来时新社，梨花落后清明。池上碧苔三四点，叶底黄鹂一两声，日长飞絮轻。

巧笑东邻女伴，采桑径里逢迎。疑怪昨宵春梦好，元是今朝斗草赢，笑从双脸生。

这首《破阵子》写了一位天真可爱的村姑，在春暮夏初的时节笑嘻嘻地走在桑田小路上。她刚刚在晨光烂漫的草丛中与伙伴们斗赢了草，正沉浸在得了彩头的兴奋中，忽然又想起了昨天夜里做的那场好梦，以为那原来是"斗草赢"的兆头，脸上又飞起了笑容。

这也是一个"圆"的场景。我们常常会在街头院落看到这样的景象：一个不到十岁的孩子，浪悠悠地自说自话，自干自事，周围人来人往，车去车来，他却毫不以为然，两个小鼻孔里呼呼地冒着热气，一双圆眼睛中发出纯净如水的光泽。这样的神态，在十岁以上的孩子脸上是罕见的，更别说是年岁较长的大人了。

《破阵子》中的这个小孩，最多也不过十岁的样子，她的声音，也如那"叶底黄鹂一两声"般活泼，她的步态，也如那"日长飞絮轻"般自在。这种自得其乐的快乐很少有大人能体会到，不过古代也不乏心嬉如童的文人，如陶渊明、苏东坡、黄庭坚都是情性近于稚童者也。他们的生活，也给人一种优美、匀称、平和、柔润、不偏激、无棱角的感觉，亦即"圆的感觉"。

"圆"的美，犹如一块温润典雅的玉，微茫内敛，潜含深蕴，淡泊绵渺，读晏殊的词，就是这样的感受。晏殊做人没有什么棱角，如珠似玉，填词也同样如此。他的两首《浣溪沙》，都写在暮春时节，读来却毫无伤春之喟。

他没有像李璟那样诉说"多少泪珠何限恨，倚阑干"之愁，没有像李煜那样道出"林花谢了春红，太匆匆"的无奈，也没有像冯延巳那样"日日花前常病酒，不辞镜里朱颜瘦"，而是感性与理性并重地看待这暮春时节的这一切变幻，叶嘉莹先生将这种态度叫"圆融的观照"。

一曲新词酒一杯，去年天气旧亭台。夕阳西下几时回？

无可奈何花落去,似曾相识燕归来。小园香径独徘徊。

一向年光有限身,等闲离别易销魂,酒筵歌席莫辞频。
满目山河空念远,落花风雨更伤春,不如怜取眼前人。

(《浣溪沙》)

　　同样是喝酒,没有滥饮狂歌,没有借酒浇愁,而是唱一句曲儿饮一杯酒,颇有文艺小资的风范,却是一位很有思想深度的资深文艺青年。夕阳西下,他没有像李商隐那样悲观地说,"夕阳无限好,只是近黄昏",而是问道:"夕阳西下几时回?"他内心对生命的轮回无任何悲哀之意,只有一种理性的向往。花落了,是无可奈何的事情,但是到明年春日,似曾相识的春燕又会如期归来,不妨闲庭信步,在暮春落花的香韵里徘徊等待着来年的美好时光。

　　面对时光变迁,他是如此,对于亲友离别,也莫不如斯。他说,与其因离愁别绪而失魂落魄,不如于酒筵歌席之间畅快淋漓地纵情酣饮,与其在落花风雨中暗自伤春,不如活在当下,珍惜眼前的人与事。

　　这是我对晏殊两首《浣溪沙》的解读,与传统的解读有所不同。传统的眼观下,只看到"无可奈何花落去"和"落花风雨更伤春",而忽略了"似曾相识燕归来"和"不如怜取眼前人",显然有断章取义之嫌。

　　大凡要读懂一首词,定要洞察这个执笔人的心意。晏殊这个人,天真直率,矜己温和,虽生于富贵之中,却一向俭省若寒士,为官一生,时刻以儒雅示人,毫无咄咄逼人之语。《中庸》中说:"喜怒哀乐之未发,谓之中。发而皆中节,谓之和。"按照这个标准,晏殊是绝对符合"中和"二字的,可以称之为一个"温润如玉的君子"。

　　君子之美,在于文质彬彬,不温不火,张弛有度。晏殊为人事事圆融,作词也力求圆融之境。《浣溪沙》的写法如此,他的笔下,外界的万事万物皆归于本心，达到物质世界和精神世界的圆满融合。春花之开谢，于他来讲乃自然常理，故也无须内自徒伤。作为一位心性通明的词人，他所能做的，即是淡看闲观，在一个周而复始、循环不已的圆圈中思考着生命。

后来的苏东坡也是如此。他在贬至黄州的第三个春天走在沙湖道上，途中不幸遇到了大雨，当同行者皆觉狼狈不堪时，他独不觉，而是视之为一种意外之得，无常之有，享受这一天赐的遭遇，还写了一首《定风波》：

莫听穿林打叶声，何妨吟啸且徐行。竹杖芒鞋轻胜马，谁怕？一蓑烟雨任平生。

料峭春风吹酒醒，微冷，山头斜照却相迎。回首向来萧瑟处，归去，也无风雨也无晴。

定住风波的，则是一颗不以物喜，不以己悲的圆融之心。苏轼被贬黄州，早已经历了一段身陷囹圄的煎熬日子，有幸被赦免死罪，已经是天赐的福报了。从仕途济济到人生低谷，于外人看来似乎足够坎坷，于苏轼却是死里逃生的转折。一场突如其来的雨，就如人生中无常的风云，只要以一颗不嗔不喜的心看待它，处处皆可得精神自由，自然圆满的人生。

拥有一颗圆融之心的人，总能看到万物阴阳消长、循环不止的变化之道。在自然界中，日往则月来，月往则日来，日月相推而明生焉。寒往则暑来，暑往则寒来，寒暑相推而岁成焉。这是自然界的道理，在人事上，何尝又不是如此？

既然天道之运行呈现一个"圆态"，人生在世，变幻无穷，却终究逃不出这个圆去。所以，读晏殊的词，常常可以发现他善于捕捉动中之静，他也不深陷于愁思宛转中，而是时时以理自解。

红笺小字，说尽平生意。鸿雁在云鱼在水，惆怅此情难寄！

斜阳独倚西楼，遥山恰对帘钩。人面不知何处，绿波依旧东流。

这首《清平乐》，写给一位友人，也是寄语相思。以鱼雁传书，偏是寄不得。只能独倚西楼，恰对帘钩。水悠悠地流，时光缓缓地过，一切都照常如旧。这种静态的情感处理方法，在古诗词中甚为少见。

温庭筠写相思："过尽千帆皆不是，斜晖脉脉水悠悠。肠断白蘋洲。"虽也以水寄情，却是以"肠断"而告终，置人于凄恻迷离中。晏殊的"人面不知何处，绿波依旧东流"读完，竟然有种身心通畅之感，就如读他的"小园香径独徘徊"一样。他总是以一句最普通、最自然、最平静的话语结束，让我们感知领悟到：人世间所有过分的情感，都是空念。莫执迷于一切无常的变化之中，莫为之烦恼悲哀。

在晏殊这里，生命不是一堆柴火，火苗太旺，便有了乌烟瘴气。生命当如一丸晶莹剔透、表里澄澈的珠玉，清坚深圆，浑美流转，与所有生生不息的万物一起，在宇宙中永不停歇地缠绕、回旋。

二十六、范仲淹：先生之风，山高水长

"云山苍苍，江水泱泱。先生之风，山高水长。"

这句话最初出自范仲淹的手笔，赞叹严子陵的高风亮节。

严子陵是东汉名士，也是东汉光武帝刘秀的道义之交（灵魂知己）。作为在中国历朝开国帝王中唯一可以与梁武帝萧衍相比肩的"学者型皇帝"，刘秀在学时就曾与南阳人严子陵日来共参奥旨，夜来抵足而眠。

后来刘秀登极称帝，三顾在乱世归隐的严子陵，岂料子陵假寐不起，效法尧时的巢由，却被刘秀强请入朝，置住于深宅，仍不行君臣之礼，不与显贵来往。襟怀宽广的刘秀毫不介意，请他入宫同床而卧，促膝谈至深夜，而严子陵狂人故态，竟在熟睡时将大腿压在皇帝身上。当朝钦天官惊觉此事，面禀"客星冲犯帝座"云云，而刘秀毫无愠怒之态，索性放严子陵归山隐逸，全了他的逍遥好梦。

隐居在山的严子陵并未像巢父、许由那样一味求全保节，而是求真采药，为人消灾祛病，时人敬称作"严子爷"。

范仲淹出任睦州太守时，建造祠堂祭奠严子陵。祠堂建成之后，写了一篇《严先生祠堂记》，于是就有了"云山苍苍，江水泱泱。先生之风，山高水长"这首短歌。

在范仲淹看来，严子陵当得起"先生"二字，因为他的风貌比山还高，比江还长。据我看来，范仲淹先生的境界，也完全当得起这句："云山苍苍，江水泱泱。先生之风，山高水长。"

且看后人对范公的评价。

公每以天下为己任。（欧阳修）

一世之师，由初起终，名节无疵。（王安石）

经天纬地，绝后空前。（苏轼）

论宋朝人物，以范仲淹为第一。（吕中）

千百年间，概不一二见。（元好问）

宋亡，范公不亡也。（李贽）

行求无愧于圣贤，学求有济于天下，古之所谓大儒者，不过如此。（纪晓岚）

有人说："范文正，这仨字儿就够了。""文正"是什么意思呢？《史记·谥法解》载："经天纬地曰文，道德博闻曰文，学勤好问曰文，慈惠爱民曰文"，"内外宾服曰正"……"文正"被司马光称为"谥之美极，无以复加"。是古往今来文人道德的极致。在范仲淹谥号文正之后的朝代，所有的文臣无不以"文正"为终生奋斗目标，"文正"成了对文臣最高意义的褒奖。梁启超曾说："五千年来历史中立德立功立言者只有两人：范仲淹和曾国藩。"这二人，死后都被谥为"文正"。

为什么获谥"文正"？范仲淹有文为证：《岳阳楼记》。在《岳阳楼记》中，范仲淹说自己"尝求古仁人之心，或异二者之为，何哉？不以物喜，不以己悲；居庙堂之高则忧其民；处江湖之远则忧其君。是进亦忧，退亦忧。然则何时而乐耶？其必曰'先天下之忧而忧，后天下之乐而乐乎。'"这样的境界，这样的手笔，却是写在范仲淹发起短暂的"庆历新政"这场政治改革刚刚失败之后。彼时的范仲淹在邓州做官，但他的心境却是"不以物喜，不以己悲"，他的态度却是"先天下之忧而忧，后天下之乐而乐"，大有杜甫当年流落于西南天地之间时书写的《茅屋为秋风所破歌》之风范。《岳阳楼记》至今读来仍是中国古代文学作品中的一流手笔，可谓奠定了中国北宋后文人的价值观。范仲淹为人做官，也与《岳阳楼记》中所写如出一辙。

范仲淹及第后，本在地方为官，因一封奏请改革吏治的万言书——

《上执政书》而被征召入京，深受嘉赏。入京后的范仲淹不满章献太后（宋真宗章献皇后）辅政，以耿直之个性频频上书，一片忠心让仁宗甚为感佩。太后驾崩后，仁宗即召范仲淹入京，拜为右司谏。范公司谏期间，开封府肃然称治，时谓：朝廷无忧有范君，京师无事有希文（范仲淹字）。

范公五十二岁时，西北边境的西夏咄咄逼人，因此奉调西北前线，担任边防副使。于时，他亲手培养了一批强悍敢战的士兵，西北战线固若金汤，夏人不敢犯。西北边陲谣曰："军中有一范，西贼闻之惊破胆。"为此，西夏人赠名"小范老子"，说"小范老子胸中有十万甲兵"。直到北宋末年，这支军队仍是宋朝的一支劲旅。

中国历史上文武双全的知识分子不少，但二者皆能做到顶尖的却寥寥无几，而范仲淹就是这样的一位典型。不管在朝主政、出帅戍边，是传道授业还是为情造文，范仲淹可谓都做到了极致。

论及其人品精神，更是无可挑剔，让人不得不瞻仰。一生投身于文、武、政、学中，乃至晚年，犹是田园未立，居无定所，这样的人不配被谥为"文正"，谁配呢？

范仲淹一生留下来的知名词句，除了这句"云山苍苍，江水泱泱。先生之风，山高水长"，还有"宁鸣而死，不默而生"；"不以物喜，不以己悲"；"居庙堂之高则忧其民，处江湖之远则忧其君"；"先天下之忧而忧，后天下之乐而乐"，其中任何一句都可以拿来作为终身座右铭。

而范仲淹一生最值得人称道之处，则是他的"先天下之忧而忧，后天下之乐而乐"的精神风范。这并不是一句空喊无凭的口号，它刻在了范公一生所经行之处。

因之，我们以为范仲淹的身上流淌着孟子的"浩然之气"，无论读他的诗词，还是观他的人生，这种浩然之气无时无刻不让人心下沸腾。

试看范仲淹，从早年的一无所有，到寒窗苦读进士及第。为官期间，他治堰、兴学，居庙堂之高时则谏言佐政，一朝被贬而处江湖之远仍不改忧国忧民本色。他活得不像晏殊那样明哲保身，不像欧阳修那样甘心遣玩，而是自始至终一副"鞠躬尽瘁，死而后已"的姿态。

纵观古来任何一朝的文人，大部分都是春风得意之时锐意进取，而一旦遭遇贬谪，则心灰意冷，投身佛道，只求清静逍遥。而范仲淹的一生，却是古代诸多文人中的异类。无论得意失意，他都不改初衷，始终如一。

通达磊落，也许就是范仲淹的"浩然之气"。这股浩然之气，让他在身处任何一个位置都心安理得，忘却心外之物，一心只缘督而行。

塞下秋来风景异，衡阳雁去无留意。四面边声连角起，千嶂里，长烟落日孤城闭。

浊酒一杯家万里，燕然未勒归无计。羌管悠悠霜满地，人不寐，将军白发征夫泪。

今天，当我们读到范公在镇守西北边疆期间所作的《渔家傲》，读着"羌管悠悠霜满地。人不寐，将军白发征夫泪"，是否也想起了《黍离》中的那句："知我者谓我心忧，不知我者谓我何求？"但这样的忧，这样的泪，天下又有几人能懂？

二十七、柳永：一位纵情真性的才子

在宋代，柳永算是上是一位顶级的风流才子。

柳永出身书香门第，自小接受正统教育。他的父亲柳宜有三子，长子三复，次子三接，幼子三变，柳永为幼子。其中，长子和幼子的名出自《论语》，"三复"意在望子每日书读三遍，"三变"意在望子如君子有三变：望之俨然，即之也温，听其言也厉。"三接"则出自《易经》，意在望子一天被皇帝接见三次。这三兄弟，都个个才如其名，中了进士，被人称作"柳氏三绝"。

但其实，柳永在中进士之前曾先后落第四次，考中时已是年过半百，与其他二兄相比，命运十分落魄。其实，琴、棋、书、画无所不通的柳才子初试时是踌躇满志的，在入汴京赴试之前曾因迷恋湖山佳色和市井繁华而滞留于苏杭一带，沉醉于听歌买笑的浪荡生活，在临行之前夸下海口，此去"定然魁甲登高第"，不期最恶浮糜文辞的宋真宗早前对他所作的《望海潮》之类词曲略有耳闻，故而严厉谴责，导致柳永在初试之中便辙乱旗靡，以落第而告终。

愤慨之下，柳永信笔写就《鹤冲天》：

黄金榜上。偶失龙头望。明代暂遗贤，如何向。未遂风云便，争不恣狂荡。何须论得丧。才子词人，自是白衣卿相。

烟花巷陌，依约丹青屏障。幸有意中人，堪寻访。且恁偎红倚翠，风流事、平生畅。青春都一饷。忍把浮名，换了浅斟低唱。

这首《鹤冲天》，是柳永人生态度的宣言。只那一句："且恁偎红翠，风流事、平生畅。青春都一饷。忍把浮名，换了浅斟低唱。"就活现出了一位纵情真性的风流才子形象。这首词虽好，却让柳永在初试落第后两次受到皇帝的"特殊待遇"。

原来，这首《鹤冲天》甫一写出，闻名都中，一时间传到了宋仁宗的耳中。在临轩放榜时，仁宗特意让柳永落第，曰："且去浅斟低唱，何要浮名？"从此，柳永举着"奉旨填词柳三变"的招牌出入秦楼楚馆，穿花走柳，东京多少名伎，个个以得见他为荣。其时盛传，不识柳七者为下品，又有伎家口号云：

不愿穿绫罗，愿依柳七哥；
不愿君王召，愿得柳七叫；
不愿千黄金，愿中柳七心；
不愿神仙见，愿识柳七面。

按说，流连于秦楼楚馆中的文人不胜其数，但为何舞女歌伎唯独愿为柳七之拥趸？其中的原因，恰恰是柳永千百年来为人所称道的地方。

人人以为风流才子便是纵情恣欲、能书会墨之人，岂不知风流并非谁人都可以做到的，风流是一种高贵的品质。所谓"气之动为风，水之行为流"，风能教泽众生，流能化沛天下，风流是自古以来圣人君子最期待达到的精神境界。直到明代，《菜根谭》还以"能本色"对"真风流"。袁宏以"风流"嘉许诸葛亮，是因为他虽戎服莅事，犹自遐想管乐，远明风流，时时有隐耕咏歌，抱膝长啸的举止。再到魏晋，风流之士就更不胜枚举了。

学者冯友兰曾撰《论风流》，说"风流之人，一须有玄心；二须有洞见；三须有妙赏；四须有深情"，可见，风流是一种很美的品质。而在这四点之中，以深情为最。真正风流的人是深情的。他的深情，不仅对于自我的人生，还朝向宇宙万物。他看到翳然林木，便有濠梁之想，见到鸟兽鱼虫，皆引为知己亲人。

柳永的风流，便是如此。他醉生于秦楼楚馆之中，梦死于舞女歌伎之间，却绝不是转身便翻脸无情的达官显贵们。达官显贵们，沉迷于笙歌舞袖的时候一副禽兽态，回到殿堂公馆时便伪装成正人君子，这样的双面人，最为可憎。柳永值得称道处，在于他始终都是一副温柔相，他没有伪装，是真情、真爱、真面目，所以，那些本来缺少人间关爱的舞女歌伎们也自然愿意与他"换你心，为我心"，认他作知己。

柳永在第四次落第后，为情人写了一首《雨霖铃》：

寒蝉凄切，对长亭晚，骤雨初歇。都门帐饮无绪，留恋处，兰舟催发。执手相看泪眼，竟无语凝噎。念去去，千里烟波，暮霭沉沉楚天阔。

多情自古伤离别，更那堪，冷落清秋节！今宵酒醒何处？杨柳岸，晓风残月。此去经年，应是良辰好景虚设。便纵有千种风情，更与何人说？

这首词是柳永作为一个男子汉，以男子的口吻（一脱唐末的女人腔调）写的"情词"。虽是情词，无一丝忸怩作态，无一句浮艳语。字字读来，只觉肝胆情切，与李商隐的"相见时难别亦难，东风无力百花残"有过之而无不及。

清末词评家王国维不解这种风流，只云"屯田（柳永，以屯田员外郎致仕，故称'柳屯田'）轻薄子，但能道'奶奶兰心蕙性'耳"。想及柳永听闻，不知作何伤心之态？世人论及柳永词，都有鄙俗之语，以为这位北宋词坛最耀眼的明星只不过是妓人捧红的风流浪子，云何"有井水处，必歌柳词"或是"上风流冢吊柳七"之语，以作饭后茶余之谈资笑饵。

但读罢柳永的："驱驱行役，苒苒光阴，蝇头利禄，蜗角功名，毕竟成何事，漫相高。""醉乡归处，须尽兴、满酌高吟。向此免、名缰利锁，虚费光阴。"方知道，他才是早已悟透人生的那个人。正因为有了风流之人的"玄心洞见"，他才能在人生辗转中始终保持着本心底处的"妙赏深情"。

我还以为，柳永除了是个真正的风流才子之外，还是一位"亦余心之所善兮，虽九死而犹未悔"的谦谦君子。他在四次落第之后并非像其他郁郁文人一般失去进取之心，而是在悟透了"富贵岂由人"之后犹然"时会高志须酬"。这种心境，让他成为一个勇于上进的叛逆者，终于在年届五旬时博得功名，虽如此，他仍然在命运无常中马不停蹄地歌咏着人间物华。正如这首《八声甘州》：

对潇潇暮雨洒江天，一番洗清秋。渐霜风凄紧，关河冷落，残照当楼。是处红衰翠减，苒苒物华休。唯有长江水，无语东流。

不忍登高临远，望故乡渺邈，归思难收。叹年来踪迹，何事苦淹留？想佳人，妆楼颙望，误几回、天际识归舟。争知我，倚栏杆处，正恁凝愁！

世间还是有解柳永风情之人，比如苏东坡。他读罢这首《八声甘州》，这样赞许柳永："人皆言柳耆卿俗，然如'渐霜风凄紧，关河冷落，残照当楼'，唐人高处，不过如此。"

好一句："唐人高处，不过如此！"尤其是那句："是处红衰翠减，苒苒物华休。唯有长江水，无语东流。"勾勒出了一个胸次悠然、与天地精神上下同流往来的柳永。

柳永与坦腹东床的王羲之、携妓入山的谢安、眠邻妇侧的阮籍相比，或许更得风流的本质。他看着万物都在无常之中演变，知道了万物在变化中各得其所，是世间最高的乐处，也是人生最高层次的风流。

二十八、苏东坡：一位天才诗人的多舛命运

（一）没有黄州，便没有苏东坡

也是在一个早春时节，四十五岁的苏轼因乌台诗案，携妻带子从繁华的汴京都城来到了远在湖北黄州的一个荒凉小镇。

一行人顶着风雪艰难地走在贬谪途中，到了春风岭的时候，一座古寺出现在眼前。只见山谷里寺宇参差错落，宝塔巍然耸立，松竹小径迂回伸展，漫山的松柏，在风打雪压下更见其不屈的风骨，山坡上簇簇傲寒绽放的红梅，引发了他的诗情，于是写下了《梅花二首》：

春来幽谷水潺潺，的皪梅花草棘间；一夜东风吹石裂，半随飞雪渡关山。

何人把酒慰深幽，开自无聊落更愁；幸有清溪三百曲，不辞相送到黄州。

字里行间的苏轼，仿佛并不悲观，他没有在猎猎寒风中孤芳自赏，没有深恨如花般不幸的命运，没有魂落清溪，相反地，他意识到了人生不幸之中的大幸。也许是缘于不惑之年的一种精神自觉，同样在流放途中的苏轼和那一年刚"卸甲归田"的陶渊明一样，心中升起了"久在樊笼里，复得返自然"的自由畅想，也如同同样在当年春天被流放夜郎的李白，写下《早发白帝城》的诗篇。

的确，摆脱官宦樊笼而得珍贵的自由何尝不是人之大幸呢？

这漫长而痛苦的流放之路上,苏轼终于通达了,清醒了,他在长叹一声之后,无奈而又不无希冀地敞开胸襟,向新的人生道路迈去。

夜饮东坡醒复醉,归来仿佛三更。家童鼻息已雷鸣。敲门都不应,倚杖听江声。
　　长恨此身非我有,何时忘却营营。夜阑风静縠纹平。小舟从此逝,江海寄余生。

(《临江仙》)

缺月挂疏桐,漏断人初静。谁见幽人独往来,缥缈孤鸿影。
　　惊起却回头,有恨无人省。拣尽寒枝不肯栖,寂寞沙洲冷。

(《卜算子》)

《临江仙》和《卜算子》照见了一个悲观透顶的苏轼,一个初来乍到饱尝饥寒之忧的苏轼。孤独的他,时常自拄竹杖踱至江边,看着江水的上下翻腾,他回顾着自己的人生起伏:

从高朋满座到亲散友离,从聚众宴饮到对月独酌,从往来酬唱到清诗自吟,从餐饭鱼脍到布衣蔬食,从青云之上瞬间跌入尘泥之中。

他,也从一个达人变成了幽人。除了策杖江边,望云涛渺然,他还钓鱼采药与渔樵杂处。团练副使,一个连居处都无以谋的卑微小官,只能寓居古刹:定惠院中。

在这期间,他随僧蔬食,灰心杜口,从不拜访他人。有时寻溪傍谷、钓鱼采药,有时扁舟草履、放棹江上,有时与渔樵杂处,有时为醉人推骂,也罢,也许渐不为人所识是人生之中值得自喜的一件事吧。

那个当初满腹经纶无一句不尚谈国事的儒士呢?他像当年自忖"道不成,乘桴浮于海"的孔夫子一样,读《易》,韦编三绝,说出"加我数年,五十以学易,可以无大过矣"的话。

他学孔子，续其父未竟之作《易传》，著述《论语说》，以示"穷不忘道，老而能学"之志。有时候，无公务缠身也是人生的一种莫大的幸福。既然已经"泯然众人"矣，不如就安安心心做一个万事无挂于心的众人。他开辟菜园，命名"东坡"，自筑茅庐，题为"雪堂"，甚至亲自下厨，做各色美食。那首流传至今的《猪肉颂》，便活现出一个在人生谷底依旧嬉笑如常的苏东坡。

> 净洗铛，少著水，柴头罨烟焰不起。
> 待他自熟莫催他，火候足时他自美。
> 黄州好猪肉，价贱如泥土。
> 贵者不肯吃，贫者不解煮。
> 早晨起来打两碗，饱得自家君莫管。

饱食一顿，畅饮数杯，大醉之后的他则被酒行歌，放杖醉偃。绿草如茵，是他的块枕；临皋清宴，是他的天堂；团团素月，是他的知己；坠露湿衣，是他的欣遇。酒醒了，便蹶然而起，当着月明星稀，唱一首《归去来兮辞》的歌。

> 归去来兮，田园将芜胡不归？
> 既自以心为形役，奚惆怅而独悲！
> 悟已往之不谏，知来者之可追；
> 实迷途其未远，觉今是而昨非。
> 舟遥遥以轻飏，风飘飘而吹衣。
> 问征夫以前路，恨晨光之熹微。

这样的幸事，不过偶然为之。更多的时候，他约上几个好友，与之共泛轻舟，游于赤壁之下而已。或举酒属客，诵明月之诗，歌窈窕之章；

或饮酒乐甚，扣舷而自歌之。

于是，酒与月成了他的真知己。可以无功名利禄，但不可无琼浆玉液，就算穷到了骨头里，也要待春来时候，酿一瓮袅袅生香的好酒。清光活转，银瓶乍泻，好过了世间的悠悠万事。

四年多的时日里，他去得最多的地方，当数赤壁了。那白露横江，水光接天的光景，让他直生出"浩浩乎如冯虚御风，而不知其所止；飘飘乎如遗世独立，羽化而登仙"的幻觉。

有江水，有明月，有天地，有一个孤独却放空的自我。这个自我，与天地间的所有，共同构成了造物之宝藏。

实在应该感谢当日的"乌台诗案"，送他到人生的巅峰。离开了黄州的苏轼，再也写不出黄州的诗，做不出黄州的文，酿不了黄州的酒，在这个难以逾越的至高点上，他可谓是历尽了人生的亿万种欢愉之事。

离开黄州时的苏东坡，已经年近知命，走出大半生涯，归来仍是少年。与其说，苏轼点亮了一个黯淡的黄州，不如说，黄州成就了一个世间少有的苏东坡。没有黄州，便没有苏东坡。

（二）一位乐观的悲观主义者

我曾问过很多人这个问题："苏轼是怎么样的一个人？"得到最多的是这个答案："一个发明了'东坡肉'的人。"譬如提到屈原，就自然想到粽子；谈到张翰，就满脑子鲈鱼莼菜；说到汪曾祺，则满嘴噙香。娱乐与美食并重的时代里，谁不识得苏轼是一位地地道道的"老饕"呢？

在商品经济的大环境下，每个人都是苏轼的消费者。苏轼是怎么样一个人？我们完全可以凭一己之好来界定，给他贴标签。在我这里，苏轼最初是人生导师，再而是知己，后来是一个矛盾体，而今看苏轼，颇像自己的一面镜子，或是一个影子。

每每和文友或学生谈起苏轼，都有种"剪不断、理还乱"的感觉。苏轼的人生也好，作品也好，都似乎不循着经纬走。在局外人看来，苏轼不就如语文课本上所说，是一个乐观旷达的人吗？但越进入苏轼的人生，越不敢张口胡来。

王国维作为一个客观的学人，应该甚有资格说话。他评道："三代以下诗人，无过于屈子、渊明、子美、子瞻者。"这四个人无论是在中国文学史上，还是在世界文学舞台上，都不可忽略。若说屈子怨、渊明隐、子美郁，那么子瞻又作何讲呢？

子瞻既非入世亦不出世，既不是悲观主义者，又弗为乐观主义者，思前想后，很难找到一个标签贴在苏东坡的身上。苏东坡自己说，词可"自成一家"，其实，他的人生也足以自成一家。

他不是什么文学家、哲学家，也并非后人所附会的美食家、医药家，他一个人自成一家，是一个圆融的矛盾体，一个雅中俗者，一个乐观的悲观主义者。

苏东坡在世时，为自己写了一个短小精悍的人生简历：

心似已灰之木，身如不系之舟。
问汝平生功业，黄州惠州儋州。

以俗眼观，黄州、惠州、儋州是苏轼的"伤疤"，是"蒙羞之地"，是不提也罢的人生痛处。但苏轼不以为然。这三个地方，他每到一处，都在身体和精神上脱了一层皮，如"夏蝉之脱蜕"一样。本着"塞翁失马，焉知非福"的人生观，他在悲观主义的渊薮里，种出了乐观主义的花朵。

以叔本华之哲学观而论，苏轼的人生，像是一圈没有终点的铺满炽热火炭的环形跑道，他绕着跑道一圈又一圈地奔跑着，双脚踩在炽热的火炭上面，但却丝毫不停下脚步。因为，他心想着，在跑道中间兴许有几处清凉的落脚点，足可被看作是一个个幸福的终点。

在遭遇不幸的时候，苏轼也并不完全绝灭内心的希望。相反地，他对惨淡无比的人生有一种积极的回应。

在黄州，他开垦了一片荒地，名之曰"东坡"，并在东坡的不远处，筑造了一座茅屋，名之曰"雪堂"。世事萦怀，却有东坡雪堂可以栖息，人生如此，何乐而不为？

在惠州，他自称"岭南人"。烟瘴弥漫的荒蛮之地竟成了一个"洞天福地"。朝中人皆以为他的人生沉到了谷底，他却自诩乐不思蜀的世外神仙，说"试问岭南应不好？却道，此心安处是吾乡"。

在儋州，他自称"儋耳人"。虽早已白发萧萧，老病缠身，仍不妨他把生活过得真实而鲜活。诚如苏轼自言："上可以陪玉皇大帝，下可以陪卑田院乞儿。"他既可做得一个高不可攀的圣人，亦可做得一个极接地气的庶人。

鲁迅曾说："真的猛士，敢于直面惨淡的人生，敢于正视淋漓的鲜血。"这是怎样的哀痛者和幸福者？苏子瞻最可贵的地方，也正在于他能够在极度哀痛中看到幸福的曙光。

尽管他曾一度有"小舟从此逝，江海寄余生"的想法，却终究没有像所谓看破人生的那些人一样，或避世、或麻木、或萎靡、抑或干脆自杀了事。

苏洵在他的《名二子说》中早已断言：与车上的轮辐盖轸比起来，轼（横木）好像"无所为者"，但一辆车如果没有了轼，那就不再完整。轼儿，我很是担心你不会隐藏自己的锋芒。

苏东坡的人生轨迹早已暗含在他的名字中。名"轼"的苏东坡洒脱不羁，而字"子瞻"的苏东坡也高瞻远瞩。的确，他矛盾而不失圆融，圆融又充满矛盾，在他的人生面前，我只能哑口无言了。

我曾以为，苏东坡在哲学上的境界，可与东方之庄子，西方之叔本华比肩并论。与庄子一样，苏东坡本来就是一个"无所为者"。他说，人生本不过是一个过场，不必缠身于蜗角虚名和蝇头微利，且趁着身闲人未老，对着一张琴、一壶酒和一溪云乐尽天真。

在谪居黄州时，他或顶着一蓑烟雨，唱道"也无风雨也无晴"；或趁着清风徐来，叹道"寄蜉蝣于天地，渺沧海之一粟"；或饮着一盏清酒，吟道"世事一场大梦，人生几度秋凉？"

走惯了无数个悲剧的过场后，他俨然愈来愈像庄子。

清人胡文英在其《庄子独见》中说："庄子眼极冷，心肠极热。眼冷，故是非不管；心肠热，故感慨万千。虽知无用，而未能忘情，到底是热肠挂住，虽不能忘情，而终不能下手，到底冷眼看穿。"这句话何尝不适用于苏东坡呢？

尽管苏轼一度曾说"我即渊明，渊明即我"，他却无渊明之任性。他做不到"不如归去"，故而时常将渊明藏于袖筒，不忍卒读。到底，他是一个放不下的人。

他始终活在欲望之终与厌倦之端的交际之处。以叔本华的准绳来度，苏轼是不折不扣的幸福者，也是一个千真万确的哀痛者。

在他人生处于苦难之谷底时，他又愿意从另一个角度辩证地看到其中的希冀。正如：

横看成岭侧成峰，远近高低各不同。
不识庐山真面目，只缘身在此山中。

苏轼就像一座布满了峰岭丘壑的山，一座雾霭重重的迷宫。我们绞尽脑汁、跌跌撞撞，也无从读懂他的人生，就如我们永远也无法谙透生命的真谛一样。也许，苏轼让我们无比着迷的地方也在于此，他把人这个复杂而矛盾的生命体演绎得淋漓尽致。在他的身上，我们看到了人生的明与暗、情与理、出与入、悲与喜、得与失、进与退……

（三）谁说苏东坡不懂音乐？

苏东坡之才情名声，实在是无须再过多渲染了。不妨借用林语堂的一段话："苏东坡是一个无可救药的乐天派，一个伟大的人道主义者，一个百姓的朋友，一个大文豪、大书法家、创新的画家、造酒试验家，一个工程师，一个憎恨清教徒主义的人，一位瑜伽修行者佛教徒、巨儒政治家，一个皇帝的秘书、酒仙、厚道的法官，一位在政治上专唱反调的人，一个月夜徘徊者，一个诗人，一个小丑。但是这还不足以道出苏东坡的全部……苏东坡比中国其他的诗人更具有多面性天才的丰富感、变化感和幽默感，智能优异，心灵却像天真的小孩——这种混合等于耶稣所谓蛇的智慧加上鸽子的温文。"

直至一千年以后，时下还流行着一股"东坡热"。人们不遗余力地挖掘着这个文人所留下来的所有价值，苏东坡也因此赢得了不少美好的标签：文学家、政治家、书法家、画家、音乐家、养生家、医学家、佛学家、美食家……

如此观来，苏东坡真是几千年难得一见的"完人"。但是，再完美的人，身上也有瑕疵。苏东坡最为人诟病的地方就是他的词"不谐音律"。

这一观点来源于李清照的《词论》，成文时苏东坡早已作古。在李清照看来，苏东坡的学问虽然像神仙一样深不可测，但他的词却读不得、唱不得。论理来说，词是诗余，历来被人视为小道，苏东坡既然能学际天人，作词对他来说就如"以瓢取水"一样简单，但他的词却不谐音律。

这是为何呢？李清照说：诗只分平仄，而词却分五音、五声、六律、清浊轻重。一个人文章纵然绝伦如王安石，但若不懂词之音、声、律，恐怕作出来的词也唱不得，即使唱出来也定然沦为笑耳。

此言一出，有不少人为苏东坡鸣不平。李清照之师、苏东坡之大弟子晁补之第一个站出来说话："苏东坡词，人谓多不谐音律。然居士词横放杰出，自是曲子中缚不住者。"晁补之认为，词曲也难以缚住苏东坡的词，算是说了一句公道话。

最初听到"东坡词不谐音律"这一说法时，笔者想到了一个故事。

东坡在玉堂，有幕士善讴，因问：我词比柳词何如？

对曰：柳郎中词，只好十七八女孩儿，执红牙笏板，唱"杨柳岸，晓风残月"；学士词须关西大汉，执铁板，唱"大江东去"。公为之绝倒。

（俞文豹《吹剑续录》）

"大江东去"句出自苏东坡《念奴娇·赤壁怀古》词。

大江东去，浪淘尽，千古风流人物。故垒西边，人道是，三国周郎赤壁。乱石穿空，惊涛拍岸，卷起千堆雪。江山如画，一时多少豪杰。

遥想公瑾当年，小乔初嫁了，雄姿英发。羽扇纶巾，谈笑间，樯橹灰飞烟灭。故国神游，多情应笑我，早生华发。人生如梦，一尊还酹江月。

对东坡词爱不忍释的那段时间，笔者日读此词不下数十遍，几欲舌干唇裂，喉喑嗓哑，仍觉意犹未尽。后来床头案侧，无处不置东坡词，以为苏词竟丝毫无士大夫气，全可与曹孟德、李太白诗中气概相媲美也。

有好事者将《念奴娇》全词改为数个版本，虽字字句句合了声律，却有舍本求末之嫌。苏东坡词能够自成一家，就在于"不落窠臼"，而世间倚声填词者不如东坡处，输于"不能尽情"也。

若说苏东坡不擅音律而刻意避之，那更是不懂东坡之徒的狂言妄语。

宋人宴交，席间常有歌姬舞伎。苏东坡虽一生跌宕坎坷，却也曾闻达于诸侯，过惯了歌舞升平的生活。他一度在家蓄养歌舞伎数人，闲来则与其操琴共演。所有乐器中，他最喜琵琶，一生写过多首琵琶词。除此以外，苏轼的父亲苏洵古琴造诣颇深，所以，他从小就听惯了大弦小弦，以他的天赋领悟能力，焉能不懂音乐？

真正的爱乐者并不在意死板的弦声乐谱，就如陶渊明所云："但识琴中趣，何劳弦上声！"陶渊明平生也不解音声，却有一个癖好。每赋闲或会友时，席间置一"无弦琴"，兴之所至，抚之和之。

听罢这桩趣事，你一定天真地以为陶渊明不解宫、商、角、徵、羽，俨然一个乐盲而已。但后代的很多诗词文章大家都纷纷效之，如李白、王昌龄、白居易、苏轼、欧阳修。这些人中，哪一个不是音乐界登峰造极的行家里手？他们何以甘愿以其为深得琴道之人？

《菜根谭》中说了一句公道话：人解读有字书，不解读无字书；知弹有琴弦，不知弹无弦琴。以迹用不以神用，何以琴书佳趣？

只知依照乐律抚琴之人，就像只求合律而不求境界的诗人，就像只开药方而不事养生的医生，走偏了"道"罢了。

苏东坡坦然承认自己"平生不识宫与角"，因为他早已超越了物之束缚，达到了物我两忘的境界。早在《道德经》中，老子就已言明："大音希声。"庄子也曾说"至乐无乐"。看来，真正的高明的音乐不在于乐器，更不在于声律。

在苏东坡的心里，音律者，小道也。人若囿于乐律而不自知，才是真正的不识音乐者。苏东坡一生往来于儒道禅之间，深谙此中真味。所以，他虽自谦不识宫与角，却也能听得出"牛鸣盎中雉登木"。

他能做到这一点，也许还有一个我们不知道的事实。在闲暇之时，东坡常在家研究古琴的内里细节、构造、材质、音色。不仅拆琴，他还以琴为友，每日观琴、识琴、听琴、品琴、论琴、枕琴、梦琴……种种琴事，都告诉我们东坡爱琴几乎到了一个痴癫的地步。

如果说，苏东坡不懂音乐，那世间无人懂音乐矣。

爱琴如此，苏东坡在作词时已经不再满足于"倚声填词"，而是"依词创腔"。他不仅自谱词调，在家满怀深情地吟唱自己所写的《水龙吟》《江城子》和《阳关曲》等词作，而且还与当时著名的音乐家沈遵一起谱写了古琴曲《醉翁操》。

曲成之后，东坡遗憾无好词与之相成，于是自创一首，果然与词曲天生绝配。

琅然。清圆。谁弹。响空山。
无言。惟翁醉中知其天。
月明风露娟娟。人未眠。
荷蒉过山前。曰有心也哉此贤。
醉翁啸咏，声和流泉。
醉翁去后，空有朝吟夜怨。
山有时而童颠，水有时而回川。
思翁无岁年，翁今为飞仙。
此意在人间，试听徽外三两弦。

（《醉翁操》）

除了古琴、琵琶，他还喜听笛子、洞箫、笙、鼓、胡琴、古筝，这些乐器贯穿于他平生一百多首词作中，可见，他不仅知音乐，还精于此道。说苏东坡不懂音乐，岂不成了天下最大的笑话？

苏东坡深知，词是音乐与文化的产物。将词限定为"合乎曲调的花间小道"，那是目光短浅之人的看法，他绝不能苟同。

何谓"曲调"？《乐记》云："凡音之起，由人心生也，人心之动，物使之然也；感于物而动，故形于声；声相应，故生变，变成方，谓之音。"而何谓"词"？东坡以为，世间万物，无不可入于词，无不可言于词，故词能"自成一家"。

　　苏东坡能有此见悟,得益于他平生对儒、道、禅的融会贯通。儒家让他领略到"乐由心生";道家让他谙解了"无为之为";而禅家让他明白了"不修之修"。

　　尽管时隔千年,我们读到苏东坡词作时仍能如身置于无穷之境,感受到一股穿越了时空而来的巨大力量。想来,曲子缚不住的东坡词,时空也自然缚之不住。

二十九、张耒：最得东坡三昧者

张耒是"苏门四学士"里性格最接近苏轼的，他的情感和生活经历也与苏轼非常相似。

他少年得志，十五岁时开始游历华州，意气飞扬地骑在恶马上"腰稳如植身如飞"，十七岁时作《函关赋》就让人口耳相传了。意气风发的岁月和尽情的游历生活使他可以接触到各式人物，经历各种场面，促成了张耒洒脱性格的形成，激发了他远大的理想抱负。但张耒的生活也不总是顺心如意的。

他十九岁丧父，科举中第后不久牵扯进北宋党争当中，此后一直经历着一罢再罢的贬谪，直到六十一岁抑郁而终。

长期的贬谪生活，使张耒逐渐学会了以豁达的胸怀来对待人生的坎坷和痛苦。在张耒之前，他的老师苏轼就已经为他树立了很好的榜样。苏轼也多次被贬，但仕途的挫折并没有摧垮他，他以随缘自适的态度度过了重重的磨难。苏轼认为，"人生如逆旅，我亦是行人"，将谪居的苦闷升华到审美的境界，在困厄中寻出乐趣，在逆境中寻求解脱，用一种洒脱的心境看待一切。受苏轼的影响，张耒也以旷达的心胸随缘自适，以淡然的态度来对待自己的贬谪之苦。

在经历了功业不就的巨大内心痛苦之后，他终于做到了顾义自守，淡泊自如。越到晚年，张耒的心境越平淡，体现在诗歌创作上风格更为淡然。

南宋的杨万里和陆游也非常推崇张耒，杨万里在《读张文潜诗》中写道：

晚爱肥仙诗自然，何曾绣绘更琱镌。
春花秋月冬冰雪，不听陈玄只听天。

张耒这位"肥仙"，诗以"自然"著称，不用什么华丽的词藻、高超的技法，他就能将天地万物、春夏秋冬以诗笔勾勒而出。如杨万里所说，张耒的确是这样的诗人。他讲求本性的自然流露，他的诗中体现的是古人"天人合一"的审美境界。

张耒诗歌创作的"平易自然"，源于其取景与用语的明白如话、贴近生活。这些平常的景致和寻常的语言，在注入诗人丰富的自我情感和人格内涵之后，就变成涵义隽永的佳作：

归牛川上渡，去冀望中迷。
野水侵官道，春芜没断堤。
川平双桨上，天阔一帆西。
无酒消羁恨，诗成独自题。

黄昏时分，从江面的渡船上望出去，归来的耕牛漫步蹚过小河，翱翔的飞鸟穿过渺渺青天，渐渐在视野中消失，江水悄悄浸上官道，春草慢慢爬满断堤。

诗中选择的景物都是常见之景，然而将这几个断续的场景组合成一幅图画时，平易的文字便饱含了思想感情，效果也就截然不同。诗来于实景，情发于真心。这首诗在后世得到很高的评价，贺铸称赞这首诗"虽自然，无不工处"，而纪晓岚对这首诗的评价与贺铸相似："初看如不连贯，细玩乃甚精密。盖贪自然者，多涉率易粗理，自然而工，乃真自然也。"

然乃文字美名，实文字老境。功候未深，必不能到。初学宜用苦功，以洗练为主，久而精力充满，出之裕如，渐近自然，方臻妙境。

若入手即求自然，必有粗率病，且有油滑病。人皆知粗率油滑之为病，不知病根即在妄求自然。

陆游有句话叫作"文章本天成，妙手偶得之"，这让我偶然想起了冯至读到里尔克《旗手》这首诗时说的一句话："这篇现在已有两种中文译本的散文诗，在我那时是一种意外的、奇异的得获。色彩的绚烂、音调的铿锵，从头到尾被一种幽郁而神秘的情调支配着，像一阵深山中的骤雨，又像一片秋夜里的铁马风声：这是一部神助的作品，我当时想；但哪里知道，它是在一个风吹云涌的夜间，那青年诗人倚着窗，凝神望着夜的变化，一气呵成的呢？"

又同时想起了童话诗人顾城谈诗歌创作时所说的话："他越纯粹，上帝借用他的手的次数就越多。"有时候，诗人就如同一个大自然灵感的搬运工。天机自动、天籁自鸣，那么，写诗也如风吹水，自成文理。

反观前代的诗人们，犹然如此。谢灵运登池上楼，写出了"池塘生春草，园柳变鸣禽。祁祁伤豳歌，萋萋感楚吟"，这样的清新秀丽之句；谢朓暮春出游，写出了"绿草蔓如丝，杂树红英发。无论君不归，君归芳已歇"，这样的天真随性之感；李白的《菩萨蛮·平林漠漠烟如织》，杜甫的《绝句·两个黄鹂鸣翠柳》，哪一个不是诗坛上的天然清新之作？更有陶渊明，这一平淡自然之祖，在张耒的眼中更是道家哲学的代言人。

人生在世，面对的是变化无穷的大自然。与大自然相处，可以洗心涤虑，人便可以进入一种动静皆忘的境界，远离一切的纷繁复杂，与淡泊宁静为友，摆脱凡世的种种干扰。在虚空静寂的环境中，人的思想可以尽情地游走于广阔无垠的宇宙，达到平时所不能达到的意境，体会平时所不能体会的深度，人一旦进入这种境界，就可以还于本真了。

张耒的诗，可以说是中国宋代的一本行走的物候志，在他一生所写的诗当中，有逾四分之一都是自然之作，从春写到冬，从秋写到夏，二十四节气、七十二物候在他的诗中处处可寻。

二十九、张耒：最得东坡三昧者

他写春，"江上鱼肥春水生，江南秀色碧云鬟。蒌蒿芽长芦笋大，问君底事爱南烹。（《齐安春谣五绝》）"淡眼一观，闲笔一写，似乎不费力气，就将人神魂尽勾到江南春日生活的一角，朴素中见力量。

写夏，如"两架酴醾侧覆檐，夏条交映渐多添。春归花落君无恨，一架清阴恰满帘。（《夏日七首》其一）"仍是旧笔法，无多琢磨，不费功夫地铺叙了夏日的重重阴翳，点点清幽。读至"一架清阴恰满帘"时，不觉移步，入了那满帘幽梦。

张耒有强烈而敏锐的季节感知力，他总能写出季节变化、时光流转的细碎之美，诗中犹有音乐声。比如这首写于秋夜的《夜坐》："庭户无人秋月明，夜霜欲落气先清。梧桐真不甘衰谢，数叶迎风尚有声。"颇有王摩诘"诗中有画，诗中有乐"的境界，更多了一分流淌的清逸之气。如入此间，徐徐有月下清风吹来，让人爽朗不已。

苏门四学子之一的晁补之曾经这样评价他的诗，说"君诗容易不著意，忽似春风花自开"。张耒的诗就像"春风一到花自开"一样自然，满心而发，肆口而成，不待思虑而工，不待雕琢，一切都出自天理之自然。

庄子曰："真者，精诚之至也，不精不诚，不能动人。故强哭者虽悲不哀，强怒者虽严不威，强亲者虽笑不和，真在内者，神动于外，是所以贵真也。"

自然是文学艺术的生命，而真诚是自然的最重要表现形式。从张耒的诗中，我们不仅读到的是自然真诚、平淡从容的中国传统美学之道，更是一种平淡自然的心态。在商品经济的发展趋势下，现代的人们越来越远离自然的精神，那么，不如在偷得浮生半日闲的时候，拿一本张耒诗集，让自己也像大自然一样地平和、冷静，保持着永久的生命力吧。

三十、黄庭坚：写诗如做人

（一）作诗如作杂剧

黄庭坚是谁？"苏门四学士"之首，"江西诗派"的开山鼻祖。于诗，与苏轼齐名为"苏黄"；于词，与秦观并称为"秦七黄九"，于书法，与米芾高下难分，可谓是自成一家的一流文人。

由于先入为主地接受了明清诗歌评论家对黄庭坚的观点，我一度以黄庭坚诗词好拾前人牙慧而对他恨之入骨，觉得他只不过是东抄西袭得来的名声罢了。的确，黄庭坚化用典故太多，给诗词阅读造就了一种障碍。

随意从《山谷集》中挑出一首，就能感受到这种巨大的障碍，譬如这首写给好友黄几复的《寄黄几复》。

> 我居北海君南海，寄雁传书谢不能。
> 桃李春风一杯酒，江湖夜雨十年灯。
> 持家但有四立壁，治病不蕲三折肱。
> 想见读书头已白，隔溪猿哭瘴溪藤。

这首诗化典之多，让人不敢细剖。首句的"北海"与"南海"，就典出于《左传》，"寄雁传书"更是古诗屡用不绝的通典，黄庭坚信手拈来，如自拟语。最为人称道的颔联"桃李春风一杯酒，江湖夜雨十年灯"，看似字字称奇，让人望而仰止，实际上也暗化前人语，比如王维的"劝君更尽一杯酒",后半句"江湖夜雨十年灯"更是典用绝妙,将杜甫《梦李白》的"江湖多风波"与李商隐《夜雨寄北》的"巴山夜雨涨秋池"完美融合,促成了"江湖夜雨",更添恍如隔世般的萧索。颈联的"四立壁"和"三折肱",前者来自《史记》,后者语出《左传》,读到此处,不禁为作者的良苦用心所折服。君且慢,世人未知,尾联的"读书头已白",也是直接从苏轼的《失题》(读书头欲白,相对眼终青)诗中直接引来,"隔溪猿哭"则从李白的《早发白帝城》"两岸猿声啼不住"妙化而来。

王若虚批评此诗说:"鲁直(即黄庭坚)论诗,有'夺胎换骨''点铁成金'之喻,世以为名言。以予观之,特剽窃之黠者耳。(《滹南诗话》卷下)"

然而,观黄庭坚之诗法,句句隐典,然句句读来如平常语,他站在前人的肩膀上,以极其高明的"金蝉脱壳"法自成一家,写出了独具个人风格的诗词。这显然是高明的引用法,而非王若虚所置言的"剽窃"。只以《寄黄几复》这首诗为例,"桃李春风一杯酒,江湖夜雨十年灯",岂是有"剽窃之黠"的寻常诗者可以道得出的境界?

纵览古今诗词,引用几乎无处不在。晏殊的"落花人独立,微雨燕双飞",古往今来人人喜读,却是一字不落地从五代诗人翁宏的《春残》照搬而来;秦观的"寒鸦数点,流水绕孤村"一词,成就了秦观"山抹微云君"的美名,却也是悉数引自于隋炀帝杨广的《秋思》,(原诗为"寒鸦飞数点,流水绕孤村。斜阳欲落处,一望黯销魂。")还有被誉为"咏梅一绝"的"疏影横斜水清浅,暗香浮动月黄昏",竟是林和靖把五代诗人江为的原诗只改了两个字所得来的(原诗为"竹影横斜水清浅,桂香浮动月黄昏")。但是,比照原诗与后来诗词,后者显然在诗歌韵致、意境上高出原来诗词一筹。

唐代诗僧皎然和尚就在他的一篇诗论文中说:偷有三种。一偷势,二偷意,三偷字。偷字的就是下作的抄袭了,偷意的也可憎,把别人的思想戴到自己头上，偷势亦不然，看似是偷，实则功力已经超过了原作者。

其实，黄庭坚也曾自云："自作语最难，老杜作诗，退之作文，无一字无来处，盖后人读书少，故谓韩杜自作此语耳。"

抛开重重典故的篱障看黄庭坚的诗词，愈加会觉得"这块又老又硬的骨头"嚼之有味。

《新喻道中寄元明》也是黄庭坚的一首"点铁成金"之典作。姑且不用去管他"无一字无来处"，也不用去深掘作者化用了什么典故，单这平平叙来的诗语，就轻松畅快，情真意切。

中年畏病不举酒，孤负东来数百觞？
唤客煎茶山店远，看人获稻午风凉。
但知家里俱无恙，不用书来细作行。
一百八盘携手上，至今犹梦绕羊肠。

有人不厌其烦考证出《文选》"孤负陵心区区之意"，欧阳修"一嚼宜百觞"等来处，真是无聊。其实任何一位真正的诗人写诗用的词语都能考出"来处"来，只要肯翻破古今中外的所有书籍。许多古今诗评家，混淆了用典和剽窃的界限，不知语言的艺术性，在于它的"变易"。在黄庭坚这里是"灵丹一粒，点铁成金"（黄庭坚《答洪驹父书》），在庸常诗者那里，就也许是牛粪一堆，令人作呕。引用只是一种法，入不入道还取决于诗者的功力深浅。诗者功深，作诗即便数引古语也能游刃有余，出神入化，诗者功浅，引得再多也是如一堆烂石残瓦，表面繁华，内里却捉襟见肘，委顿不堪。

所谓"作诗法"，如《庄子·养生主》中"庖丁解牛"一般。庖丁初解牛时，"所见无非牛者"，手法拙劣，所割之肉不正，解牛之过程也惨不忍睹。初写诗者，东查西阅，七拼八凑，最终写出来的作品如一盘散沙。三年之后，庖丁能"未尝见全牛也"，随着技艺的精进，慢慢地能做到手法纯正，最后竟然到了"以神遇而不以目视"，未必用眼睛看，然而却能游刃有余。正如诗作到了最高境界，如黄庭坚所言："作诗正如作杂剧，初时布设，临了须打诨，方是出场。"何意也？杂剧之"杂"，在于对歌曲、宾白、音乐、舞蹈、调笑、杂技、说唱无所不包，而将本来完整的诗词打乱成一盘散沙，不也是词语、韵律、意象、章法、情感的杂糅吗？

黄庭坚之语可谓是道出了作诗的本质。诗法，即是诗者对语言驾驭的高超艺术。黄庭坚的高明之处，就是能够不为句缚，写出了一种浑然天成的自我境界。

（二）做人当做顽童

我最喜黄庭坚的地方，是他诗词境界与人生境界的完美融合。

与黄庭坚并称为"秦七黄九"的秦观，虽在诗词境界上更高黄庭坚一筹，写出来的词如穿心之愁剑，但他在人生境界上，显然与黄相形见绌。

秦观是"诗歌幸而人生不幸"的典型，很大程度是来自他不透彻的人生见悟。而黄庭坚并不是一个为愁所困的"离骚型"文人，他认为，一个真正的诗人，即便是潦倒困顿，也不应当作穷途末路之哭。所谓"牢骚太盛防肠断，风物长宜放眼量"，黄庭坚虽也仕途不济，却总能从"穷于丘壑"的状态中转悲为喜，不失为一位君子。

他一生历尽沧桑，几经宦海波澜，却不苟附进，淡泊名利。虽屡遭厄境，仍能快意度生，这与黄庭坚一生尚佛有关。他说，吉凶忧乐，万事随缘，是自在法。并且自谓："似僧有发，似俗无尘；作梦中梦，见身外身。"

这种化悲境作乐观的人生态度似乎也得益于他与苏轼的交深。与苏轼一样,在陷入了人生的苦连环中时,黄庭坚以佛法解之。这也是他的诗词中常有逗笑杂侃、谐趣横生之句的缘故。

少年时在课外书上接触到黄庭坚的第一首诗,叫《题竹石牧牛》。当时并不解得深意,却连连读了好几遍,感叹这人真是爱竹之甚,可与子瞻的"宁可食无肉,不可居无竹"相媲美了。

野次小峥嵘,幽篁相倚绿。
阿童三尺箠,御此老觳觫。
石吾甚爱之,勿遣牛砺角。
牛砺角犹可,牛斗残我竹。

黄庭坚爱石头,虽无"米癫"见了喜欢的石头就倒拜那么痴狂,却活现出一个对着童、牛、竹频频顿足、手忙、语乱的萌老头模样。你且看他任牛自放,对着一丛幽绿的竹子发呆的样子,且听他指点小童让牛别在怪石上磨角,别与顽牛争斗,别弄坏了那丛绿竹的喋喋不休,假若没了这个唠唠叨叨的萌老头儿,这幅"竹石牧牛图"还有什么任真新鲜趣?

在黄庭坚看来,作诗要如作杂剧,如无临了的插科打诨,怎能有别具妙趣的出场?非但如此,他的人生无时无刻不在插科打诨。

与黄庭坚同为"苏门四学士"之一的张耒文章不俗,但生得巨胖,人称"肥仙",因为人内敛憨直常被黄庭坚打趣。有一日,这位"肥仙"收到朋友钱穆父的一把松扇,被黄庭坚知道了,于是,黄上演了一出"猛打诨戏"。

猩毛束笔鱼网纸,松柎织扇清相似。
动摇怀袖风雨来,想见僧前落松子。
张侯哦诗松韵寒,六月火云蒸肉山。

持赠小君聊一笑,不须射雉彀黄间。

一开始的首联联诗音犹清雅,随后竟话锋一转,不再说松扇的事情了,转而渐露"醉翁之意"。黄庭坚先对张耒那如清寒松风般的诗品进行了一番赞美,接着说他坐在六月天里读诗的样子,就像一堆肉山,在热气腾腾的火炉里蒸着。

此外,好佛的黄庭坚还由张耒的样子联想到了矮胖浑圆的"布袋弥勒和尚",作诗调笑云:"形模弥勒一布袋,文字江河万古流。"

黄庭坚这玩笑诗,一褒一贬,或隐或显,分明是春秋笔法。但这样的玩笑,在生活中实在是少不得。倘若没了黄庭坚的这两首诗要活宝,就没有了张耒出洋相,那故纸堆里的人物读来还有什么趣儿?

顾子敦也是黄庭坚日常打趣的对象,他不仅胖,而且爱睡,因此得了个"嗜睡大臣"的外号。黄庭坚这个"损友"当然要借此打诨一番。每次顾子敦午睡时,黄庭坚都要在他肚皮上写字,逼得这位"睡仙"只能趴在桌子上睡,不料黄庭坚趁他伏案熟睡之际,将市面上喜标新立异之人文身时常用的词写在了他的背上,气得顾子敦哭笑不得。

黄庭坚不仅是段子手,还是整蛊大王,生活对他来说,每天都可以是"愚人节"。因为黄庭坚的淘气,本来压抑无比的官场添了几分生气。其实,这不得不归功于黄庭坚对禅宗之道的了悟。

禅宗讲求"游戏法",说"见性之人,立亦得,不立亦得,来去自由,无滞无碍,应用随作,应语随答,普见化身,不离自性,即得自在神通游戏三昧。"而黄庭坚所说的"插科打诨法",不就是参禅者所谓的"活泼泼地"吗?

所以,黄庭坚在作诗时,亦用此法,善戏谑兮。他作诗的目的之一,即是让读者发出调笑之声,以求得胸次释然。

因为诗词大会的缘故,陆游的那句"溪柴火软蛮毡暖,我与狸奴不出门"火了。大家从这句诗中发现了大诗人陆游原来是一个萌哒哒的铲屎官。其实，在宋一代，并不乏陆游这样可爱的文人。

男人们也可以簪花、养猫、瓶插，像《槐荫消夏图》中所画的那样，一个男人半敞着衣襟，躺在藤编的凉床上，闭着眼悠然地听着鸟儿的叫声，是一件极为寻常的小事。这样的小事，穿插在每日的柴米油盐酱醋茶中，构成了宋朝家家户户不可或缺的风景。

黄庭坚的《乞猫》，就描述了这样一幅风景：

夜来鼠辈欺猫死，窥瓮翻盘搅夜眠。
闻道狸奴将数子，买鱼穿柳聘衔蝉。

虽然他家里的老猫死后老鼠横行，却听说别人家的猫要产仔儿，遂决定向人家讨要一只，并备好猫爱吃的鱼，等待猫仔儿的降临。这种吊儿郎当、无所事事的生活，正是黄庭坚诗扣人心弦的地方。

世人都说闲人出于富贵之家，但读过黄庭坚的诗才知道，有一种闲趣有如参禅，需要在苦难过后细细体悟，方能解得。

黄庭坚颇像金庸笔下的"老顽童"周伯通，爱玩爱闹爱捉弄，当众人都笑他是"白痴"，他却不以为然，断不丢舍了那一段天真的童趣，因为这才是人生中最可爱的兴味。

黄庭坚的人生虽然着实让人鼻酸，他却直到老死的那一刻还保持着一颗老顽童的心。那年十月，秋雨霏霏，黄庭坚邀来好友共酌老酒，喜不自胜的他把双足伸到栏杆外淋雨。当清凉的雨滴落到他的脚面，他不禁笑叹道：我一辈子都没有享受过这样的快活啊！而这一句话，也成了他的生命遗言。

三十一、秦观：千古伤心人，写透人间愁

漠漠轻寒上小楼。晓阴无赖似穷秋。淡烟流水画屏幽。
自在飞花轻似梦，无边丝雨细如愁。宝帘闲挂小银钩。

真正喜欢上秦观，是因为这首《浣溪沙》。这首词，也一度被视为"淮海小令的压卷之作"。读至"自在飞花轻似梦，无边丝雨细如愁"，不得不掩卷扪舌：就算是心思比针尖细的女子，也无从写出这样的词句啊！

秦观的词，妙就妙在那一缕萦绕其中若有若无的愁丝，甚至寸寸愁丝，还要再割成千万缕。这愁，如捉不住的水中之月，捻不得的镜中之花。其淡若何？疏枝烟霭也；其轻若何？石隙溪流也。

读杜甫诗，当捶胸顿足；读李白、苏轼词，当展眼；读二晏词，应敛眉；读秦观词，当剖心撕肺，直到肝肠寸断，寸寸情丝，合成千缕万缕。

人道秦观是"千古伤心人"，自是无谬，殊不知秦观伤心处，有别于旁人。自古言愁之人，如过江之鲫。曹孟德说"忧从中来，不可断绝"；李重光说"问君能有几多愁，恰似一江春水向东流"；李清照说"只恐双溪舴艋舟，载不动许多愁"。但是，愁，这种人类心灵深处何其幽微的情愫还是犹如一条见首不见尾的神龙，在邈远深邃处沉睡不醒。

不管诗人们使出多少看家本领，始终语焉不详。这些重量级的诗词大师尚且不能称出愁有几斤几两，而秦观却是个例外。他将这抽象如镜花水月一般的愁比作"无边丝雨"，愁之细，宛若漫天的雨丝；愁之盛，无边无际。在秦观这里，愁可大可小，既可以微如蜉蝣草芥，又可以铺天盖地飞来。

有人说，婉约词到了秦观，已臻化境，无人堪与之匹敌。只是因为，被称作"千古伤心人"的秦观独多了一种旁人所没有的深情。别人写词，或以才写词，而秦观写词，情之至也。他将一种幽微深远的情写到了极致。

倘若愁是肉眼无法分辨的细胞，秦观的词就是一架做工精良的显微镜，将人置入一个纳米级别的微世界。透过镜头，非但可以完完全全地觉察这细胞的微妙之处，还能对它的细胞壁、细胞膜了如指掌。

试问：自古至今，谁能说得清这千丝万缕的愁？也许只有在醉生或梦死的时刻，才可以到愁丝交织而成的迷宫中走上一趟。就算是自以为"识尽愁滋味"的辛弃疾，也在这闲愁暗恨前欲说还休。只得任由一腔愁绪在内心的最孤寂处发酵，真是愁死个人也。

少年不识愁滋味，爱上层楼。爱上层楼。为赋新词强说愁。
而今识尽愁滋味，欲说还休。欲说还休。却道天凉好个秋。

写这可细可密、可浓可淡、可疏可闷的愁，怎能不拥有一颗纤如愁丝的词心？水道纵横、山丘点缀的泽国故乡就恰恰赋予了秦观一颗纤若愁丝的词心。在晦朔变幻的人生中，他若泛梗飘萍，难免自叹英雄陌路、美人迟暮，于是，当无限愁情涌上心头，这颗词心也在春往秋来中感知到了生命的无常。

西城杨柳弄春柔。动离忧。泪难收。犹记多情，曾为系归舟。碧野朱桥当日事，人不见，水空流。

韶华不为少年留。恨悠悠。几时休。飞絮落花时候、一登楼。便做春江都是泪，流不尽，许多愁。

三十一、秦观：千古伤心人，写透人间愁

243

这首《江城子》，并非无病呻吟之作，而是经历了人世间生老病死、悲欢离合、跌宕起伏之后的顿足嗟叹，而是在饱尝了失望、挫折之后的伤心郁吐。

同为"苏门四学士"之一的张耒这样总结秦观的一生："官不过正字，年不登下寿。间关忧患，横得骂垢。窜身瘴海，卒仆荒陋。"

的确，秦观像一个孤魂，到死的时候还忧心惴惴地游荡在远离家乡的天之一涯。他临死前，梦见自己"醉卧古藤阴下，了不知南北"。然而，一时梦呓，却成谶语。知己苏轼得知这位伤心人与世长辞之后，两日食之不下，把这首饱含高山流水之愁的《踏莎行》书于扇上：

雾失楼台，月迷津渡。桃源望断无寻处。可堪孤馆闭春寒，杜鹃声里斜阳暮。

驿寄梅花，鱼传尺素。砌成此恨无重数。郴江幸自绕郴山，为谁流下潇湘去。

写这首词时，秦观尚在天涯流落。他说，内心深处的愁恨重重累积，就算被砌成了一道高至天际的砖石垒墙，再也无从消解了。

天下环山之水，皆有其源，而他的缕缕愁丝，从哪里来？到哪里去？他竟不得而知。因为这愁，早已渗入了皮肤，融入了血液，镌入了他的骨子里，让他将人生的南来北归，看作了一道流淌在身体里的悠悠暗流。

在后来伤心人的眼中，秦观之词是一味"无价的解药"。他字字句句所书写的，不也正是一个"千古伤心人"的"伤心史"吗？

三十二、李清照：古来才女，孰出其右？

（一）何谓"真正的才女"？

古代是没有"才女"这个词的，与才女类似的，是"淑人"或"淑女"。《诗经·关雎》云："窈窕淑女，君子好逑。"淑女，是幽（清净）、闲（闲适）、贞（坚贞）、专（专一）的女子，宜为君子之佳配。淑人，亦如《诗经·鼓钟》中说，其德不回、其德不犹，不但能"思无邪"，而且具备"久而弥笃，无有已时"的德行，比淑女更高一个层次。

淑女也好，淑人也好，未必是美丽的女子。而时下对才女的形象设定，似乎还要求是美女。那么，结合《尔雅》的解释"美女为媛"，现今的"才女"一词应对应古代的"才媛"。

按照这个标准，要从古今周知的才女中选得一位合格者，只有李清照。她无疑是美丽绝伦的女子。《宋史》中说，李清照的父亲李格非"俊警异甚"，姿容俊朗，光彩照人，站在人群中，如鹤立鸡群，让人称异。父亲是学者兼文学家，母亲是名门闺秀，亦善文学。这样的出身，且不说李清照容貌如何，在气质上必然是绝尘脱俗的，眉眼之间当有娟秀的书香气。李清照配与赵明诚后，有名诗《减字木兰花》。

卖花担上。买得一枝春欲放。泪染轻匀。犹带彤霞晓露痕。怕郎猜道。奴面不如花面好。云鬓斜簪。徒要教郎比并看。

仅一句"奴面不如花面好。云鬓斜簪。徒要教郎比并看"。就道

245

出了对姿容的自信。虽谦语"奴面不如花面好",却定要将这朵染霞带露、开得正好的花斜簪于自己的云鬓上,要她的丈夫评评理,到底是花好看,还是人好看?这时,书香气中又添了几分娇羞美,女子的韵态与情致全然托出。即便到了晚年,她历经生活风霜的洗礼,清瘦了许多,却也撑着削肩细腰,定要东篱把酒,与篱中的一抹野菊花,比一比谁更瘦削得更有骨感,更有风致。她美了一辈子。

她的形美,韵也高。从早年就可窥见一二。

蹴罢秋千,起来慵整纤纤手。露浓花瘦,薄汗轻衣透。见客入来,袜刬金钗溜。和羞走,倚门回首,却把青梅嗅。

(《点绛唇》)

绣面芙蓉一笑开,斜飞宝鸭衬香腮。眼波才动被人猜。一面风情深有韵,半笺娇恨寄幽怀,月移花影约重来。

(《浣溪沙》)

生在官宦书香人家的她,她无须娴熟女红,只要读些《孝经》《女诫》之类的书,做个贤德女,然后在闺中待嫁,等待被人聘娶。她只须听父亲的宾客畅谈几番,在母亲的书架上随意翻读,就不知不觉被濡染成一个视界开阔,气质高贵的女子。家中浓浓的文艺气息无处不在地熏陶着她,培养了她对生活细致入微的感知力以及寻常女子不可企及的"美商"。每日家,她或在秋千架上坐着,看花怎样在园中盛开,云怎样在天际游弋,倦了就慵懒地在庭院里散步,瞥见了一只翩翩的蝴蝶,就自在地追,追到薄汗浸湿了轻衣。她就这样待字闺中,天真无邪,在如真空一般书香氤氲的幸福圈中静静长大。正如《浣溪沙》中所描绘,"绣面""宝鸭""香腮",每一个不经意的用词,都是富足闲雅生活的倒影。连怨恨都是娇柔的,是为"娇恨",连忧思都是清幽的,是为"幽怀",也正因为如此,她养成了一段"风情深韵"。

在外,她色美如花,在内,她俊秀如竹,独有风骨。读李清照的词便知,当我们因"红藕香残玉簟秋"说她婉约多情、风花雪月时,她却出其不意,作一首"九万里风鹏正举",诉出胸中块垒,大气如虹。这样的豪情壮志,不说在封建社会的妇女中很少见,即便是放在男性词人的作品中也难分雌雄。这样的气魄,在李清照的少年时,早已初露。"苏门四学士"中的张耒,品评安史之乱写诗感叹,诗传到了李清照的耳中,她随即和道:"五十年功如电扫,华清花柳咸阳草。五坊供俸斗鸡儿,酒肉堆中不知老。胡兵忽自天上来,逆胡亦是奸雄才。勤政楼前走胡马,珠翠踏尽香尘埃。何为出战则披靡,传置荔枝多马死。"这样的眼界手笔,比之白居易的《长恨歌》如何?更多了好多壮气。我们说她是淑女,她偏要自作汉子,这就是李清照高不可及的韵。

她做起事来,也如写诗一样,以本色英雄、风流名士而自诩。李清照与其夫婿赵明诚的浪漫爱情,人皆称道。但李清照并不是夫唱妇随式的女子,她有自己的原则与坚持。当年金兵入汴,掳走徽、钦二帝,赵宋王朝匆匆南逃,李清照一家人也离开了山东青城,天涯漂泊。但宋室南渡的翌年,赵明诚任建康知府时被叛军吓得弃城而逃,李清照看在眼里,恨在心里。作为一个弱女子,她大义凛然,暗暗责怪夫婿在生死攸关之际没有身先士卒指挥戡乱,而是缒城逃走,便在逃亡途中过乌江镇时,写下了一首绝句:

生当作人杰,死亦为鬼雄。
至今思项羽,不肯过江东。

这是李清照的气节。夫亡之后的李清照,再嫁张汝舟,不料这位外表儒雅的夫君竟是龌龊小人,不仅对她拳脚相加,更是想强占她保护了半辈子的《金石录》。李清照一气之下,将张汝舟告发,自己却

三十二、李清照:古来才女,孰出其右?

因宋朝荒唐的法律受了牢狱之灾。但她宁受牢狱之灾也要揭掉小人的伪面目,她在给友人的信中说:"猥以桑榆之晚景,配兹驵侩之下材。"这是何等刚烈之人,宁可坐牢也不肯与"驵侩"之人为伴。

但让人惊讶的是,无论是在李清照所在的时代还是在后世,关于李清照晚年再嫁"不终晚节""无检操"的恶词不绝于耳,但一代才女当然不会为这样的陈腐之言所困羁,她决然选择了离开,全身心投入《金石录》的编撰中,一则寄托自己漂泊无所的身心,二则投入她真正热爱的事业中。生活越是不堪,她愈是迎难而上。这样的硬骨,在那些以诗或以艺闻名的才女中确不多见。

金兵南犯时,她带着沉甸甸的文物与国君沿着同一条路线往南逃,看似狼狈,却饱藏着她作为一位弱女子的操守。但最终,百官尽散,百姓流离,国已不国,君已不君,她手足无措,不知该去往哪里。在一个风雨暗涌的夜里,辗转不眠,写下了这首《添字采桑子》:

窗前谁种芭蕉树?阴满中庭。阴满中庭,叶叶心心、舒卷有余情。
伤心枕上三更雨,点滴霖霪。点滴霖霪,愁损北人、不惯起来听。

不知李清照当时自称"北人"时愁损到了何等地步,但作为一个饱含诗心的人,她已经无心赏听窗外落在芭蕉叶上饶有情致的雨滴声了。即便是听了,也是让人落泪不已,还是别听的好。

昔年时,无论如何,到了春天的时候都要关心一下窗外的海棠花事,可金兵的屡次南侵,朝廷的数度逃亡,让她晚年时候已经无暇关心春天的到来。有人约她去双溪泛舟游春,她懒懒地回应道:"只恐双溪舴艋舟,载不动,许多愁。(《武陵春》)"这愁,不仅仅是个人之小愁,更是家国未定的大愁。李清照写《武陵春》,正如曹操写《短歌行》,杜甫写《春望》,都是借歌诗而发"黍离之悲"。可这"黍离之悲",不是寻常人所能解得的。

当晚年的李清照欲将自己一生所学悉心传授于孙姓少女，不料，这位天资聪颖悟性颇高的少女用她十来岁孩子的童音冷冷地拒绝了词人："才藻非女子事也。"暗言李清照一生命途多舛乃才高所致。殊不知，对李清照而言，她早已超越了"一种相思，两处闲愁"的儿女情长，于她而言，国家未定，百姓未安，才是她无心流连春事的理由。

但一名小小女子，又有什么样的能耐，挽救宋室于水火之中？她只能时刻关心国事，虽于之不能妄言，却可作诗以寄区区之意。李清照不同于普通才女的地方，也正在于此。班婕妤有才，不过以贤惠闻名，卓文君有才，胜在凄美的爱情，后至蔡文姬、谢道韫诸人，无非以艺著称，更有许多才女，不过徒有才藻而已。真正的才女，应如君子，无终食之间违仁，造次必于是，颠沛必于是。李清照不正是这样一个人吗？她贫病交加，居无定所，身心劳瘁，过着空守寡居的日子，在男尊女卑的时代能自保已经很不容易了，但她始终将国家大事牵系于心，写诗作词不忘民生百姓，天下大计。

避难金华期间，她写了一篇《打马赋》，今人读来以为只是游戏之作，更有谓李清照原来是赌博中人，作茶余饭后之笑饵。可这篇《打马赋》，真的只是游戏之谈吗？不过以博弈之名，而谈天下大势，国家进退之道。

她说"若乃吴江枫冷，胡山叶飞"，不正是南宋朝廷当时所面临的窘迫局势吗？金兵咄咄逼人，朝廷当如何决断？当"玉门关闭，沙苑草肥"，即退居玉门关内，养精蓄锐以待战机。她又提出："或出入用奇，有类昆阳之战；或优游仗义，正如涿鹿之师。"处于困顿之境中，朝廷不应该为此一蹶不振，就像下棋人不应为棋子受阻而感到满盘凄凉。应该在困境中采取灵活的战略战术，出奇制胜，有时要像昆阳之战中的汉光武帝刘秀那样，以弱胜强，有时又要像涿鹿之战中的黄帝那样，从容不迫、团结大家来消灭蚩尤。

她不仅广闻博见，而且胸有谋略，《打马赋》通篇，以游戏之笔对"打马之法"娓娓道来，李清照像一位军师一样指挥若定，胸有成竹。

三十二、李清照：古来才女，孰出其右？

盘上弈棋，诚如战地布阵。她有条不紊地提出了不同战况下的多种战术，并细致入微地分析了攻防退守，如何克敌制胜，大到国家指挥，小到作战技法，无所不备。写罢《打马赋》的李清照，一定心中稍有慰藉，但正如她所言，自己只是"画饼充饥""望梅止渴"而已。时代所限，她只能作词，自诉己志：

佛狸定见卯年死，贵贱纷纷尚流徙。满眼骅骝杂騄駬，时危安得真致此？老矣谁能志千里，但愿相将过淮水。

老骥伏枥，志在千里。自己没有能力金戈铁马，挥师疆场，也没有能力挽救宋室的无能与王朝的衰落，但"位卑未敢忘忧国"。"但愿相将过淮水"，是李清照在垂老之年从心灵底处发出的呐喊。无论身处何境，即便如今已是过了五旬的老病之躯，也期盼着在有生之年，跟随着国家度过淮水，返归故里。

时至今日，当我们洒泪而读《声声慢》，怎会理解她的那一声"怎一个愁字了得！"说来有多少重量，又怎知晓她所寻寻觅觅的，是一个国家的前途。作为一个女性，她与同时代的岳飞、陆游以及辛弃疾同样伟大。

李清照这样的才女，才高、韵幽、志远、德固，若托生为男儿，不知要羞煞愧死多少自称英雄好汉者！

（二）此花不与群花比

在中国古代，大凡是个诗人词家，都请梅入文，点缀诗篇词章。梅花这位高贵的东道主，真真是身价不菲。

唐宋以后，世上爱梅之人不在少数，最具轰动性的无疑是男之林和靖，女之江采萍。林和靖爱梅成痴，爱到了终身不娶，以梅为妻的地步，后来人以他为梅花之男神。江采萍爱梅成狂，狂到了庭院之中，独种梅花的地步。

但我最钦佩李清照。整本《漱玉词》中，易安居士咏梅词最多，可见其对梅之爱至。

说到词，我们一贯喜欢给前面加上一个"宋"字，仿佛词随了宋姓一样。宋代的词像杨家的柳一样霸道，它的梅亦不逊色于任何一个朝代。

宋人爱梅，就像唐人爱牡丹。宋人爱梅之癖，以梅为天下第一尤物，艳桃秾李均莫能与之比肩。时人无论是智者、贤人、愚民还是不孝之徒，皆以梅为草木之首。园圃之中，必先种梅，无论其余草木。

既然梅花广植于庭，天生具有诗人气质的李清照当然不能视而不见。她日日广步于庭，久而久之，与庭院中的梅树结下了不解之缘。旁人爱梅，无非是种梅、折梅、赠梅，而李清照爱梅境界却深到了骨子里。

她不仅种梅、折梅、插梅、寄梅，还将梅花请进了她的生命里，做尽了诸般常人所不能为的风雅之事。比梅、探梅、簪梅、嗅梅、妆梅、挼梅、醉梅、梦梅……这一件件别致独特的"梅事"，是李清照生命里的雅癖，让她以一个女子的身份独挑宋词的大梁。

少女心肠的李清照每日里与梅花为伴，亦以梅花自诩。在她的眼里，梅香馥腻，如寒枝琼玉；梅姿旖旎，若出浴佳人。世界上所有的花都比不上梅花，它是那么地玲珑剔透。梅花的萧萧疏影和泚泚芳姿，就像是泛着冷冷清光的冷冷明月。这首《渔家傲》，就是李清照的比梅之作。

雪里已知春信至。寒梅点缀琼枝腻。香脸半开娇旖旎。当庭际。玉人浴出新妆洗。

造化可能偏有意。故教明月玲珑地。共赏金尊沉绿蚁。莫辞醉。

此花不与群花比。

诚如斯言：赏花如赏己。李清照的才名轰动了当时的朝野，就像梅花一般。京城内外，无人不种梅花树。街头巷尾，无人不知易安诗。

嫁与赵明诚之后，李清照亦手种江梅一株，日日闲窗独看这一枝枝垂垂清发的梅。种江梅，并不是李清照一时兴起，其间暗含着她对故乡的无限深情。在故乡济南，她曾"误入藕花深处"，曾"浓睡不消残酒"，曾"生香熏袖"，曾"煮酒笺花"，但这一切都如经年之梦，一去不返了。

如今，只有情怀，得似旧家时。故乡的江梅的的、漱玉淙淙，早已不复得听。这亲手所植的江梅，好像也难堪雨藉，不耐风揉，像这梅花瓣一样，随意任风吹。

出阁后的李清照，心头仿佛平添了一丝莫名而来的愁。惯见梅花的她，看到的不再是良窗淡月、疏影风流。

虽然也偶然从卖花担上买得一枝春欲放，更多的时候，却是借着梅花的几缕蕴藉，道出心中的无限愁思。这愁思，来自家事，也来自心事。江梅年年如约盛开，她却每一年都有不一样的心境。

这首《小重山》，就是她无限愁闷的写照。

春到长门春草青。江梅些子破，未开匀。碧云笼碾玉成尘。留晓梦，惊破一瓯春。

花影压重门。疏帘铺淡月，好黄昏。二年三度负东君。归来也，著意过今春。

世人都艳羡李清照与赵明诚的相知相爱，却不知晓她在大多数时候扮演的是闺中思妇的角色。时常出门在外的丈夫让李清照饱受着相思之苦，也让她像一朵梅花一样日渐"玉瘦檀轻"。所以，她的词中，到处是"瘦""愁"这样的字眼。

每逢丈夫在外,她就怕揽镜、怕登楼、怕听弦管,甚至怕见梅花。怕见梅花,恐是不想梅花也如她一般芳姿憔悴吧?现实可惧,不如做一场别无憾意的清梦。在梦里,梅花年年清发,和当年一样"香脸半开娇旖旎"。她每日的生活场景,一如《临江仙》所写:

庭院深深深几许,云窗雾阁春迟。为谁憔悴损芳姿,夜来清梦好,应是发南枝。

玉瘦檀轻无限恨,南楼羌管休吹。浓香吹尽又谁知,暖风迟日也,别到杏花肥。

回想当年,她也和丈夫"纸帐梅花宿梦间",说不尽的佳思春情,也曾"云鬓斜簪",道不完的琴瑟和鸣。而今,登不得高楼,听不得弦管,倒不如"梅花满地不开门"。

后来,丈夫因故去世,只剩下无凭无依的李清照带着数卷诗书在外颠沛流离。她像大丈夫一样辗转奔波于大江南北,当然,她也仍然不忘梅花。就像在《清平乐》中所写:

年年雪里。常插梅花醉。挼尽梅花无好意。赢得满衣清泪。
今年海角天涯。萧萧两鬓生华。看取晚来风势,故应难看梅花。

不再是"云鬓斜簪",而是萧萧两鬓生华。纵观李清照的一生,不就像是梅花的一生吗?少年时爱梅,其香在蕊;青年时爱梅,其香在萼;中年时爱梅,其香在骨;晚年时爱梅,骨中香冽。

宋人爱梅者也颇多,或借梅自重,或附庸风雅,无论是哪一种,其实都以"标梅而榜己",不值一提也。李清照爱梅,却不是孤芳自赏,抑或顾影自怜,而是把自己修炼成了一株真正的梅。

试看她中晚年所写的每一首词，字字皆画出了一种"此花不与群花比"的姿态。世人都说李清照清冷孤寂，却不解其"哀而不伤"。少年时的她就自视为男子，经历了人生的千回百转之后，晚年的李清照依旧是大丈夫气。她决意要做一株梅花，就算是经遍了萧萧风雨，仍然可以将人生过得清绝浩荡。

　　后来人以"瘦峭"二字比喻梅花，说她是花中气节最高坚者，我总觉缺少了一点什么。梅花通地气、有人情味，更没有我们想象中的那样"高蹈幽姿"。它是一种再寻常不过的花，一开始羞羞怯怯，再后来经历了人世间的风、雨、霜、雪，才逼出了后来如许姿态。

　　朱熹写过一首《忆秦娥》，颇能道出几分意味。

梅花发。寒梢挂着瑶台月。
瑶台月。和羹心事，履霜时节。
野桥流水声呜咽。行人立马空愁绝。
空愁绝。为谁凝伫，为谁攀折。

　　我想用"月冷更逼疏影，梅孤愈泛清光"来概括李清照的一生，这也应当是梅花所应有的气格吧？

三十三、陆游：亘古男儿一放翁

（一）陆游的长寿之道

陆游是古代诗人中最长寿的，享年八十五岁。

陆游一生仕宦坎坷，生活艰苦，又处于兵荒马乱的年月，还身体不好，他在诗中自称是一个"残年病满躯的山泽臞儒"。"臞儒"，即是骨骼清瘦、形容臞弱的儒士。按理来说，这样一个人能活到七十岁已是稀奇的了。但是，在平均寿命不过在三十二到四十之间的南宋，陆游偏偏活到了八十五岁。即便是晚年，仍能耳不聋、眼不花、背不驼、手不颤。

有人就将陆游长寿的原因归为"长寿七则"：一曰规律生活，二曰适当劳动，三曰爱好爬山，四曰勤练气功，五曰强调素食，六曰家庭和睦，七曰心态豁达。还有人认为陆游的长寿来自生活的闲适，一个整日种花、品茶、下棋、蹴鞠、登山、导引、钓鱼、素食、洗脚、扫地、长啸、美睡、拾柴、割草的人焉能不长寿？包括陆游自己，也诌了一首诗，透露出他的长寿之法。

世人个个学长年，不悟长年在目前。
我得宛丘平易法，只将食粥致神仙。

近年来，随着大众对养生的推崇，陆游的这首《食粥诗》也广为流传。但如果对陆游的人生深入了解一番，就会得知，陆游过的并不是一种精致的素食主义生活，而是与之恰恰相反的穷日子。

在陆游诗中，多次有"贫彻底"这样的词，甚至在一年中最应当过得富足的正月，他写下了这样的诗句：

陆子七十犹穷人，食不足以活妻子。
忍饥读书忽白首，行歌拾穗将终身。

还有，"食案阑干堆苜蓿，褐衣颠倒著天吾""贷米东村待不回"、"饥肠雷动寻常事""籴米归迟午未炊"这些诗句无一例外地刻画出他现实生活的一幕幕，可见陆游晚年生计真是到了可悲可叹的地步！

所以，将陆游的长寿归功于生活恬静、性情淡然显然是不成立的。过着骑驴采药、医病施药、陇田劳作生活的陆游，绝不像现在向往这种生活的当代人所想的那样悠闲，他绝大多数时间是不平的、愤怒的。他看到一幅画马，碰见几朵鲜花，听了一声雁唳，喝几杯酒，写几行草书，都会惹起报国仇、雪国耻的心事，血液都能沸腾起来。这样一个人，在本质上与"宠辱不惊，看庭前花开花落；去留无意，望天空云卷云舒"是不沾边的。

虽然也有人说陆游秉承了北宋苏轼的豁达乐观气度，但陆游在骨子里是杜甫。他在苦难生活面前的态度，与杜甫几乎如出一辙。杜甫说："何时眼前突兀见此屋，吾庐独破受冻死亦足！"陆游说："僵卧孤村不自哀，尚思为国戍轮台。"苏轼则说："莫听穿林打叶声，何妨吟啸且徐行。"

很显然，苏轼所追求的是一种人生了然的况味，而杜甫和陆游所站的人生境界远高于苏轼，他们追求的一个是"安得广厦千万间，大庇天下寒士俱欢颜"，另一个是"欲倾天上河汉水，净洗关中胡虏尘"，一个为民，一个为国，都是纯正凛然的赤子情怀。

这种赤子情怀，就是孟子所云的大丈夫的"浩然之气"，是天地间至刚至大的一种正气，终其一生胸襟中涌动着浩然正气的人，哪一个不与天地齐寿？

春秋时代的孔子，一生在乱世中悾悾惶惶，奔走于刀尖之上而终能"上感九庙焚，下悯万民疮"，他在平均寿命只有三十岁的春秋时期活了七十三岁。

陆游也是，虽没穷到像杜甫那样麻鞋裹足、褴褛束臂、糟糠填腹、卖药糊口，也是缺衣短食、忍饥受冻，以致连糊口度日都成问题。临终之际还"位卑未敢忘忧国"，为分裂的国家而悲痛，并告诫儿子"王师北定中原日，家祭无忘告乃翁"。

这样的深情，才是陆游长寿的真正秘诀。

今之世人，向身外之物，如饮食、医药求性命，真是缘木求鱼。我尝在《你为什么不读诗？》一文"治病·解郁·延年"一节写到了杜甫和陆游的两则治病异事，读杜甫诗可以止痛，读陆游诗可以愈头风，也绝不是插科打诨，以博众乐。

今细细想来，读杜、陆之诗，如晤杜、陆二人，虽不见其人，然诗中浩气却让人体达意畅，心志转愈。所以陆游在路遇头风老人时所相告的那句"不用萸术芎芷药，吾诗读罢自醒然"，也并非一句"矫情自夸"可以盖棺论定。头风之病，乃不通不荣而起，终致气机逆乱、络脉淤阻，故而头痛欲裂。读陆游诗，自有一种豁达之气徜徉胸中，头风又怎能不愈？

西汉刘向一语道破了天机："书犹药也，善读之，可以医愚。"杜甫和陆游的诗书堪比一味好药，并非天下所有诗书都让人心性畅达。更重要的是，善于读书的人心量如何，眼观如何，境界如何。

真正读透了书的人在每时每刻都有一股子劲儿，这也许就是浩然正气的力量。所以，真正的诗人、文人，他从不浸淫于自我对人生万事的怀疑中，而是正气凛然，风骨铮铮。

读陆游的诗，也能看到这样一个形象。一心报国的爱国志士、关心民瘼的地方官员、风流倜傥的骚客文人、伉俪情深的丈夫、慈祥可爱的父亲、勤奋好学的渊博学者……

上天也并不轻待这位真正的读书人，他在诗中这样写道："年过七十眼尤明，天公成就老书生。"晚年的陆游，虽已年老体衰，却一直怀有少年时的远大志向，他也希望自己的后代儿孙，能够"五世业儒"，不得不承认，他将儒家的精髓刻在了自己的骨子里。

我所看到的陆游，是这样一个人，一个怀着儒家仁爱之心的人。是扎根于内心的儒家情怀，让他无论命途如何，都能始终保持着一颗初心，向着光明的方向前行。

不容置疑，像陆游那样一生都怀有"天下兴亡，匹夫有责"情怀的文人，放眼古今罕有其匹，但千回百转于儿女私情中的文人，是文人中的中坚力量。因此，才有了我们目下看到的最多的来形容文人命运的成语，如才高运蹇、情深不寿。

但传统对文人的定义，绝非如此。

《易·乾象》言："天行健，君子以自强不息"，孔子说"仁者寿"，《礼记》云"故大德，必得其寿"，无论是君子、仁者还是大德之人，都势必执着于一份扎根在内心深处的儒家济世情怀，他们不敢违仁，不敢忘本，从不在乎自己活了多久，而上天也似乎忘记了他们的寿命。

那些活在自我欲望世界里的人，把个人欲望当作最高层次需求的人，上天用他们引以为傲的缺点要了他的性命。

真正的大文人，他们绝不"风流灵巧招人怨"，而是有一股永不停息的骚动在他血液里流淌。他的骚动，毫不为己，不鲁莽、不冲动、不过分，也不淫、不移、不屈，而是凝聚了正义和道德，至死方休。

正如曹操那首《龟虽寿》所唱：

神龟虽寿，犹有竟时。腾蛇乘雾，终为土灰。
老骥伏枥，志在千里。烈士暮年，壮心不已。

盈缩之期，不但在天。养怡之福，可得永年。

幸甚至哉，歌以咏志。

（二）陆游的"太平生活"

在南宋那样一个时代，普通文人们的去处无非是回避政治、钻研理学抑或是吟咏风月，而真正能够凌驾于普通文人之上的，只有辛弃疾和陆游两位，他们也因此成为了南宋词坛的中流砥柱。

陆游和范成大、杨万里等人俱为江西派诗人曾几的弟子，所以都或多或少在词风上有类似之处。这两位与陆游一样，在晚年适逢南宋中期的太平气象，写有不少的风物田园词。这三人之中，陆游因前半生颠沛流离的经历，在词风上最近辛弃疾，故而以"爱国诗人"著称于世。但陆游又不同于辛弃疾，他名高位卑，从来未接近过政治权力的中心，也罕有亲赴战场的经历，因而他平生存留的万首诗词中，涉及抗战爱国的大多只是纸上谈兵。作为古今最多产的诗人，陆游后半辈子的三十年，都乡居赋闲，过着相对自由闲适的"太平生活"。

辛弃疾在叱咤风云的抗金前线中身经百战，自成了一派雄浑豪放、壮大开阔的气势，而陆游在后方的乡居生活中也形成了闲适疏朗的个性。与自愿为国献身却屡屡为同朝君臣所觊觎的归正人辛弃疾一样，陆游也因屡屡谏战先后四次被罢黜。在最先两次被罢黜时，正当壮年的陆游或还满腹激愤牢骚，而在后两次被罢黜后，逐渐看清官场黑暗、朝廷软弱的陆游开始心灰意冷，无心政途，最终在人生的六十五岁高龄产生了不复仕宦的决心。

从这时开始，陆游的诗歌生涯才走向高潮。末路英雄和失意士子最终的去处都是山水田园，陆游也不例外。当时的他居住在山阴，绝大多数时间过着骑驴采药、医病施药、陇田劳作的生活，所以，那时他的诗歌慢慢地著上了陶渊明的风味。

譬如这首《晓雨初霁》：

晓来一雨洗尘痕，浓绿阴阴可一园。燕子声中寂无事，独穿苔径出篱门。

句句读来，俨然一幅南宋老干部的退休生活画卷。从此，陆游诗歌的主旨偏向了园中、菜圃、农家。十年前与范成大一起把酒放歌时的那个陆游，为自己取号"放翁"，向往终究有一天可以过上旷达颓放的生活。果然，十年后如愿以偿，他从一个整日要面对复杂朝政的书生，摇身变成了广大自食其力劳动人民中的一员。

按一般文人的活法，必然是在可爱灵动的自然万物中放下了前生后世，可陆游不是。他看到一幅马，碰见几朵鲜花，听了一声雁唳，喝几杯酒，写几行草书，都会惹起报国仇、雪国耻的心事，血液都能沸腾起来。有文学评论者说，陆游这是矫饰者心理，这不过是一个从未经历过战争之人不费唇舌的揣测罢了。

当年那段短暂的从军经历和那颗爱国之心，并未埋葬在心底，而是犹然浑热。重情重义的陆游对昔日爱人唐婉的思忆之心尚且难以搁浅，何况是对他有过知遇之恩的孝宗皇帝和他热爱了大半辈子的民族呢？

离开朝廷的陆游并非倦了、累了，而是没有任何机会了。他不是像陶潜当年一样，主动与官场划开界限，而是以嘲咏风月之罪名被永久罢黜。再加上他年岁日增，华发渐生，也不会再像当年一样妄起功名念想了。唯一能做的，就是身闲心太平。也只有身闲，心方能太平。他还作了一首《长相思》词，寄寓这种后半生。

悟浮生。厌浮名。回视千锺一发轻。从今心太平。
爱松声。爱泉声。写向孤桐谁解听。空江秋月明。

不过，一个早年豪情万丈的人，能在一瞬间忘却斗争，变得心灰意懒吗？朝廷尚在动摇之间，他的心能安定得下来吗？

按照常人的逻辑，一生何求？无非是功名富贵，如今都有了，可不就剩下身闲心太平了吗？即便有念想，也只是对短暂余生多活几年的期望罢了。

常人的逻辑，就像是当年宰我问仁一样，以为其实时间和守丧没有绝对的关系，宰我的说法也没错，所以孔子没有直接答复宰我对守丧三年的质疑，而是说了一句："女安！则为之！"你要是心安，你守丧一年别人也没什么可说的，而我和你不一样。父母死了，我只有等到内心的悲愁消尽了，我才寝食能安。

情义至上的孔子，是普天下知兴发、重情义的文人代表。陆游又何尝不是这样一个文人？他的被迫归隐并不能让他心安理得地过闲情逸致的生活。因此在陆游这里，这种绝对自私者的逻辑站不住脚。

实际上，整个南宋王朝当时已是风雨飘摇，更何谈民间百姓呢？就算陆游自私得彻底一点，也没有客观条件满足他对太平生活的奢望。越是身杂老农间，越是寤寐不忘中原。

就在他七十八岁时，辛弃疾奉诏起兵，途经山阴与乡居的陆游相会，他还写诗为赠，劝勉他以国仇为重。那次北伐以失败告终，直到陆游八十五岁，他抱着死前恨不见中原的遗恨与世长辞。临终时，他写了这样一首《示儿》诗：

死去原知万事空，但悲不见九州同。
王师北定中原日，家祭无忘告乃翁！

这便是陆游与辛弃疾能够并肩于南宋词坛，遥遥高出其他文人的可贵之处。他的素志，不仅仅是做一名诗人、士人或是不问世事的隐居者，而是一段"壮心未与年俱老，死去犹能作鬼雄"的气概。这段气概，与诗人之鼻祖屈原在《九歌》中所吟唱的"身既死兮神以灵，魂魄毅兮为鬼雄"发为一脉，是诗人的赤子之心。

南宋一代，当权的始终是投降派，陆游的报国志向，注定遭到无情的扼杀。慷慨昂扬的斗志和壮志未酬的愤懑都写在了《书愤》这样充满苍凉沉郁色彩的诗篇词作中。

  早岁那知世事艰，中原北望气如山。
  楼船夜雪瓜洲渡，铁马秋风大散关。
  塞上长城空自许，镜中衰鬓已先斑。
  出师一表真名世，千载谁堪伯仲间？

这样的诗篇，在存有浩浩荡荡作品的陆放翁集中被那些专事自然风物的工笔小词所遮蔽了。如今在太平气象笼罩下的人们，还愿意相信陆游是一位过着闲适富足生活的小资退休干部吗？

  风卷江湖雨暗村，四山声作海涛翻。
  溪柴火软蛮毡暖，我与狸奴不出门。

  僵卧孤村不自哀，尚思为国戍轮台。
  夜阑卧听风吹雨，铁马冰河入梦来。

在作《十一月四日风雨大作二首》时，陆游六十八岁了，从四次罢黜的政治阴影中还没有走出来，心态上还处于苦闷、彷徨阶段，尚无心感受赋闲的乐趣。能反映他当时处境的，唯有第二首，"僵卧孤村"。一位鬓生华发的垂垂老人，直挺挺地躺在孤寂荒凉乡村中的一张床上，一动不动，忽然听到狂风怒号、暴雨瓢泼之声，迷迷糊糊梦见自己骑着披着铁甲的战马跨过冰封的河流出征北方疆场。

所以,"溪柴火软蛮毡暖,我与狸奴不出门"只是风卷雨暗、山涛怒翻下的太平表象,是诗人所用的障眼法。时下人根据这句将陆游曲解为一位在山阴鉴湖别墅过着小资生活的憨萌老人。在和平的当下,陆游该是一个在下雨的日子,和猫一起宅在家里过着惬意生活的退休老干部,甚至还可设想,旁边煨着一锅以文火慢炖发出咕嘟咕嘟响声的肉汤。

一切的幻象,只不过是世人对陆游生活的想象罢了。正如世人臆想中的苏东坡是一位随处不忘吃喝玩乐的乐天派,陶渊明是一位满头插着菊花到处留饮酣醉的放浪形骸者,陆游也理所当然地成了一位靠过精致诗意生活赢得高寿的退休老干部。

在一个娱乐至上的和平时代,人们能看到的不过是陆游身上可供消遣的特质,而与此形成鲜明对比的是,战争时期曾有多少自诩英豪的诗人,痛读陆诗而泪洒青衿。

三十四、杨万里：像摄影一样写诗

赶在暮春的尾巴，上市集买了几颗鲜藕苗，种在了老瓷坛里，过了三日，竟一个一个地露出了嫩芽来。早起站在一墙鸳鸯藤下愣着神，看到细若丝线的雨跳跃在瓷坛的水面上，愈发显现出"小荷才露尖尖角"的光景。于是，想起了杨万里的这首自然小诗：

泉眼无声惜细流，树阴照水爱晴柔。
小荷才露尖尖角，早有蜻蜓立上头。

一直以来，苏东坡对王维的那句评语"味摩诘之诗，诗中有画"让世人对王维"诗中的画境"钦慕不已。如果说，王维的诗中藏着一幅画，那么，杨万里的诗中便藏着一张立体照片。

钱钟书读宋诗，将陆游和杨万里并提，说他们作为南宋初期的"中兴四大诗人"之二，在诗才上的造诣之高低就像盛唐的李杜和中唐的元白，并坦言：放翁（陆游）善写景，而诚斋（杨万里）善写生。放翁诗如图画之工笔，而诚斋诗则如摄影之快镜。

钱老比喻得妙，杨万里就像是古代的摄影师，读他的诗，就如看3D立体照片一样过瘾。透过高清的镜头，我们能看到：兔起鹘落，稍纵即逝而及其未逝；鸢飞鱼跃，转瞬即改而当其未改。这位高明的摄影师，眼疾手快，以追风逐箭之速，将天地万物、春夏秋冬定格在当下的一瞬间。

陆游如果在世，想必也心服口服。他曾经就坦言："诚斋老子主诗盟，片言许可天下服。"也就是说，倘若诗坛要选一位盟主的话，杨万里是当之无愧的。

都说"文人相轻,自古而然",但杨万里不吃这一套,他的心大得很。从官从政只是他生命中很小的一部分,所以,纵读杨万里诗集,几乎没有离怨之句。

其实,杨万里生活的时代,是一个纷争离合的时代,一个生灵涂炭的时代,一个悲哀凄惨的时代。他的仕途,亦极尽坎坷。但是,无论是过着安闲的居家日子,还是颠沛流离的奔劳生活;无论是为政一方在僻壤穷乡,还是应召入京身处要津,都不妨碍他端着摄影镜头一般的诗性之眼摹写身旁的趣事。

他与同时代的文人绝不相轻,相反地,走到哪里,都必然与当地的文人雅士谈诗。杨万里的心,怀抱着天地万物,譬如荷尖上的蜻蜓、清漪上的晚风、故园里的海棠、西湖上的莲叶、杨柳荫下的酒家、葡萄架下的渔船……还有红红白白临水之花、碧碧黄黄的接天之麦、疏疏落落的深径之篱以及盈盈亏亏的清秋之月。

同样是渔船,张继看了会愁;同样是晚风,曾巩吹了会凄。在杨万里眼里,从太极两仪,到四象八卦,从鸟语花香到春华秋实,都是自然的馈赠。法国著名雕塑家罗丹说过:"世界上不是没有美,而是缺少发现美的眼睛。"杨万里好似天生就长着一双"美瞳",他能把微不足道的事物,甚至在寻常人看来丑劣无比的东西,看成美的化身。

这也许是缘于他的双重身份:诗人与哲学家。作为哲学家,他比诗人多了一分理趣;而作为诗人,他又比哲学家添了一种情趣。如果生在当下,说不定杨万里还会被人视为"一位善听鸟兽之语、能与树木对话、可闻草虫之音的大自然诗人"。

这个世界上,有两种诗人。同样是看外物,一类诗人的眼睛只停留在枝、叶、根、茎上,只看到色彩形状的表象;而另一类诗人,眼即为心,直透外物的内里。前者爱物质,而后者爱心灵。

杨万里的镜头,既以尘埃毫厘为计量单位,又以宇宙星空为视野坐标,这不得不归功于他作为诗人所拥有的一颗须臾不曾放弃的痴心,以及他作为哲学家所具备的一腔不会轻易泯灭的情怀。他的痴心与情怀,共同构成了镜头下浑然天成的风景。

而杨万里,就像是一名天真烂漫的儿童,融入自然万物中,与他们一起成为诗中不可或缺的一部分。

且看这两个镜头:

篱落疏疏一径深,树头花落未成阴。
儿童急走追黄蝶,飞入菜花无处寻。

梅子留酸软齿牙,芭蕉分绿与窗纱。
日长睡起无情思,闲看儿童捉柳花。

一个是急忙闯入菜花地里追蝴蝶的儿童,一个是在芭蕉梅子掩映之下自得其乐折柳花的儿童。穿透镜头,仿佛目光也随着诗句进入到一个只有童趣的天地了。不得不承认,杨万里的心底,藏着一个偌大的童话世界。他所写的每一首诗,都轻快如流云,欢畅若清泉,仿佛也荡漾着孩子的欢声笑语。

在他的笔下,自然界的事物,大至天地风云、山川河流,小至飞禽走兽、花草虫鱼,都活了起来。难怪姜夔读到他的诗后说他"年年花月无闲日,处处山川怕见君"。

山川之景,本已尽得天然生趣,但一经杨万里之笔,又多了几分妙趣,真是巧夺造化了。他可谓是自然的孩子,是自然,赋予了他一双富有诗意的眼睛,让他怀揣一颗真心,随时随地都可看到尘世间的美。

朱光潜先生曾说:"丝毫没有谐趣的人大概不易作诗,也不能欣赏诗。诗和谐都是生气的富裕,不能谐是枯燥贫竭的征候,枯燥贫竭的人和诗没有缘分。"大抵杨万里正是一个真正风趣的人，方能作出这般真到了骨子里的诗吧！

三十四、杨万里：像摄影一样写诗

三十五、辛弃疾：文武双全，词中之龙

在中国古代文学史上，行伍出身而又以文为业，最终在诗词造诣上堪称大家的，恐怕非辛弃疾莫属了。今人谈辛弃疾，多一言以蔽之，豪气而已。不过，单以豪气论，乃非真知辛弃疾者也。

辛弃疾最让世人驻足屏息也最无法忘怀的一件事，就是在二十出头时聚集两千余号人成立了声势浩大的起义军，并于次年率五十骑入敌营活捉叛徒张安国，再连夜过江，归顺朝廷。这样的英雄气概，可谓是"金戈铁马，气吞万里如虎。"

所谓乱世出英雄，如果在和平年代，这样的年纪恐怕还学而未成吧？而年仅弱冠的辛弃疾却在这个时候跃马横刀，痛杀贼寇，立下了收复失地的救国大志。

南归之后，辛弃疾的钢枪利剑化作了一支羊毫软笔，那个曾经血溅战袍、奔走疆场的马上英雄写了一首《破阵子》：

醉里挑灯看剑，梦回吹角连营。八百里分麾下炙，五十弦翻塞外声，沙场秋点兵。

马作的卢飞快，弓如霹雳弦惊。了却君王天下事，赢得生前身后名。可怜白发生！

每每读到此诗，不禁痛心落泪，除却辛弃疾，还有哪一个人能够作出"醉里挑灯看剑"这样的绝美又绝悲的姿态？

与辛弃疾交好的陈亮虽也词风沛然，却独羡辛弃疾：

眼光有棱，足以照映一世之豪。

背胛有负，足以荷载四国之重。

出其毫末，翻然震动，不知须鬣之既斑，庶几胆力无恐。

呼而来，麾而去，无所逃天地之间；挠弗浊，澄弗清，岂自为将相之种。

故曰：真鼠枉用，真虎可以不用，而用也者所以为天宠也。

眼利如明刀，肩固若顽石，更有岩鹰之疾，山雾之清，不愧为天宠。这样的风采，只有用庄子《逍遥游》中的"其翼若垂天之云"的大鹏来比拟了。而老辛也有一阕《满江红》，将他那倚杖俟长风的气势写得格外恰切：

鹏翼垂空，笑人世、苍然无物。还又向、九重深处，玉阶山立。袖里珍奇光五色，他年要补天西北。且归来、谈笑护长江，波澄碧。

试想，这是怎样的一个风云人物，以宇宙之巨眼观看万物，仿佛他立足在人世的最顶端，指点江山。

的确，辛弃疾的词，最不缺的就是"鹏之志"。他的一生，也像一只逍遥于九天深处的大鹏一样，或仕，或已。

辛弃疾四十二岁时，归隐上饶，此后二十年间，日日以参悟玄理为事，更写了三篇《哨遍》，中有一句"世间喜愠更何其，笑先生三仕三已"可谓是一生之概览。

我读辛弃疾词，直觉烂漫酣畅，然不敢学。辛弃疾为人，心刚似火，色艳如花，给人以彻骨清心之感，所以，每每写词，只步辛弃疾原韵，待写成时，更兼无可追步之叹。

在《永遇乐》这首词中，一个"千古"，就横拖出了一个古今世界，从孙仲谋到刘义隆，从霍去病到廉颇，这个鬓发斑白独自站在北固亭上瞭望眼前一片江山的风云人物，遥想着苍茫大业尚未复愿的一生事，却只看到"斜阳草树，寻常巷陌"这样的荒凉晚景，心中必是怒如火燎，肠如酒浇。

不能风云奔走，只能东山歌酒，在四十二岁时，他按捺住那在五内牵绕了多年的平戎万里国家事，开始带湖买得新风月，并安慰自己说："头白早归来，种花花已开。功名浑是错，更莫思量着。见说小楼东，好山千万重。"

隐居后的辛弃疾甚至发出了"一松一竹真朋友，山鸟山花好弟兄"的陶渊明式感慨。如何想得，这个曾心刚似火，色艳如花的人物，决意放下一生的未酬壮志，在山林里寻泉种树、戏酒栽花，他还写了一首《念奴娇》，如实记录了自己的生活状态：

近来何处有吾愁，何处还知吾乐。
一点凄凉千古意，独倚西风寥廓。
并竹寻泉，和云种树，唤做真闲客。
此心闲处，不应长藉丘壑。

休说往事皆非，而今云是，且把清尊酌。
醉里不知谁是我，非月非云非鹤。
露冷风高，松梢桂子，醉了还醒却。
北窗高卧，莫教啼鸟惊著。

当然，即便是北窗高卧，觉来写词，也绝不咿咿呀呀。读罢半阕，都能窥得见一个意气犹盛的铮铮铁骨形象，仿佛是历遍万般生死事，重回高卧隆中雪的诸葛亮，还不失当日廉颇气概。

《庄子》中有一个故事：

昔日中山公子牟谓瞻子曰："身在江海之上，心居乎魏阙之下，奈何？"亦即我的身体在江海之上，心在朝堂之中，如何是好呢？瞻子曰："重生，重生则轻利。"詹子说：生命是很重要的。把生命看得重要了，就会淡泊功名利禄。

"形在江湖之上，心存魏阙之下"就是辛弃疾归隐后的精神写照。他晚年效庄子，以冷眼洞观世事，却终丢不下一副热心肠。

而读辛弃疾词，外极雄大壮阔，内则沉郁悲愤，就像是一个人举杯浇愁，酣畅之后又极尽孤独。但辛弃疾又绝不像那狂饮烂醉之辈，也并非那酒色旖旎之徒，他字字写来，如树之有骨，天之有象，以风卷云涌之势将人带入一个浩荡而深邃的时空。正如《水龙吟》：

楚天千里清秋，水随天去秋无际。
遥岑远目，献愁供恨，玉簪螺髻。
落日楼头，断鸿声里，江南游子。
把吴钩看了，栏杆拍遍，无人会，登临意。

休说鲈鱼堪脍，尽西风，季鹰归未？
求田问舍，怕应羞见，刘郎才气。
可惜流年，忧愁风雨，树犹如此。
倩何人唤取，红巾翠袖，揾英雄泪。

这时的辛弃疾，登高而望，目之所及，烟雾茫茫，一派苍凉气象。牵愁引恨，纵横捭阖，最终只有两行英雄泪。

除却遥岑远目，献愁供恨，他还用尽一身力痛拍栏杆。那痛拍栏杆处，如今早已不复存在，只有人去楼毁，江水悠悠。而这首《水龙吟》中的字字句句，却犹能传响那一声声悲彻碧霄的呐喊。

三十五、辛弃疾：文武双全，词中之龙

刘辰翁说辛弃疾词"横竖烂漫，乃如禅宗棒喝，头头皆是，又如悲笳万鼓，平生不平事并巵酒，但觉宾主酣畅，谈不暇顾"，而我觉得，辛弃疾词如浪翻云涌，以李清照《渔家傲》末句："九万里风鹏正举。风休住，蓬舟吹取三山去。"拟之，恰到好处。

但想必辛弃疾在山林皋壤上以"万事云烟忽过，百年蒲柳先衰。而今何事最相宜，宜醉宜游宜睡"。慨叹人生如梦的时候，他也曾不止一次地追味过自己昔年最美好的岁月吧？

千古江山，英雄无觅孙仲谋处。舞榭歌台，风流总被雨打风吹去。斜阳草树，寻常巷陌，人道寄奴曾住。想当年，金戈铁马，气吞万里如虎。

元嘉草草，封狼居胥，赢得仓皇北顾。四十三年，望中犹记，烽火扬州路。可堪回首，佛狸祠下，一片神鸦社鼓。凭谁问：廉颇老矣，尚能饭否？